Cinquenta anos antes da maior de todas as guerras, um garoto brincava de esconde-esconde com seus amigos nas plantações de pera ao lado de uma floresta escura.

Mathilde, a pegadora, sentou-se em uma pedra, encostou a cabeça nos joelhos e começou a contar até cem.

O menino saiu apressado, decidido a ficar mais tempo escondido que todos os outros, querendo impressionar Mathilde. Sua voz melodiosa o intrigava.

Até mesmo agora, enquanto contava, suas palavras pareciam cantadas: " ... trinta e seis, trinta e sete, trinta e oito, trinta e nove..."

Embora fosse terminantemente proibido, o menino correu para se esconder na floresta. De tempos em tempos, ele olhava para trás, certificando-se de que ainda podia ver as pereiras lá atrás. Quando o pomar se tornou apenas um pontinho visível, ele se recostou no tronco de uma árvore no meio de um aglomerado de pinheiros.

Lá de longe, ele ouviu o grito distante de Mathilde: "Lá vou eu!". O menino sorriu, pensando no instante em que saltitaria de volta ao pique, triunfante. Ele teria de ser paciente, no entanto, pois levaria tempo até todos serem arrancados de seus esconderijos.

Ele tirou um livro da cintura — uma das duas coisas que havia comprado de uma cigana naquela mesma manhã, por um centavo. Passou os dedos sobre o título em relevo na capa de couro:

A DÉCIMA TERCEIRA GAITA DE OTTO MENSAGEIRO

Ele não conseguira resistir à compra, especialmente com uma coincidência tão peculiar. Havia seu nome no título, Otto.

Abriu o livro e começou a leitura.

Uma Bruxa, um Beijo, uma Profecia

Uma vez, muito antes do encantamento ser ofuscado pela dúvida, um rei ansioso e desesperado aguardava o nascimento de seu primeiro filho.

Conforme estava escrito, o primogênito do rei herdaria o reino, mas só se fosse um menino. Se fosse uma menina, a monarquia um dia passaria ao irmão mais novo do rei, seu mais ardoroso rival.

Infelizmente, a rainha deu à luz uma menina. Mas o rei era desonesto. Momentos após o nascimento, ele pegou a criança e mandou a fiel parteira levá-la até o meio da floresta e abandoná-la aos animais. Ele proibiu a parteira de tocar no assunto. Em seguida, o rei disse à rainha e a seus súditos que o bebê não sobrevivera ao parto.

A bondosa parteira caminhou floresta adentro, sabendo que jamais conseguiria abandonar a criança. Ao passar através de espinheiros e por cima de troncos, ela cantava canções de ninar para o bebê de olhos arregalados. Quando parava de cantar, a menina chorava. Todas as vezes, a parteira obedeceu, cantarolando até chegar a seu destino, uma cabana caindo aos pedaços que pertencia a sua prima, uma bruxa egoísta e preguiçosa.

"Pode cuidar desta criança?", implorou a parteira. "Você já tem cabras para o leite. E um dia ela pode varrer a lareira para você."

"Creio que sim", disse a bruxa. "Vou chamá-la de Eins."

A parteira achou cruel dar ao bebê um número em vez de um nome. Mas sabia que era um destino bem melhor do que virar café da manhã de urso. Ela beijou a menininha embrulhada e sussurrou o único presente que poderia lhe oferecer — uma profecia:

"SEU DESTINO AINDA NÃO ESTÁ SELADO.
ATÉ NA MAIS SOMBRIA NOITE
UMA ESTRELA BRILHARÁ, UM SINO SOARÁ,
UM CAMINHO SERÁ REVELADO."

Ela cuspiu no chão para dar sorte, deixou a criança com a bruxa e se foi.

Em menos de dois anos, a rainha deu à luz outra filha. O rei mandou a parteira fazer a mesma coisa, e ela saiu pela floresta cantando todo o tempo, pois este bebê também só se consolava com música. Na cabana, a parteira suplicou novamente à bruxa. "Pode cuidar desta criança? Um dia ela pode colher lenha para você."

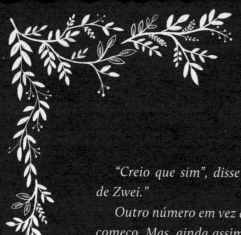

"Creio que sim", disse a bruxa. "Vou chamá-la de Zwei."

Outro número em vez de nome! Parecia um mau começo. Mas, ainda assim, um destino bem melhor do que virar almoço de lobo. A parteira beijou o bebê e sussurrou a profecia novamente:

"SEU DESTINO AINDA NÃO ESTÁ SELADO.
ATÉ NA MAIS SOMBRIA NOITE
UMA ESTRELA BRILHARÁ, UM SINO SOARÁ,
UM CAMINHO SERÁ REVELADO."

Ela cuspiu no chão para dar sorte, deixou a criança com a bruxa e se foi.

Dois anos se passaram e mais uma menina nasceu. Três filhas, uma atrás da outra! O rei repetiu a mesma farsa. E a parteira obedientemente caminhou pela floresta cantarolando todo o tempo, pois o único consolo da criança, assim como o de suas irmãs, era a melodia.

Quando a parteira chegou à cabana, ela implorou à bruxa para ficar com aquele bebê também. "Um dia ela pode atiçar o fogo para você."

"Creio que sim", disse a bruxa. "Vou chamá-la de Drei. Assim me lembrarei quem foi a primeira, a

segunda e a terceira." Ela levantou três dedos, tocando em um de cada vez. "Eins, Zwei, Drei."

Outra vez, a parteira previu uma vida triste para a criança sem nome. Mas ainda muito melhor do que virar jantar de javali. E ela teria as irmãs como companhia.

Eins e Zwei, que já estavam a serviço da bruxa carregando montinhos de gravetos, correram até a parteira para conhecer sua irmã.

Do casebre da bruxa, a parteira olhou para as crianças sujas e desgrenhadas, já fazendo graça para o bebê em seus braços. Ela o beijou e sussurrou:

"SEU DESTINO AINDA NÃO ESTÁ SELADO.
ATÉ NA MAIS SOMBRIA NOITE
UMA ESTRELA BRILHARÁ, UM SINO SOARÁ,
UM CAMINHO SERÁ REVELADO."

Ela cuspiu no chão para dar sorte, deixou a criança com a bruxa e se foi.

Finalmente, um ano e um mês depois, a rainha deu à luz um menino. O rei proclamou com alegria que seu primogênito havia nascido — um filho! Por todo o reino, os sinos das igrejas soaram em celebração ao herdeiro do trono, que um dia seria rei.

Otto tirou os olhos do livro.

Ele ficou tão absorto na história que se esqueceu do esconde-esconde!

A floresta tinha se tornado fria e cheia de vento. As árvores farfalhavam e se balançavam. Otto estremeceu e olhou na direção das pereiras, tentando ouvir seus amigos ao longe. Será que tinha perdido o chamado, *"Alle, alle auch sind frei"*, o sinal para que aqueles que ainda estivessem escondidos finalmente se apresentassem?

Ele se levantou para sair, enfiando o livro na cintura. Uma rajada repentina tirou o chapéu de sua cabeça. Otto ficou girando até que conseguiu pegá-lo. Ele espiou por entre as árvores, mas perdera o pomar de vista.

O menino vagou por horas.

Ele gritou, mas o vento estava mais forte e abafou seus gritos. Seus pensamentos dispararam com todas as coisas que havia ouvido sobre a floresta: as cavernas de estalactites habitadas por trolls, precipícios perigosos que desciam até antros de bruxas, lamaçais que engoliam crianças de uma vez só, sem contar os perigos de ursos, lobos e javalis!

Ele correu de uma árvore a outra, procurando pela saída. Em pânico, tropeçou em um emaranhado de raízes e caiu. O mundo girou.

Minutos ou horas depois — ele não sabia ao certo —, Otto se sentou, tocou a testa e sentiu um galo do tamanho de um ovo. Assustado, cobriu o rosto com as mãos e começou a chorar.

Entre soluços, ouviu um trio de vozes. "Por aqui. Chegue mais perto. Vamos ajudar você."

Otto levantou a cabeça para ver quem estava falando, mas viu apenas sombras esvoaçantes por entre as árvores. Choramingando, ele se levantou e deu passos hesitantes até se deparar com uma série de abetos formando um imenso círculo. Esgueirou-se entre os troncos e se viu em uma clareira.

Três moças usando vestidos esfarrapados estavam paradas diante dele, a primeira delas uma cabeça mais alta que a segunda, que era uma cabeça mais alta que a terceira. Todas falaram ao mesmo tempo: "Finalmente uma visita! Olá, menino. Pobrezinho. Você deve estar cansado. Ah, coitado, machucou a cabeça. Sente-se e descanse".

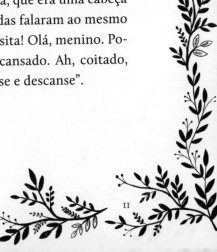

Lentamente, Otto se sentou em um toco de árvore. "Quem... quem são vocês?"

"Não se assuste. Você está seguro conosco. Eu sou Eins", disse a mais alta. "E essas são minhas irmãs, Zwei e Drei."

Otto pegou o livro e ficou olhando para ele. "Não pode ser. São as mesmas personagens desta história."

"Deve ser a nossa história, então!", disse Eins.

"Será que terminamos felizes para sempre?", perguntou Zwei, apertando as mãos.

Drei apontou para o livro. "Poderia lê-lo para nós, para conhecermos nosso destino?"

As três irmãs rapidamente se sentaram em volta dele e inclinaram-se para a frente, com os olhos ávidos.

Otto esfregou a testa, sentindo-se tonto. Ele olhou para Eins, Zwei e Drei, que pareciam afoitas para ouvir. Se a história fosse verdade, elas haviam sido arrancadas dos braços da mãe. Como seria nunca a ter conhecido? Seu coração doeu só de pensar em nunca mais ver sua própria mãe outra vez.

"Por favor?", pediu Zwei. "Talvez possamos ajudar você, e você possa nos ajudar."

Otto estava achando tudo aquilo estranho, mas se sentia seguro dentro do círculo de árvores. As irmãs pareciam inofensivas. E aparentemente eram as únicas que poderiam guiá-lo para fora da floresta.

Ele voltou ao começo do livro e leu o primeiro capítulo de novo, desta vez em voz alta. Levantou a cabeça. Eins, Zwei e Drei estavam de mãos dadas, fascinadas.

Otto pigarreou e continuou.

Segredo, um Feitiço um Ato Final

EINS, ZWEI E DREI cresceram na distante cabana da floresta.

A bruxa lhes contara que haviam sido abandonadas, e todos os dias lhes lembrava de agradecerem por sua generosidade.

Mas não era fácil ter gratidão.

A cabana era fria, úmida e estava em ruínas; a bruxa nunca trocava uma palha sequer. Ela fazia as três irmãs vestirem farrapos. E não as amava. Nem de longe! Ela era tão indiferente a elas quanto a uma pedra no riacho. Mas a bruxa as considerava úteis, porque do nascer ao pôr do sol elas varriam, carregavam, lavavam e cozinhavam.

Imagine o quanto a bruxa ficou mimada!

As irmãs tinham dois consolos em suas vidas árduas. O primeiro era cantar. Tinham três vozes distintas: a primeira, de um canário; a segunda, como um riacho correndo sobre pedras lisas; a terceira, como o uivo do vento através de troncos ocos. Quando cantavam, suas vozes se fundiam de maneira tão mágica que a floresta inteira, dos trolls às fadas, parava para ouvir e admirar seus dons. Até a bruxa reconhecia seus talentos, mas ao mesmo

tempo tinha inveja. Quando lhes dava ordens, ela sarcasticamente as chamava por nomes de instrumentos musicais, e seu apelido favorito para elas era "meus pequenos flautins".

O outro consolo das irmãs era ter umas às outras. Toda noite, ao se deitarem em seus colchões de palha e olharem para o céu através de buracos no teto, Eins repetia a profecia da parteira como se fosse uma oração:

"SEU DESTINO AINDA NÃO ESTÁ SELADO.
ATÉ NA MAIS SOMBRIA NOITE
UMA ESTRELA BRILHARÁ, UM SINO SOARÁ,
UM CAMINHO SERÁ REVELADO."

Depois, uma de cada vez, elas cantavam sobre os passarinhos que saíam batendo asas pela floresta com tanta facilidade. Pois Eins, Zwei e Drei não haviam perdido as esperanças de que também poderiam ir embora um dia. Elas sonhavam com um lar seguro e confortável, e uma família que as amasse e as chamasse pelo nome.

Os anos passaram. O irmão do rei, seu rival, morreu jovem. Todas as manipulações do rei haviam sido em vão, mas mesmo assim ele não revelou o terrível segredo de ter abandonado suas três filhas na floresta. Quando seu filho cresceu, o rei

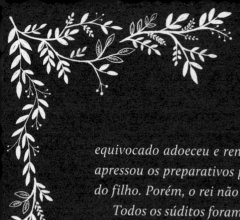

equivocado adoeceu e renunciou ao trono. O reino apressou os preparativos para a suntuosa coroação do filho. Porém, o rei não viveu para presenciá-la.

Todos os súditos foram convidados para as festividades no castelo e ganharam uma audiência com o rei recém-coroado. Quando chegou a vez da parteira se aproximar do trono no grande salão, ela percebeu que não tinha mais motivo para permanecer em silêncio. Ela contou a história ao monarca e à mãe dele, que se encheram de alegria.

Sem demora, o jovem rei mandou a parteira encontrar suas irmãs.

Mais uma vez, a parteira viajou até a cabana bem no fundo da floresta.

Quando Eins viu a parteira se aproximando, correu até ela e perguntou: "Trouxe mais uma irmã para nós?".

A parteira sorriu. "Oh, criança. Eu lhe trouxe muito mais que isso."

Ao saber das notícias de sua família, Eins, Zwei e Drei se abraçaram e choraram de felicidade. Os sonhos que tinham em seus corações haviam se realizado. Elas tinham um lar! Uma família! E eram princesas!

Quando a bruxa viu que elas queriam ir embora, ficou furiosa. Ergueu os braços e a floresta

estremeceu diante de sua fúria. Apontando para as três irmãs, ela gritou: "Ingratas! Vocês vão me deixar após tudo que fiz por vocês? Após ter salvado suas vidas? Onde vocês estariam sem mim? Mortas, isso sim! Se é liberdade que querem, essa escolha tem um preço. Vejam se gostam deste fardo, meus pequenos flautins".

A bruxa balançou os braços e entoou:

"CHEGARAM AQUI POR UMA MENSAGEIRA.
DEVEM PARTIR DA MESMA MANEIRA.
DE FORMA HUMANA NÃO SAIRÃO.
SEUS ESPÍRITOS COMO O VENTO SOPRARÃO.
SALVEM UMA ALMA À BEIRA DA MORTE
OU AQUI DEFINHARÃO À PRÓPRIA SORTE."

Em uma rajada de vento fortíssima, a bruxa, a parteira, a cabana e todos os objetos, da mesa à xícara, rodopiaram em direção às nuvens, desaparecendo em outro tempo e lugar.

Quando o vento diminuiu, Eins, Zwei e Drei se viram apenas com a roupa do corpo, confinadas em uma grande clareira de pedras e tocos, rodeadas por um círculo de árvores, em um mundo onde o sol nascia e se punha e, no entanto, o tempo não passava.

Otto ergueu os olhos da página do livro, observando cada uma das irmãs.

Eins enxugou uma lágrima em seu rosto. "É tudo verdade."

"O que acontece conosco depois?", perguntou Zwei. "Ai, você precisa continuar lendo!"

"Nós nos reunimos com nossa mãe? Ou encontramos nosso irmão?", perguntou Drei.

Otto virou a página.

As folhas estavam em branco.

Ele foi até o final do livro, mas era a mesma coisa — papel sem palavras. "Está incompleto", disse ele. "Não há meio nem fim."

"Porque ainda não tivemos nenhuma experiência após essa página do livro", disse Eins. "Estamos aqui, presas para sempre como brinquedinhos inúteis da bruxa."

"O que significa o feitiço?", perguntou Otto.

"Ela nos chamava de 'pequenos flautins'", disse Zwei. "Então, para dificultar a quebra do feitiço, nossos espíritos só podem sair do círculo de árvores dentro de um instrumento de sopro. Por um mensageiro."

Otto olhou para elas, agora desanimadas. "Se soubesse como chegar em casa, *eu* poderia ajudá-las."

"Você tem um instrumento de sopro?", perguntou Eins.

Zwei chegou mais perto. "Um fagote?"

"Ou um oboé, talvez?", perguntou Drei.

Otto balançou a cabeça. "Eu só trouxe mais uma coisa." Ele começou a desenrolar a manga da camisa, que estava dobrada até o cotovelo. "Hoje de manhã, quando comprei o livro, a cigana insistiu que eu também ficasse com isto, e nem pediu mais dinheiro."

Ele mostrou a gaita.

Os olhos das três irmãs brilharam.

Eins sobressaltou-se: "Uma gaita de boca!".

Zwei se levantou e se aproximou. "Se nos deixar tocá-la, nós o ajudaremos a encontrar o caminho de casa."

Drei tocou o braço dele. "Mas você tem que prometer passar a gaita adiante, quando chegar a hora. Pois nossa jornada para salvar uma alma à beira da morte não pode começar até que você o faça."

Eins assentiu. "É nossa única esperança de nos livrar do feitiço."

"Prometo", disse Otto, pois queria ir para casa. "Mas como vou saber a hora, ou para quem..."

As três irmãs o rodearam e sussurraram: "Você saberá".

Otto entregou a gaita para Eins.

Ela tocou uma melodia breve. Ao tirar o instrumento dos lábios, passou-o para a irmã.

Zwei tocou uma melodia diferente. Enquanto tocava, Otto ouviu as duas músicas ao mesmo tempo. Zwei passou a gaita para Drei, que tocou uma terceira canção.

"Não é possível", disse Otto. "Estou ouvindo três melodias juntas."

Satisfeitas e em harmonia, as irmãs disseram: "É possível, sim".

O céu havia escurecido. A noite apareceu.

Otto sussurrou: "Como vou achar o caminho? Tenho medo do escuro".

Eins se levantou e disse:

"SEU DESTINO AINDA NÃO ESTÁ SELADO.
ATÉ NA MAIS SOMBRIA NOITE
UMA ESTRELA BRILHARÁ, UM SINO SOARÁ,
UM CAMINHO SERÁ REVELADO."

Drei entregou a ele o pequeno instrumento.

Otto choramingou: "Mas é apenas uma gaita".

"Ah, é muito mais do que isso!", disse Eins. "Quando a toca, você inspira e expira, assim como faz para manter o corpo vivo. Você já parou para pensar que uma pessoa pode tocar a gaita e passar adiante sua força, sua visão e seu conhecimento?"

"De forma que o próximo músico a tocá-la sinta o mesmo?", disse Zwei. "É verdade. Quando a tocar, *enxergará* e encontrará o caminho. Você terá força para prosseguir."

Drei assentiu. "E estará para sempre unido a nós, a todos que tenham tocado a gaita, e a todos que *vão* tocá-la, pelos sedosos laços do destino."

Otto ficou desorientado por todas as insinuações estranhas delas. Para sempre unidos pelos sedosos laços do destino? Aquela conversa o confundia. Sua cabeça doía e ele se sentiu tonto. "Estou muito cansado. Quero ir para casa."

"E vai", disse Eins.

"Durma agora", falou Zwei.

"Bons sonhos", sussurrou Drei, com a voz hipnótica.

Ele desmaiou e caiu nas agulhas dos pinheiros.

Quando Otto acordou, o sol ardia lá no alto.

Ele se sentou e viu que estava em um matagal ao lado de um caminho estreito. Em sua mão, ele ainda segurava a gaita, mas não encontrou o livro. Nem Eins, Zwei e Drei.

Será que elas ficaram com o livro, levaram-no até aquele local e o deixaram ali?

Será que o caminho levava para casa?

O dia todo ele cambaleou pela trilha estreita, coberta de gerânios selvagens e cardos, até o sol desaparecer por trás das árvores. O galo em sua cabeça latejava. A escuridão caiu. Fraco e com medo, ele começou a perder as esperanças, até se lembrar da gaita. Ele a levou aos lábios e tocou uma melodia simples.

O timbre incomum do instrumento o encheu de um bem-estar estranho e eufórico. Ele se sentiu... menos só. Enquanto caminhava, ele cochichou:

"SEU DESTINO AINDA NÃO ESTÁ SELADO.
ATÉ NA MAIS SOMBRIA NOITE
UMA ESTRELA BRILHARÁ, UM SINO SOARÁ,
UM CAMINHO SERÁ REVELADO."

No alto, os galhos das árvores lentamente se afastaram. As estrelas brilharam, iluminando o caminho.

Ele pôs um pé na frente do outro. *Será* que as irmãs infundiram na gaita a força para prosseguir? *Será* que elas estavam com ele em espírito?

Ele pensou ter ouvido vozes e parou.

Poderiam ser Eins, Zwei e Drei? Ou lobos, ursos e javalis? Ou apenas a floresta pregando peças em sua mente?

Seu coração disparou.

Otto tomou bastante fôlego e soprou a gaita com força. O acorde rasgou a noite. A floresta ficou em silêncio, como se o mundo tivesse parado.

Otto ouviu vozes novamente, chamando... chamando...

Seu nome!

Alguém estava chamando seu nome!

Ao longe, ele avistou pontos de luz, balançando como vaga-lumes. Ele avançou e se deparou com o pomar de pereiras, encontrando-o lotado de gente segurando lampiões no alto, vasculhando a beira da floresta.

"Aqui! Estou aqui!", gritou ele.

Um canto ecoou. "Encontraram! Encontraram!"

Dois homens correram até ele, engancharam os braços para formar uma maca, pegaram-no e o carregaram em direção aos outros.

Seu pai apareceu e Otto desabou em seus braços. As pessoas aplaudiram e as crianças se aglomeraram em volta, dando tapinhas em suas costas. Mathilde estava lá, e seus olhos ficaram marejados ao vê-lo. Otto estava tão abalado que não conseguia falar. Ele apenas enterrou o rosto no peito do pai e chorou.

Mais tarde, em casa, ele cochichou a história inteira para seus pais, começando pelo livro e a gaita que havia comprado da cigana. "Eins, Zwei e Drei me salvaram. Elas me guiaram até a saída da floresta."

Seus pais se entreolharam e ergueram as sobrancelhas. "Espere aí", disse sua mãe. "Cigana nenhuma passou por nossa vila recentemente. Você deve ter encontrado a gaita na floresta, deixada por outra criança travessa. E você não ficou a noite toda desaparecido. Só sumiu hoje de manhã. Agora descanse, pois está com um galo feio na cabeça."

Ele pegou no sono com a gaita na mão.

Depois que Otto se recuperou, ele levava a gaita aonde quer que fosse. Contou a seus amigos e a quem mais quisesse ouvir sobre Eins, Zwei

e Drei. Após várias semanas, as pessoas se cansaram da história e começaram a rir e a fazer pouco caso dela. Só Mathilde nunca se cansou de ouvir a misteriosa narrativa.

Preocupado, seu pai sentou-se com ele para uma conversa. "As pessoas estão começando a pensar que você ficou biruta. Você estava perdido e se salvou fazendo sinal com essa gaita. Só isso. Não quero ouvir mais nada sobre cigana, livro, irmãs imaginárias ou gaita mágica!"

Para agradar aos pais, Otto guardou a gaita fora de vista e nunca mais a tirou de casa. Ele parou de falar nas três irmãs e na história delas. Em pouco tempo, a vida com a família voltou ao que era antes de ele se perder na floresta.

Mas, sempre que sentia medo, ele secretamente pegava a gaita no esconderijo, tocava uma música e viajava naquele devaneio, sentindo a sensação familiar de felicidade e conforto, aquele bem-estar estranho e eufórico. Toda vez, cada detalhe da história do livro e dos acontecimentos da floresta voltava até ele: as trapaças do rei, a viagem da parteira, o feitiço da bruxa, seu encontro com Eins, Zwei e Drei e sua promessa a elas.

Ele nunca se esqueceu de que o futuro delas lhe fora confiado. Nem que a gaita levava suas

maiores esperanças — de serem livres, de serem amadas e de pertencerem a algum lugar além de um círculo de árvores —, para que a história delas pudesse ser escrita algum dia.

Ele nunca se esqueceu de que a jornada delas para salvar uma alma no instante da morte só começaria depois que ele mandasse a gaita mundo afora... quando chegasse a hora.

Ele era o mensageiro.

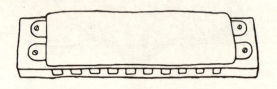

Um

outubro de 1933

TROSSINGEN, BADEN-WÜRTTEMBERG
ALEMANHA

Acalanto de Brahms

música de — JOHANNES BRAHMS
letra de — DES KNABEN WUNDERHORN

5 5 6 5 5 6
Boa noite, meu bem

5   6   7 -7 -6 6
Durma um sono tranquilo,

-4   5 -5 -4 -4   5 -5
Boa noite, meu amor

-4 -5 -7 -6 6 -7 7
Meu filhinho encantador

4   4   7 -6 -5 6
Que uma doce canção

5   4   -5   6 -6 6
Venha o seu sono embalar

4   4   7 -6 -5 6
Que uma doce canção

5   4   -5   6 -4 4
Venha o seu sono embalar.

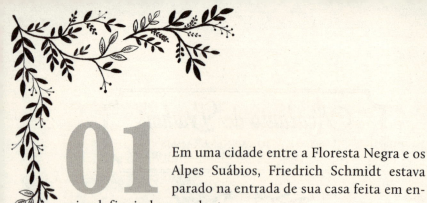

01

Em uma cidade entre a Floresta Negra e os Alpes Suábios, Friedrich Schmidt estava parado na entrada de sua casa feita em enxaimel, fingindo ser valente.

De onde estava, olhou sobre os telhados de Trossingen até a fábrica que se erguia na cidade feito um castelo. Dentro de seus muros, uma coluna de fumaça subia mais alto que o maior gablete e formava uma nuvem branca, como um farol no céu cinzento.

Seu pai estava atrás dele na porta. "Filho, você sabe o caminho. Já o percorremos centenas de vezes. Lembre-se de que você tem tanto direito de estar na rua quanto qualquer pessoa. O tio Gunter vai estar esperando no portão principal."

Friedrich assentiu e se empertigou. "Não se preocupe, Papai, eu vou conseguir." Ele *queria* acreditar em suas próprias palavras: que algo tão simples quanto andar sozinho para o trabalho seria fácil, que ele não precisaria da presença de seu pai como um gavião, protegendo-o dos assustados ou desviando-o dos curiosos. Friedrich deu alguns passos em direção à rua e se virou para dar adeus.

Os cabelos do pai agitavam-se em uma auréola grisalha, conferindo-lhe um aspecto selvagem. Ficava bem nele. Ele levantou a mão em retribuição e sorriu para Friedrich, mas não era o sorriso jovial de costume; era hesitante e preocupado. Será que havia lágrimas em seus olhos?

Friedrich voltou e o puxou para um abraço, sentindo aquele cheiro persistente de resina de breu e bala de anis. "Vou ficar *bem*, Papai. É seu primeiro dia de aposentadoria e deve aproveitá-lo. Você vai sair com os alimentadores de pombos?"

Papai riu, segurando Friedrich com os braços esticados. "Deus me livre! Eu pareço que estou pronto para o banco da praça?"

Friedrich fez que não com a cabeça, feliz por ter suavizado o clima. "O que vai fazer com seu tempo? Espero que pense em se apresentar novamente." Há muitos anos, Papai tocava violoncelo na Filarmônica de Berlim. No entanto, deixou essa vida de lado quando se casou e teve filhos, pegando um trabalho mais prático na fábrica. Pouco depois de Friedrich nascer, sua mãe morreu, deixando Papai sozinho para cuidar dele e de sua irmã, Elisabeth.

"É improvável que me apresente com uma orquestra", disse Papai. "Mas não se preocupe. Terei muito com que me ocupar... meus livros, meus alunos de violoncelo, concertos. E pretendo montar um conjunto de música de câmara."

"Pai, você tem a energia de três homens."

"Isso é uma coisa boa, já que sua irmã vem para casa hoje. Elisabeth vai querer pôr ordem em tudo, e vou precisar de energia para isso, certamente. Pretendo convencê-la a voltar a tocar piano, para retomarmos nossas reuniões de sexta-feira, começando hoje à noite. Sinto falta delas."

Friedrich sentia falta daquelas noites também. Desde que se entendia por gente, toda sexta após o jantar, o tio Gunter, o irmão mais novo de Papai, aparecia para a sobremesa e trazia seu acordeão. Papai tocava violoncelo, Friedrich, gaita, embora na verdade seu instrumento também fosse o violoncelo. E Elisabeth tocava piano. Papai e Elisabeth discutiam sobre tudo, desde a seleção de músicas até a ordem em que eram tocadas. Friedrich havia desistido de tentar decidir se Elisabeth e Papai seriam opostos por natureza ou simplesmente parecidos. Mesmo assim, essas eram suas lembranças mais felizes: as polcas, as canções populares, a cantoria e as risadas espontâneas, até as implicâncias.

Agora Elisabeth chegaria da escola de enfermagem e ficaria em casa por três meses inteiros! Ele mal podia esperar pelos papos da madrugada. Ou passar um livro um para o outro, revezando-se na leitura em voz alta. E pelos jogos de cartas na mesa da cozinha no domingo à tarde, com Papai e o tio

Gunter. O último ano não foi o mesmo sem os cuidados, as ordens e a comida de Elisabeth. Sua boca salivou só de pensar nos pratos que a irmã prepararia.

"Acha que ela sentiu tanta saudade de nós quanto sentimos dela?", perguntou Friedrich.

Papai sorriu. "Como não sentiria?" Ele apontou a direção da rua para Friedrich e deu um tapinha em suas costas. "Tenha um bom dia no trabalho, filho. E não se esqueça de..."

"Eu sei, Papai. Cabeça erguida."

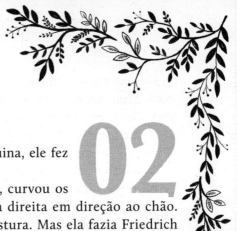

Quando Friedrich virou a esquina, ele fez o oposto.

Enfiou as mãos nos bolsos, curvou os ombros e inclinou a bochecha direita em direção ao chão. Papai jamais toleraria essa postura. Mas ela fazia Friedrich se sentir menos chamativo, mesmo que ficasse mais vulnerável às coisas no caminho. Além do mais, muitas vezes ele encontrava uma moeda perdida ao olhar para baixo. Pouco depois, ele tropeçou em um pacote de jornais jogados na frente de uma loja. Escorou-se no prédio e leu a manchete: PARLAMENTO APROVA LEI. Friedrich resmungou. Mais uma lei para Papai criticar.

Já que Friedrich não frequentava a escola, Papai insistia que lessem o jornal juntos todas as noites, como parte de seus estudos. Ele perdera a conta, nos últimos meses, de quantas vezes seu pai jogou o jornal de lado, enojado com o novo chanceler, Adolf Hitler, e seu Partido Nazista. Papai havia sido membro da Liga Alemã de Livres-Pensadores até Hitler proibir a organização.

Ontem mesmo, após ler outro artigo, Papai tinha andado para lá e para cá pela cozinha e esbravejado: "Será que não existe espaço neste país para outra forma de pensar? Hitler pressiona o parlamento para fazer leis por capricho. Hitler elimina todos os direitos civis e dá à sua tropa de assalto liberdade para questionar qualquer pessoa por qualquer motivo. Hitler quer limpar a população para uma raça alemã pura!".

O que significava tudo aquilo? O que era uma raça alemã pura? De pele clara e perfeita? Friedrich tocou o rosto e sentiu seu estômago revirar de preocupação, principalmente porque não era nem uma coisa, nem outra.

Ele passou os dedos pelos cabelos, o que não ajudou em nada. Eram grossos, loiros e bem cacheados. Friedrich podia senti-los se encrespando no ar úmido, iguais aos do pai. Por mais que os deixasse crescer, eles sempre subiam, em vez de descer. Se ao menos tivesse cabelos lisos, poderia deixá-los cair sobre o rosto. Mas não havia como esconder sua marca de nascença. Era como se uma linha imaginária tivesse sido desenhada descendo do meio do rosto até o pescoço. E, de um lado, sua pele era como a de todo mundo, mas, do outro, um pintor havia salpicado tons de roxo, vermelho e marrom, transformando sua bochecha em uma ameixa malhada. Ele sabia que tinha a aparência horrível. Como poderia culpar as pessoas por olharem ou se assustarem?

Na esquina seguinte, desceu pela estrada. Na altura do conservatório de música, ele ouviu alguém estudando piano em um andar superior. "Für Elise", de Beethoven. Para *isso* ele parou e ergueu a cabeça, perdendo-se na música.

Inconscientemente, sua mão se ergueu e se mexeu no ritmo da música. Friedrich sorriu, fingindo que o músico estava seguindo seu comando. Fechou os olhos e imaginou as notas pingando e lavando seu rosto.

A buzina de um carro o assustou.

Ele enfiou as mãos nos bolsos, abaixou a cabeça e tornou a andar. Chutou uma pedra no caminho, sentindo aquela mistura familiar de esperança e medo. Seu teste no conservatório, para o qual vinha se preparando desde que se entendia por gente, era logo após o Ano-Novo. E se ele não se saísse bem? Aliás, o que seria pior? Ser aceito ou rejeitado? Ele sentiu um peso no coração. Como era possível querer e temer tanto uma coisa ao mesmo tempo?

Ele respirou fundo e continuou a caminhar. Ao se aproximar do pátio da escola, deu a si mesmo seu sermão de costume. *Não olhe. Não preste atenção.* Ele tentou se amparar com as coisas que Papai sempre dizia: *Um pé na frente do outro. Siga em frente. Ignore os ignorantes.* Mas sem ele ao seu lado, seu coração disparou e sua respiração acelerou. Friedrich fraquejou e levantou o olhar.

Um grupo de garotos aglomerados nos degraus, apontando para ele, rindo e imitando expressões de horror. Ele tapou o rosto com a mão, abaixou a cabeça e deu passos maiores, desviando entre as pessoas até começar a correr.

"Friedrich!"

Ele quase caiu em cima do tio Gunter.

"Bom dia, sobrinho!" Ele passou o braço em volta do ombro de Friedrich e o puxou para perto.

Friedrich tentou recuperar o fôlego. "Bom... di...a."

"Não está feliz em me ver? Porque eu estou feliz em ver você. Venha!" Ele guiou Friedrich pelos portões da fábrica. "Vou passar para a mesa de seu pai hoje. Ficaremos lado a lado. Está bem assim?" O tio Gunter estava jovial como sempre, e isso acalmou Friedrich.

"Claro", disse ele. "É o que eu estava esperando."

Ao cruzarem a praça de paralelepípedos, Friedrich sentiu seu coração e sua respiração se acalmarem. Os prédios altos, os caminhos de pedra e as passagens arqueadas significavam segurança. E a grande torre de água — um pesado obelisco de sentinela sobre todo o enclave — era sua guardiã disfarçada.

Parte dele queria mesmo poder ficar e trabalhar na fábrica para sempre.

A outra parte desejava que sua vida tivesse tomado outro rumo — que ele fosse um menino que frequentasse uma escola de verdade, tivesse amigos da mesma idade e um rosto comum, banal.

No entanto, o Destino entrara em seu caminho. E, quando ele tinha apenas oito anos, tornou-se o menor e mais jovem aprendiz da maior fábrica de gaitas do mundo.

03

Como sempre, ela o levou até um banco longe dos outros. Ele sabia o que tinha que fazer. Ficar sentado ali parado.

Porém, na noite anterior, Papai o levara ao balé para ouvir a orquestra. E a música ficou nele, como sempre acontecia — cada movimento, cada refrão de *A Bela Adormecida* de Tchaikóvski ainda tocando em sua cabeça, especialmente a valsa.

Um, dois, três. Um, dois, três. Um, dois, três...

Friedrich havia cantarolado aquilo por todo o trajeto até a escola e, por mais que Elisabeth tenha pedido, não conseguiu parar. Enquanto ela verificou seu lanche e endireitou seu suéter, ele levantou os braços, acenando-os para conduzir uma orquestra imaginária.

Elisabeth pegou as duas mãos dele. Com os olhos suplicantes, disse: "Friedrich, por favor. Não torne as coisas mais difíceis para você. Já tem problemas suficientes".

"Estou ouvindo música", disse ele.

"E eu estou ouvindo os nomes que os outros vão chamá-lo se continuar a acenar para o céu. Quer que os meninos joguem pedras em você outra vez?"

Ele balançou a cabeça e olhou para ela. "Elisabeth, eles me chamam de Menino Monstro."

"Eu sei", disse ela, afagando seu cabelo. "Não dê ouvidos a eles. O que eu sempre digo?"

"Que eles não são minha família. E que a família é quem me diz a verdade."

"Isso mesmo. E eu digo que você é um músico talentoso. E que um dia *será* um maestro. Mas por enquanto você só pode praticar em casa. Lembra-se do truque que lhe ensinei?

Friedrich fez que sim. "Se achar que vou balançar os braços na escola, enfiar as mãos debaixo das pernas e sentar nelas."

"Certo", disse Elisabeth. "Agora fique aqui até a professora tocar o sino. Preciso ir, senão vou me atrasar para a aula." Ela lhe deu um beijo na bochecha.

Friedrich a observou caminhar em direção à escola secundária, balançando os cachos loiros para trás.

Ele prendeu as mãos sob as pernas. No entanto, a música do concerto o importunou até não conseguir aguentar mais. Ele libertou as mãos e rodopiou sua batuta imaginária. Fechando os olhos, deixou-se levar pela valsa rítmica.

Um, dois, três. Um, dois, três. Um, dois, três...

Ele não percebeu que estava dando um espetáculo.

E que todas as crianças do pátio estavam assistindo.

Ele estava tão envolvido com a música que nem ouviu os risos e os insultos.

Nem os meninos chegando por trás dele, correndo.

Até ser tarde demais.

NA MANHÃ SEGUINTE, antes do primeiro sinal, Papai entrou marchando na sala do diretor, com Friedrich mancando ao lado dele.

"Quero que veja o que seus alunos fizeram com meu filho ontem: um lábio tão inchado que ele mal consegue falar, um corte na testa que precisou levar ponto e um pulso quebrado. Ele ficará de tipoia por semanas."

O diretor se recostou na cadeira, apoiando as mãos na barriga. "Sr. Schmidt, o incidente foi apenas garotos sendo garotos, uma brincadeira de recreio. Friedrich precisa se fortalecer. Confrontos lhe fazem muito bem, se quiser aprender a se defender. Tentamos ficar de olho nessas coisas, mas levando em consideração a deformação dele..."

A voz de Papai endureceu. "É só uma *marca de nascença*."

"Como queira. Mas considerando essa *imperfeição*, e com essa história de balançar as mãos para o céu..." Ele inclinou a cabeça para o pai. "Você precisa admitir que é estranho. Essa estranheza incomoda os outros. Assusta." O diretor ergueu uma sobrancelha. "E ele diz que ouve coisas."

As bochechas do pai se inflaram e parecia que ele ia explodir. "Ele ouve *música*. É apenas um garotinho fingindo reger uma orquestra! Eu o levo a concertos desde que tinha três anos, e ele consegue se lembrar de músicas inteiras. Algum de seus outros alunos consegue fazer o mesmo? Será que nenhum deles brinca de faz de conta?"

O sorriso do diretor se retesou. "Claro. Mas o movimento das mãos não é a única questão. O professor de seu filho reclamou que ele termina as tarefas de matemática muito antes dos outros e sussurra para a pessoa na carteira ao lado."

Papai olhou para ele e Friedrich assentiu.

"Bem, se ele termina antes de todo mundo", disse Papai, "talvez o professor possa lhe dar algum trabalho extra, ou permitir que leia. Isso não o ocuparia e impediria que conversasse com os outros?"

"Acho que não está entendendo", disse o diretor, voltando o olhar para Friedrich. "Pode nos dizer quem se senta na carteira ao lado da sua?"

Com o lábio inchado, ele só conseguiu murmurar o nome. "Hansel."

O diretor virou-se para o pai e deu um sorrisinho. "Sr. Schmidt, *ninguém* se senta na carteira ao lado da dele. Está vazia. Então quem, exatamente, é esse Hansel?"

Papai sabia. Era a mesma pessoa com quem Friedrich sempre fingia conversar em casa — o esperto Hansel do conto de fadas "Hansel und Gretel"[1] que, junto com sua irmã, sobreviveram à bruxa e escaparam da floresta escura e perigosa. Hansel, amigo dele, cuja coragem Friedrich desejava ter.

"Ele tem imaginação!", gritou o pai.

---

1   Popularmente conhecidos no Brasil como João e Maria. [As notas são do Editor.]

"Seu filho não é normal e possivelmente é deficiente", afirmou o diretor.

"Em uma coisa você está certo", disse Papai. "Ele não é normal. Mas veja as notas dos testes dele e verá que não é deficiente. No entanto, não estou aqui para discutir esse assunto. Estou aqui para *informar* a você que, de agora em diante, quem vai educá-lo sou eu. E no fim do ano, *você* vai providenciar os exames e um professor para aplicá-los."

O sorriso do diretor desapareceu. "Isso é inaceitável."

Papai bateu o punho na mesa do diretor. "O que os seus alunos fizeram com meu filho é *inaceitável*! E estou preparado para recorrer aos seus superiores."

O diretor ficou tenso. Ele pegou uma pasta em sua mesa e a abriu. "Bom, se é assim que quer proceder, estou vendo que o médico dele é o dr. Braun. Vou lhe enviar uma carta, pedindo a ele que recomende o menino para avaliação psiquiátrica. Desconfio que haja mais coisas erradas com ele do que as que discutimos. Existe um lugar para crianças como Friedrich. O Lar dos Desventurados."

"Isso é um hospício!", disse Papai.

Friedrich segurou-se ao lado do pai. Elisabeth lhe contara a respeito de tais lugares — onde jogavam os malucos e lhes tiravam todas as roupas, exceto as de baixo. Será que podiam mesmo mandá-lo para lá por reger uma orquestra imaginária e conversar com um amigo de faz de conta? Sua cabeça latejou.

A voz de Papai tremeu. "Tudo isso porque ele não é como os outros? Já cansei de ser sensato." Ele pôs o braço em torno de Friedrich, guiando-o para fora da sala e descendo o corredor, agora cheio de crianças.

Friedrich viu os olhares e ouviu os comentários.

"O Menino Monstro está indo embora... idiota... devia estar no zoológico."

O que aconteceria com ele? Elisabeth ficava na escola o dia todo. Papai trabalhava na fábrica. Será que ele o deixaria sozinho em casa ou o mandaria embora?

Do lado de fora, nos degraus da entrada, ele pegou a manga da camisa de Papai e puxou.

O homem parou e se abaixou.

Friedrich pôs a mão sobre a orelha dele e cochichou: "Para onde irei, Papai, se sou medonho demais para a escola?".

Os olhos do pai se encheram de lágrimas. Ele o beijou na testa. "Não se preocupe. Cuidarei disso. Venha. Precisamos passar na fábrica para que eu possa... contar a eles por que não fui para o trabalho hoje."

FRIEDRICH FICOU sentado do lado de fora de uma sala envidraçada enquanto seu pai conversava com vários supervisores de jaleco branco. Ele não conseguiu ouvir o que Papai disse, mas pôde ver os gestos agitados e sua expressão de súplica. Em seguida, ele apertou as mãos de cada um dos homens. Um deles enxugou os olhos com um lenço.

A porta se abriu e os supervisores saíram enfileirados. O do lenço se abaixou e pôs a mão no ombro de Friedrich. "Meu nome é Ernst. Seu pai vai levá-lo para casa para descansar. Porém, a partir de amanhã, é *para cá* que você virá. Bem-vindo à firma." Ele apertou a mão sem ferimentos de Friedrich.

Friedrich não sabia o que aquilo significava. Mas sussurrou: "Sim, senhor".

Enquanto caminhavam para casa, o pai explicou. "Eu vou supervisionar suas tarefas escolares daqui por diante. Toda manhã durante a semana, você será aprendiz na fábrica para saber como se faz uma gaita. À tarde, vou lhe dar exercícios para completar em uma mesa ao lado do meu posto de trabalho. E você continuará suas lições de música comigo nos fins de semana. Entendeu?"

As feridas de Friedrich doíam e sua cabeça latejava. Ele não respondeu.

Papai parou e se ajoelhou na frente dele. "Entendeu, Friedrich? Aonde eu for, você vai."

Ele olhou para o pai, incrédulo. Ele não iria para um hospício? Nem voltar para a escola? Não teria mais que pensar no caminho mais seguro até a sala de aula? Nem se desviar da comida atirada nele durante o recreio? Ele não teria que decidir qual canto do pátio lhe traria mais proteção? O menino sorriu, e as lágrimas escorreram por seu rosto.

Papai cuidadosamente levantou Friedrich nos braços e o carregou.

Na rua, um carro buzinou três vezes.

O ritmo da valsa de Tchaikóvski o tomou novamente. Olhando para trás, por cima do ombro de Papai, ele ergueu uma batuta imaginária com o braço ileso e regeu.

Quando o vento bateu em seu rosto, Friedrich sentiu uma leveza, como se, pouco a pouco, o medo e a preocupação que sempre o oprimiram estivessem levantando voo.

Se o pai não o estivesse segurando, ele também teria saído flutuando ao vento, como fiapos de um dente-de-leão.

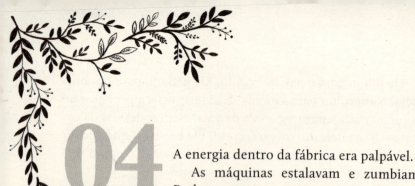

04

A energia dentro da fábrica era palpável.

As máquinas estalavam e zumbiam. Rodas e engrenagens se casavam. Quando Friedrich e o tio Gunter entraram no imenso salão — parte galpão e parte seção de montagem —, Friedrich ouviu o ruído reconfortante das serras interrompido pelos sons pontuais do metal sendo perfurado. As portas das salas de testes abriram e fecharam e, por curtos instantes, ele ouviu os compressores suspirarem e chiarem conforme o ar era jogado para dentro das gaitas, com notas deslizando para cima e para baixo da escala. Ele procurou pela gigantesca escada em A que se movia pelo salão, e se imaginou de pé no último degrau, a dois andares de altura, dirigindo aquela sinfonia percussiva.

Em sua mesa de trabalho, ele pôs o avental e olhou para o papel pregado à parede.

"O que é isso?", perguntou o tio Gunter.

"Vocabulário novo da sra. Steinweg", disse Friedrich. "Toda sexta ela envia as palavras; na quinta seguinte, me dá uma prova."

O sr. Karl da contabilidade se aproximou.

Friedrich pôs a mão no bolso e retirou a lição de matemática dobrada, alisou-a para abrir e entregou a ele.

O sr. Karl sorriu. "Passe lá depois do almoço, Friedrich, para darmos uma revisada." Ele acenou e saiu.

Atrás dele, Anselm, um jovem secretário recém-contratado, apareceu com uma caixa de gaitas na mesa de Friedrich. "O sr. Eichmann, do terceiro andar, me pediu para lembrar-lhe de ir à sala dele hoje à tarde para começar a ler *A Odisseia*. Deve ser bom ter professores particulares, hein, Friedrich? E durante o horário de trabalho também."

Friedrich evitou os olhos dele. Qual era o problema de Anselm com ele? Os dois haviam trocado apenas algumas gentilezas desde que começara na fábrica, mas ele parecia gostar de alfinetá-lo. "Não é durante meu horário de trabalho. Só me pagam pelo turno da manhã."

"Mas o sr. Eichmann recebe pelo dia inteiro. Isso interrompe o trabalho dele, quando todos deveriam estar se unindo pelo bem da Alemanha e do homem comum. Não concorda?"

"Eu leio para ele *enquanto* trabalha", disse Friedrich. "E foi tudo aprovado pelos supervisores."

"Se está dizendo, Friedrich", disse Anselm. "Você é tipo um preferido por aqui, não é? Sabe, a nova Alemanha não gosta de preferidos. Devemos todos pensar igual e nos concentrar, pela pátria, pela família de Hitler, para podermos sair das trevas." Ele saiu todo emproado, assoviando.

O tio Gunter se aproximou, mantendo a voz baixa. "Ignore-o. Deixe-o falar, mas guarde o que pensa para si. Ele é um hitlerista. Eu não gosto dessa juventude que adora Hitler como um deus."

"Papai também não", disse Friedrich.

"Nós sabemos muito bem." O tio Gunter sorriu. "Anselm tem razão em uma coisa, sobrinho. Você é um preferido. Parece que o sr. Adler e o sr. Engel da expedição têm discutido qual deles é o mais adequado para lhe ensinar história secundária. Todos eles o adotaram, Friedrich. Não deixe *ninguém* fazer você se sentir mal com isso." O tio balançou o dedo para ele e piscou. "Mas jamais se esqueça de sua família de verdade. Quem foi que lhe ensinou a andar de bicicleta?"

"Você."

"E a tocar a gaita?"

"Você."

"E quem começou o clube de gaita da fábrica por sua causa?"

Friedrich riu. "Eu lembro. Você não tem nada com que se preocupar, tio." Ele o observou pendurar suas ferramentas no alto da mesa seguinte, usando um caixote como escada. O tio Gunter era mais baixo e bem mais corpulento que Papai. "Virá para a sobremesa hoje, não?"

Ele ergueu uma sobrancelha. "Jamais perderia um dos strudels de Elisabeth. Como você acha que meus dedos ficaram roliços feito salsichas?"

Friedrich voltou ao trabalho, sorrindo. Sua tarefa mais recente era inspecionar cada instrumento, procurando defeitos. Se a gaita estivesse em perfeito estado, ele a polia e a colocava em uma fina caixinha de papelão com tampa. Ele pegou uma das gaitas na palma da mão e a examinou.

Que instrumento simples, porém com tanta capacidade. Ele analisou as placas de cobertura de metal brilhante e a madeira de pereira pintada de preto. Virou a gaita e passou o polegar sobre os furos simétricos. Que viagem improvável, da pereira para a madeireira, para a sala de montagem até se tornar algo que produzisse música.

De tempos em tempos um funcionário passava para pegar as gaitas de Friedrich, e de lá elas seriam colocadas em caixas estreitas de uma dúzia. Essas caixas eram embaladas em caixas maiores, depois em caixotes, e carregadas em uma carroça puxada por cavalos, que as levava até um trem elétrico. Em seguida, eram transferidas para um vagão atrás de uma locomotiva a vapor, que ia até o porto marítimo de Bremerhaven, e descarregadas em um navio de carga. Este modelo — o Banda Naval — estava destinado a um porto nos Estados Unidos da América.

Friedrich poliu a gaita com a mão e a depositou em sua caixa, sussurrando seu desejo por uma boa viagem: *"Gute Reise"*.

Seu supervisor, Ernst, que também era um dos donos da fábrica, aproximou-se com as mãos nos bolsos do jaleco branco que usava por cima do terno enquanto estava na fábrica. "Isso é que sempre admirei na família Schmidt. Vocês tratam cada gaita como uma amiga."

"Bom dia, senhor", disse Friedrich.

"Esperamos que este esquema lhe agrade, Friedrich." Ele acenou para o tio Gunter. "Seu tio é um dos melhores artesãos da empresa. Pensamos que faria sentido para você ficar sob os cuidados dele, agora que Martin se aposentou."

"Obrigado", disse Friedrich, pegando outra gaita.

"Pergunto-me quanto tempo isso irá durar." Ernst inclinou a cabeça na direção do instrumento.

"Como?"

"A estrela. Parece uma estrela de davi. E com a nomeação de Hitler como chanceler, o sentimento contra os judeus está aumentando. Já se fala em removê-la. Não gostaria de vê-la desaparecer."

Friedrich virou a gaita para ver melhor o emblema da empresa — duas mãos do lado de um círculo em volta de uma estrela de seis pontas.

Ele ouvira todas as teorias sobre a estrela: que as seis pontas representavam o dono original, Matthias Hohner, e seus cinco filhos; que a estrela era uma réplica daquelas esculpidas nas portas das igrejas; que era um símbolo herdado de uma das empresas que Hohner havia adquirido ao longo dos anos, como Messner ou Weiss. Será que um deles era judeu? Será que *era mesmo* uma estrela de davi?

Ernst suspirou. "Mas será melhor para os negócios, suponho, se ela sumir. Não podemos correr o risco de ofender os clientes, não importa onde estejam no mundo. Todo mundo tem uma opinião sobre os judeus. E os negócios, sendo como são..."

O tio Gunter franziu a testa. "Sim, provavelmente será uma perda política, como tantas coisas hoje em dia."

Ernst ruborizou-se.

O tio Gunter estendeu o braço e pôs a mão no ombro de Ernst. "Senhor, por favor, não me compreenda mal. Existe muita gente que lhe é grata pelo que o senhor fez. Precisamos de nossos empregos."

"Obrigado." Ernst sorriu educadamente. "Bem, Gunter, Friedrich... continuem."

Após ele sair, Friedrich perguntou. "Algumas pessoas perderiam o emprego?"

O tio Gunter chegou mais perto e falou baixinho. "Ernst recebeu a visita de um dos oficiais de Hitler. Ele foi forçado a se filiar oficialmente ao Partido Nazista, se quisesse que a fábrica permanecesse em atividade. Eu o conheço há anos. Ele não é nazista."

"E o que aconteceria se ele não aceitasse?", perguntou Friedrich.

"Por se opor abertamente às políticas de Hitler? Ele seria enviado a Dachau. Lá está cheio de oponentes de Hitler. Eles chamam de 'campo de trabalho e reeducação', mas é uma prisão de trabalho forçado. Há uma placa acima do portão que diz *O Trabalho Liberta*. Deveria dizer *O Trabalho Mata*. Mas o que você faria se fosse ele?" O tio Gunter virou-se para sua mesa, balançando a cabeça.

Friedrich voltou ao trabalho. *Realmente*, o que ele faria? Será que se tornaria um nazista, indo de encontro à sua crença e a de seu pai de que havia mais de uma maneira de pensar no mundo, para poder salvar o emprego de milhares de trabalhadores? Será que se tornaria nazista para evitar a prisão e possivelmente a própria morte? Ele nunca havia pensado nessas circunstâncias. A culpa e o arrependimento o corroeram quando percebeu que provavelmente teria feito exatamente o que Ernst fizera.

À medida que Friedrich inspecionava e polia várias gaitas, crescia nele a preocupação com as estrelas gravadas nas placas externas e sua inevitável extinção.

"Boa viagem para vocês também", sussurrou ele.

05

"Não vem comigo e os outros?", perguntou o tio Gunter quando o sinal do almoço tocou.

Friedrich tirou correndo o avental e pegou sua lancheira. "Não, obrigado, tio. Tenho meus companheiros de almoço."

O homem mais velho balançou a cabeça e acenou com a mão. "Seu pai me contou sobre eles. Então vá. Mas só se eu puder conhecê-los qualquer dia. Ou melhor ainda, comê-los no jantar."

Friedrich sorriu e saiu correndo da fábrica, sabendo que tio Gunter estava de brincadeira. Ele rodeou prédios e atravessou um grande campo gramado até a beira de um lago. Do outro lado havia uma densa floresta.

Friedrich passou pelos arbustos até seu local favorito, onde havia uma árvore derrubada de lado. Ele se sentou e três mergulhões-de-pescoço-vermelho saíram da floresta na direção dele. O rapaz atirou pedaços de pão para seus amigos gulosos.

Enquanto comia, o vento aumentou. Nuvens escuras pairaram no alto, ofuscando o sol. O grasnado agudo dos mergulhões perfurou o ar.

"Senhoritas, estão preparadas para ser minha plateia? Por favor, tenham bons modos para o concerto", disse Friedrich. Os mergulhões o ignoraram, chilreando e bicando os farelos.

Os pinheiros farfalharam produzindo um barulho longo. Ele ouviu o martelo batendo no metal vindo da madeireira ali perto.

> *Quaquá*
> *vuuuu, vuuuu, vuuuu*
> *peim, peim, peim, peim, peim, peim, peim*

Dentro dos ritmos, Friedrich ouviu... o "Acalanto de Brahms". Ele cantarolou a melodia. Pegou um graveto, fechou os olhos e levantou os braços. Imaginou a orquestra. Sua mão direita marcava o tempo com a batuta. A esquerda dava a deixa para os instrumentos, batendo em um plano invisível para iniciar as cordas, acenando para os sopros, sacudindo o punho para entrarem os metais, apontando para a harpa.

Ele abriu os olhos e percebeu que a música que ouvia não estava só em sua cabeça. Alguém estava tocando uma gaita. As notas eram claras, a composição complexa. Quando ele diminuía o andamento, a música diminuía também. Quando aumentava, ela acelerava.

Um músico estava seguindo seus comandos! Mas de onde?

Olhou em volta. Não havia ninguém por ali. Ele baixou os braços, mas a música continuou. A melodia era lenta, ressonante e espantosa. Em um momento, parecia que as notas saíam de uma flauta. No outro, de um clarinete. Nas notas graves, ele podia ouvir o violoncelo.

Friedrich nunca havia ouvido ninguém tocar assim antes. Ele prestou atenção, fascinado, procurando com olhos e ouvidos para determinar a origem do som. Eles pararam em uma janela aberta, no último andar do galpão do outro lado do campo. Ele prendeu a respiração — *o cemitério*.

Friedrich nunca tinha ido lá. Mas ouvira todas as histórias: é onde as máquinas morrem. Coisas estranhas acontecem no escuro. Há brilhos e aparições. Algumas pessoas sobem e nunca mais descem.

O rapaz hesitou. Mas a música era tão atraente, tão curiosa. Como poderia ser assustadora? Além do mais, eram apenas rumores. Ele pegou seu almoço, caminhou até a entrada e deixou sua lancheira na porta. Com certeza alguém que fazia música daquele jeito não seria um perigo para ele.

Ele abriu a porta pesada e entrou no saguão. A música vinha lá do alto. Lentamente, ele subiu a escadaria escura.

No último andar, Friedrich abriu uma porta e entrou em uma sala cavernosa. Janelas arqueadas iam do chão ao teto dos dois lados, mas alguns poucos feixes de luz penetravam, feito agulhas, pela sujeira acumulada no vidro, deixando a sala no escuro.

Máquinas velhas, vultos grandes de aço e ferro, enchiam o espaço. No teto, dezenas de rodas estavam suspensas, e abaixo delas, no chão ou pregadas a mesas, estavam seus complementos — todas as partes de um sistema de polias outrora elaborado. As correias de couro, agora soltas e inúteis, pendiam das vigas como cobras pretas.

É onde as máquinas morrem.

A música estava mais alta agora. Porém, ainda não havia nenhum sinal do músico.

O ar parado e poeirento fez Friedrich espirrar.

A música parou.

"Alô?", disse ele. A palavra ecoou. *Alô...lô.*

Um camundongo passou correndo em seu caminho.

O refrão da canção de ninar começou novamente. Parecia vir do canto oposto do salão. A música era tão insistente que o puxava para a frente. Lágrimas brotaram em seus olhos. Quem estava tocando tão lindamente, e com tanta paixão?

Ele manobrou em torno dos esqueletos deformados das máquinas. Uma grande geringonça coberta com uma lona suja bloqueava sua visão do canto. Ele a contornou.

Mais uma vez a música parou.

Ele gritou: "Mostre-se, por favor!".

Ouviu mais uma vez o acalanto.

Na penumbra, ele olhou para o ponto de onde tinha certeza que a música saía.

Ninguém estava lá.

Friedrich foi até a janela que havia visto do campo. Ele tinha certeza de que estivera aberta, mas agora já não estava. O vidro estava sujo e opaco, como todos os outros. Teias de aranha cobriam as quinas. O chão estava coberto com uma camada intacta de poeira. Ninguém tinha estado ali em um bom tempo.

Brilhos e aparições.

Será que *foi mesmo* um fantasma que ouviu? Ou alguém lhe pregando uma peça?

Friedrich se virou e examinou o imenso espaço. A única forma de sair era por onde havia entrado. Ninguém poderia ter passado por ele despercebido.

Ele se virou outra vez para a janela. Uma escrivaninha de madeira com pés de garra ficava na frente dela. Ele se inclinou sobre ela e limpou a sujeira do vidro, criando uma vigia. Dava para ver a árvore caída onde almoçara e os mergulhões ali perto. *Era* a janela certa. Ele tentou abrir o trinco e acabou batendo na escrivaninha. Algo se chacoalhou.

Friedrich abriu a primeira gaveta. Lá dentro havia uma caixa de gaita. Ele a pegou e examinou a tampa.

BANDA NAVAL

FABRICADA POR

M. HOHNER

ALEMANHA

Nº 1896

Ele a abriu e retirou o modelo que a empresa geralmente exportava para os Estados Unidos da América. A data na caixa indicava o ano em que foi lançada, mas a chapa de cobertura parecia mais nova e o corpo mais antigo. Do lado oposto dos buracos para soprar, na borda pintada de preto, havia uma minúscula letra **M** vermelha.

Será que era este o instrumento que estavam tocando? Se sim... como?

Ele havia *mesmo* ouvido a música, não?

Friedrich sentiu um arrepio e se estremeceu, correndo os olhos de uma sombra a outra.

O sinal da fábrica tocou. Friedrich pulou.

Coisas estranhas acontecem... Algumas pessoas sobem e nunca mais descem.

Rapidamente, ele pôs a gaita de volta na caixa, enfiou-a no bolso da camisa e refez os passos dentro do salão. Desceu as escadas apressado, tropeçando nos últimos degraus, até sair pela porta.

Ele precisou se abaixar por um instante para recuperar o fôlego, antes de pegar a lancheira e correr de volta até o prédio.

"SOBRINHO, O que aconteceu? Está branco feito um fantasma", disse o tio Gunter quando Friedrich chegou à sua mesa.

"Talvez eu tenha *ouvido* um fantasma", disse ele, colocando o avental e descrevendo o que acabara de acontecer.

"Existe uma explicação lógica", respondeu o tio Gunter. "O som da música é como a água encontrando um caminho. Ele viaja em muitas direções. Pode ter amplificado o som vindo de outro andar do prédio."

Friedrich não tinha tanta certeza. A música parecia tão presente, como se a gaita *quisesse* que ele a encontrasse. "Acha que posso ficar com ela?"

"Não vejo problema algum. A empresa nos dá várias todos os anos."

Friedrich se aproximou e apontou para o **M** vermelho. "O que acha que isto significa?"

O tio a examinou. "Parece a marca de um artesão. Mas não é costumeiro fazer isso. Não vai afetar o som. O instrumento parece em bom estado. A chapa de cobertura foi trocada. Não há como saber quanto tempo ela ficou dentro da escrivaninha. Provavelmente pertenceu a um empregado antigo. É melhor limpá-la e afiná-la." Ele lhe deu um tapinha nas costas. "Friedrich, garoto, você será um herói se os homens descobrirem que foi ao cemitério sozinho. A maioria deles não ousaria!"

AO CAMINHAR para casa no fim do dia, Friedrich tirou a gaita do bolso e a levou aos lábios.

Ele assoprou alguns acordes. O tio Gunter tinha razão. Estava desafinada, mas, por ora, Friedrich não ligou. Ele tocou as primeiras notas de "Alle Vögel sind schon da", "Todos os Passarinhos Voltaram".

A gaita tinha um timbre rico, etéreo — o mesmo som sedutor que ouvira mais cedo na sala do cemitério. Quanto mais ele tocava, mais o ar à sua volta parecia pulsar de energia. Ele se sentiu protegido pela capa de música, como se nada pudesse atrapalhar seu caminho. Será que estava apenas animado pela volta de Elisabeth e pela reunião de sua família? Ou será que era outra coisa?

Ele ficou tão encantado pelo tom da gaita, e por aquela canção simples e hipnótica, que passou pelo pátio da escola sem se lembrar de ficar ansioso. Quando virou o seu quarteirão, percebeu que havia caminhado quase o trajeto inteiro sem se curvar. Ele nem ligou que a vizinha ao lado, a sra. Von Gerber, que sempre o importunava com fofocas ou remédios caseiros para sua mancha de nascença, estava do lado de fora varrendo em frente aos gerânios. Em vez de evitá-la, como de costume, ele disse: "Olá, sra. Von Gerber!".

Ela parou e olhou admirada. "Boa noite, Friedrich."

Ele acenou e colocou a gaita misteriosa no bolso.

A cada passo que dava na calçada da frente, ela parecia bater em seu peito, como um coração.

Friedrich foi envolvido pelo aroma de carne assada e maçãs com canela.

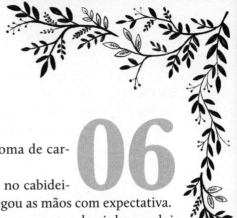

Sorriu ao pendurar o casaco no cabideiro da entrada. Em seguida, esfregou as mãos com expectativa.

O velho relógio de cuco, com seus pesos de pinha esculpida, abraçava a parede. A minúscula porta, emoldurada por uma coroa de folhas de tília e animais silvestres, se abriu. O cuco deslizou para frente e chilreou as horas.

"Que pena, velho amigo", disse Friedrich. "Você não pode saborear nossa comida."

"Aqui", gritou uma voz da cozinha.

Friedrich encontrou o pai à mesa e Elisabeth em frente ao fogão, mexendo uma panela de carne com uma colher de pau. Um avental estava amarrado em sua cintura, por cima de uma saia cinza e uma blusa branca. Os olhos de Friedrich correram pela pequena cozinha: a arca de nogueira com a coleção de molheiras pintadas à mão, que fora de sua mãe; a bancada com as vasilhas de lata em ordem decrescente; a janela com a veneziana verde; e Elisabeth finalmente em casa!

Ele correu por trás dela, pôs os braços em volta de sua cintura e a levantou.

"Friedrich! Ponha-me no chão!"

Papai riu.

Friedrich a soltou. "Sentiu minha falta, Elisabeth?"

Ela tinha quase dezoito anos, mais alta que Friedrich, mas não muito, com os mesmos olhos azuis dele e de seu pai. Seus cabelos loiros estavam compridos e soltos, e suas bochechas com covinhas estavam rosadas pelo calor do cômodo. Havia pão fresco em uma tábua sobre a mesa. Spaetzle, um macarrão caseiro típico do sul da Alemanha, em uma panela. Um strudel, polvilhado com açúcar, esfriava atrás do fogão.

Friedrich estendeu o braço para puxar o laço de seu avental. Ela se desviou, rindo, e o ameaçou com a colher de pau.

"Você já tentou tirar a marca de nascença de algum paciente com uma escova de sapatos?", perguntou ele.

Ela pôs as mãos nos quadris. "Nunca vai se esquecer disso?"

"Eu não esqueço com facilidade. Lembra-se de quando brincávamos de esconde-esconde e, se você me encontrasse antes de eu me salvar, sua recompensa era me enfaixar feito uma múmia?"

Papai assentiu. "Você já era enfermeira até naquela época."

Ano passado, Elisabeth tinha ido para Stuttgart viver com os únicos parentes deles além do tio Gunter: o primo da Mamãe, a esposa dele e a filha, Margarethe, que também estava na escola de enfermagem. Mas agora, os últimos três meses de treinamento de Elisabeth seriam no hospital local com o médico da família, o dr. Braun.

"É bom tê-la em casa", disse Friedrich, batendo continência. "Estou pronto para receber ordens."

Elisabeth apontou para uma cadeira com a colher. "Sente-se ao lado do pai e servirei o spaetzle. Papai, você começa. Conte-me sobre seus últimos dias de trabalho e seus primeiros dias como homem da melhor idade."

À mesa da cozinha, Papai falou sobre todas as felicitações que recebera e as brincadeiras amáveis que fizeram durante sua última semana de trabalho, e dos jantares e almoços em sua homenagem. Ele falou sobre montar um pequeno grupo de músicos de câmara. "É claro, não será tão animado quanto nossas apresentações na sala. Espero ouvir uma polca no piano mais tarde."

Ela olhou para Friedrich e revirou os olhos. "E você?"

"Papai mandou minha inscrição para o conservatório."

"Ele vai se apresentar para o júri em janeiro. Dá para ver que está apreensivo", disse o pai. "Converse com ele, Elisabeth."

"Claro que você tem que ir. É o que sempre quis", disse Elisabeth. "Qual é sua preocupação?"

Friedrich deu de ombros. Não estava claro para ela o que o preocupava?

"O júri só tem oito pessoas", disse Papai.

Era fácil para ele falar. Não era ele que tinha que ficar na frente de estranhos, fingir que não havia nada de errado com seu rosto e se apresentar. E se ele fosse aceito, o que aconteceria? Será que conseguiria ficar em uma sala com alunos que não conhecia? Mesmo que conseguisse aguentar os olhares furtivos e de desdém, de que adiantaria? Como poderia ficar à frente de uma plateia? Ou ousar reger *uma orquestra inteira*? Só de pensar, seu estômago se revirou.

"Eles terão sorte de contar com seu talento", disse ela. "E agora, mais que nunca, a Alemanha precisa que seus *verdadeiros* cidadãos alcancem o potencial de serem exemplos brilhantes."

Papai franziu o rosto. "Bem, sim, é uma maneira de pensar, mas..."

"E seu trabalho no hospital?" Friedrich não queria falar sobre o conservatório. E ele sentiu uma discussão brotando entre Papai e Elisabeth.

"Está indo bem. Eu assisti a uma cirurgia reconstrutiva outro dia. No lábio de um garotinho. Foi emocionante. Espero trabalhar na cirurgia pediátrica um dia."

Friedrich notou que ela havia comido muito pouco e que amassava o guardanapo em uma bola de preocupação. "Elisabeth, o que foi?"

Ela olhou para Papai e para Friedrich. Largou o guardanapo, cruzou as mãos na frente do prato e respirou fundo. "Antes de titio vir para cá, há algo que preciso contar a vocês dois. Espero que entendam..." Ela se endireitou. "Eu fui transferida para um hospital de Berlim. Não ficarei em Trossingen nem trabalharei com o dr. Braun."

"Berlim?" Os olhos do pai se contraíram de decepção. "Por quê? Estava tudo arranjado para você ficar aqui."

"Sim, eu sei", disse Elisabeth. "Só fiquei sabendo alguns dias atrás. O dr. Braun já foi notificado."

Friedrich ficou olhando para o prato, com o coração apertado. Não haveria papos de madrugada, nem passar um livro de um para o outro, nem tardes de domingo com as cartas, jogando binokel. Ele olhou para o pai, em dúvida se isso seria pior para si mesmo ou para ele.

O rosto do homem murchou. "Quanto tempo pode ficar?"

"Só o fim de semana. Vou embora segunda de manhã no primeiro trem."

"Mas a vimos tão pouco." Ele piscou para conter as lágrimas.

"Eu sei que isso veio de surpresa, pai. E lamento por isso. Mas essa colocação será boa para minha carreira dentro e fora do hospital."

"Não pode falar com alguém e pedir para ficar em Trossingen?", indagou Friedrich.

"Não. Eu... eu *pedi* para ser transferida."

Por alguns momentos o único som foi o tique-taque do relógio de cuco no saguão.

O rosto do pai se enrugou, confuso. "Pediu?"

"Por quê?", perguntou Friedrich. Será que ela não queria ficar com eles?

"Tanta coisa mudou para mim. Berlim agora é o centro de muitas de minhas atividades. Eu deveria ter lhes contado da última vez que estive em casa, mas parecia nunca haver o momento certo. Sabem, depois que me mudei para Stuttgart, Margarethe e eu entramos para... a Liga das Moças Alemãs."

A cabeça de Papai chicoteou para trás como se tivesse levado um tapa. "Elisabeth, não *pode* estar falando sério."

Friedrich se engasgou com o spaetzle.

"Você é uma hitlerista?"

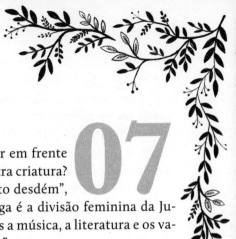

Aquela sentada à mesa de jantar em frente a ele era sua irmã ou alguma outra criatura?

"Não diga *hitlerista* com tanto desdém", disse Elisabeth. "Mas sim. A Liga é a divisão feminina da Juventude Hitlerista. Defendemos a música, a literatura e os valores tradicionais da Alemanha."

"Em vez de...?", disse Papai.

"Bem, coisas não tradicionais. Por exemplo, a gaita, lamento dizer, não é considerada tradicional. É ofensiva."

"A gaita?", disse Friedrich, rindo.

"Ela é responsável pelo nosso sustento, Elisabeth", disse Papai. "É o que permite que você frequente a escola e more em Stuttgart com Margarethe. Não vamos depreciar um instrumento que remonta ao antigo sheng chinês."

"Mas, Papai, nem *você* a toca."

"Mas eu sim", disse Friedrich, tirando do bolso a gaita que encontrara no cemitério e segurando-a. "No clube da gaita."

"Não é o instrumento em si", disse Elisabeth. "É o *tipo* de música que as pessoas tocam com ela. Música inaceitável."

"Como assim?", perguntou Friedrich.

"Estou falando de música negra. Jazz. Este gênero musical é considerado degenerado."

"Música não tem raça nem qualquer inclinação!", disse Papai. "Todos os instrumentos têm uma voz para contribuir. Música é uma linguagem universal. Uma espécie de religião universal. Com certeza é a *minha* religião. A música supera todas as distinções entre as pessoas."

"Algumas pessoas discordam, Papai. E nós devemos seguir as diretrizes do Partido. Não devemos ouvir nem tocar músicas de compositores judeus."

"Não seja ridícula!", disse ele.

O relógio de cuco chilreou.

"Fique quieto, cuco", murmurou Friedrich. "A não ser que queira ser menosprezado."

"Pelo contrário!", disse Elisabeth. "Os relógios da Floresta Negra são próprios dos artesãos alemães. Hitler defende o orgulho alemão, e devemos apoiá-lo. Afinal, ele é nosso chanceler."

"Mas Hindenburg *ainda* é nosso presidente", disse Papai, dando um tapa na mesa.

"Todos dizem que Hitler será o presidente em breve. Ele é a resposta para os problemas de nosso país, pai. E o Partido Nacional-Socialista é o único partido político aceitável atualmente na Alemanha."

"Você já leu o livro dele, *Minha Luta*?", perguntou Papai.

Elisabeth encarou o homem com olhos frios. "Francamente, não. O intelectualismo é malvisto. Hitler é o líder dos trabalhadores, das pessoas comuns, dos verdadeiros alemães. Conheço bem seus desejos para o país, sua ideologia e..."

"Ele quer uma raça *pura*", disse Papai. "Ele diz que todos que não sejam alemães são seus inimigos!"

Elisabeth olhou para o pai como se sentisse pena dele. "Pai, ele só está tentando estimular o orgulho nacional. A Liga é uma organização boa para moças saudáveis de origem verdadeiramente alemã."

"Como é que se prova isso?", indagou Papai.

"Registros de batismo, fichas médicas, certidões de casamento... Qualquer um pode entrar, se puder provar que não há mais que um oitavo de certas ascendências não alemãs em sua linhagem. Não é tão problemático quanto está pensando. E há coisas *piores* que ser verdadeiramente alemão." Ela virou-se para Friedrich. "Você *precisa* entrar para a Juventude Hitlerista. Você ficaria com garotos de sua idade aqui da vizinhança. Há reuniões, comícios e competições ao ar livre. É muito divertido."

Friedrich tocou o rosto. Será que Elisabeth se esquecera de como os meninos de sua idade ali da vizinhança o tratavam? E o plano de Hitler de purificar a população? Será que

Friedrich se qualificaria como alemão de verdade? Será que era puro o suficiente? Baixinho, ele disse: "Acho que eles não gostariam de minha aparência".

"Ah, mas você deveria ignorar seu orgulho, Friedrich. É importante que *todos* os alemães se unam pela pátria. Pelo bem do país e do homem comum."

Friedrich percebeu que Elisabeth soou como Anselm, quase palavra por palavra. Será que haviam ido às mesmas reuniões?

"Friedrich não vai correr esse risco", disse Papai.

"Pai, você está sendo teimoso e irracional. Pelo menos na casa de Margarethe eu tenho apoio. *Ela* compreende e pensa da mesma maneira que eu, e os pais dela também."

"Os pais dela?", perguntou Papai.

Elisabeth levantou o queixo. "Foram eles que sugeriram que fôssemos à nossa primeira reunião."

O rosto de Papai se comprimiu enquanto ele afundou em sua cadeira. "Nossos próprios parentes... É *assim* que passa seu tempo?"

"Meu trabalho na Liga é apenas nas noites de quarta e aos sábados", disse Elisabeth. "E isso me trouxe muita consideração entre os médicos e as enfermeiras." Ela afastou a cadeira da mesa e se levantou. "Pai, eu estou *amando*. Nós fazemos caminhadas e passeios. Cantamos. Estou envolvida com a comunidade, ajudando pessoas. Eles me valorizam por causa de meu treinamento médico. Já faço parte do Serviço Médico Jovem. E estou determinada a ser uma líder. A servir de exemplo para as meninas mais novas."

"Você está deslumbrada", disse Papai.

Elisabeth o ignorou. "Não virei muito para casa porque, como Líder Jovem em potencial, meu tempo extra será dedicado à Liga. Pai, preciso de meus papéis de batismo. E os seus e de Mamãe. Ou certidões de casamento. E de qualquer um de meus avós, se por algum milagre os tiver. Nossa, seria *maravilhoso* se tivéssemos esses registros e eu pudesse provar minha linhagem até lá atrás. Aí eu poderia garantir minha posição de liderança."

Liderança? Sua irmã iria treinar outros seguidores de Hitler?

Houve uma batida na porta da frente.

"Lá vem o tio Gunter com seu acordeão, com certeza", disse Elisabeth. "Talvez *ele* fique mais animado por mim." Ela saiu apressada da cozinha.

Papai se levantou e murmurou: "O tio Gunter *não vai* ficar mais animado. Vou para a cama".

"Não quer comer um pedaço de strudel?", disse Friedrich. "E tocar um pouco de música?"

Enquanto saía do recinto, ele disse: "Estou com azia".

Alguns momentos depois, o tio Gunter entrou na cozinha com o braço em volta de Elisabeth. "Finalmente, Friedrich! Estamos todos juntos novamente."

Friedrich puxou uma cadeira da mesa para o tio Gunter. "Sim... todos juntos, exceto Papai, que pediu licença. É o estômago dele."

"Ah, que pena. Mas sobra mais para mim", disse ele, olhando para a sobremesa.

Elisabeth serviu o strudel e continuou conversando, com o rosto animado, sem se abalar com a ausência de Papai nem com o humor de Friedrich.

A princípio, o tio Gunter estava simpático e fez perguntas sobre o trabalho de Elisabeth. Em seguida, a cada uma de suas revelações, Friedrich o viu ficar cada vez mais quieto, deixar a sobremesa que amava pela metade e ir embora cedo. Fingindo cansaço, ele colocou o casaco e pegou o acordeão.

Antes de sair, ele olhou para Friedrich. Seus olhos estavam cheios de alguma coisa que o rapaz não conseguiu decifrar — pena, medo ou apreensão?

Será que estava preocupado com Elisabeth?

Ou com Friedrich e Papai?

Bem cedo na manhã seguinte, Friedrich encontrou Papai sentado na sala, afundado em uma cadeira.

Ele parecia pequeno e murcho, como se todo o ar tivesse sido retirado de seu corpo. Segurava uma caixa de chapéu forrada de tecido no colo. Papéis e fotos estavam espalhados à sua volta, com a tampa da caixa no chão.

"Pai, o que são essas coisas?"

"Os papéis que Elisabeth pediu."

"Por quê? Se não os der para ela, ela não poderá se tornar líder e talvez... talvez recupere o juízo."

"Friedrich, esses registros são todos públicos. Se ela não os conseguir comigo, pode solicitar cópias com um advogado. Não consigo parar de pensar que ela foi influenciada indevidamente..." Papai balançou a cabeça. "Nossos próprios parentes!"

Ele ergueu vários documentos. "Aqui estão os registros de batismo e de casamento de que ela precisa. Eu finalmente os encontrei." Ele acenou para a caixa redonda. "Eu nunca havia olhado dentro dela. Sempre pensei que tivesse um chapéu. Não havia visto nenhuma dessas coisas desde que sua mãe..." Papai olhou para baixo, esfregando a testa com os dedos. "Doloroso demais, acho."

"Onde está Elisabeth?", perguntou Friedrich.

"Aqui ao lado, visitando a sra. Von Gerber. Ela saberá mais sobre Trossingen do que nós quando voltar. Ponha tudo de volta na caixa para mim, sim? E leve-a para meu quarto. Tenho um aluno chegando em breve. Só que preciso de uma xícara de chá primeiro." Papai foi para a cozinha.

Friedrich juntou as fotos. Ele ficou olhando para um retrato de Papai com uns doze anos, parado ao lado de seu violoncelo. Friedrich ficou assustado com a semelhança entre eles.

Tocou na foto. Em que sua vida seria diferente se ele tivesse nascido sem a marca de nascença, como Papai?

Em outra foto da orquestra da escola, ele viu Papai na primeira cadeira da seção dos violoncelos. Porém, seus olhos se fixaram no jovem regente, parado na frente segurando sua batuta. Será que um dia seria ele ali?

Friedrich pôs as fotos no bolso para pregar em sua penteadeira mais tarde. Depois recolheu as restantes com os papéis e os empilhou na caixa de chapéu. Um envelope havia sido afixado do lado de dentro da tampa. Ele tirou um papel de dentro. Nele havia a marca de tinta dos pezinhos de um bebê. Embaixo estava escrito seu nome, Friedrich Martin Schmidt. Logo depois, sua data de nascimento, seguida das seguintes palavras: *Causa da morte, epilepsia.*

Seu coração parou.

Ele leu novamente.

Era *seu* nome e *sua* data de nascimento. Então aquelas só poderiam ser as *suas* pegadas. Mas ele não era epiléptico. E estava bem vivo! Quem havia escrito aquilo? Por que diziam que ele estava morto? Sua mão tremeu enquanto analisou as pequenas marcas de tinta.

Ele não ouvira a porta da frente se abrir, mas Elisabeth estava diante dele, tirando seu cachecol.

"Como sempre, a sra. Von Gerber sabe tudo de todo mundo, então foi fácil ter notícias da vizinhança inteira de uma vez só. Ela ficou entusiasmada com meu trabalho em Berlim. E feliz em relatar que o dr. Braun está bastante satisfeito por uma de suas próprias pacientes entrar para a medicina, mesmo que eu não possa estagiar com ele. Ela disse que sente saudade de minha geleia de marmelo. Mas prometi fazer em breve e mandar para ela." Elisabeth pôs as mãos na cintura e olhou para Friedrich. "O que foi? Está pálido."

Ele estendeu o papel.

Assim que o leu, sua boca se abriu, mas nenhuma palavra saiu. Por fim, ela disse: "Deve ser um engano".

"É minha data de nascimento e meu nome", disse ele.

"Friedrich, *tem* que haver uma explicação. Venha."

Atônito, Friedrich a seguiu até a cozinha, onde Papai estava enchendo a chaleira na pia.

"Pai", disse Elisabeth. Ela lhe estendeu o papel.

Ele o examinou, confuso a princípio, e em seguida com uma expressão de reconhecimento. "Onde encontrou isto?"

"Friedrich encontrou."

Papai assentiu. "Faz tanto tempo. Já tinha me esquecido."

"Por que diz aí que estou morto?", indagou Friedrich.

Papai olhou para ele e para Elisabeth. "Posso explicar. Por favor... sentem-se."

09

Friedrich e Elisabeth se sentaram em frente ao pai, que deixou a chaleira fria sobre a mesa, entre as mãos.

Ele respirou fundo. "Sua mãe entrou em trabalho de parto no meio da noite. O dr. Braun e a enfermeira vieram aqui em casa. Imediatamente após nascer, você começou a ter convulsões. O médico disse que eram fortes demais e que você não passaria da primeira noite. Antes de a enfermeira sair, ela fez a impressão dos seus pezinhos como um gesto de consolo, algo que sua mãe pudesse guardar. Mas aí você *passou* da primeira noite. E da noite seguinte. E da próxima. Alguns meses depois, foi sua mãe... que começou a falhar." Os olhos de Papai se encheram de água.

"Por que nunca falou nada?", perguntou Friedrich. "Sobre a epilepsia?"

"Da cama do hospital, sua mãe me fez prometer não contar a ninguém. A cada semana, sua mancha ficava mais proeminente, assim como as fofocas e as superstições. A sra. Von Gerber estava convencida de que sua mãe derramou uma taça de vinho tinto na barriga durante a gravidez, e que *isso* causou a mancha. O funcionário da padaria disse que sua mãe levou um susto terrível antes de você nascer e que o choque deixou uma mancha em seu rosto."

"Eu me lembro", disse Elisabeth. "E uma cigana na rua achou que era um sinal de um segredo de sangue, algo na história de nossa família que nunca foi trazido à tona."

"Era tudo bobagem", disse Papai. "Sua mãe não bebia vinho. Ela não tinha medo de nada. Nem carregava nenhum segredo de família indizível. Mas ela estava realmente preocupada com você, Friedrich. Ela tinha uma tia com o mesmo tipo de marca de nascença, e sabia que isso seria um grande fardo. Acrescentar a isso o estigma da epilepsia seria demais."

Confuso, Friedrich olhou para Elisabeth. "Estigma?"

"Mais histórias da carochinha", disse ela. "Algumas pessoas acham que as convulsões são causadas por demônios ou por insanidade, e que não é um problema médico. No entanto, são só conjecturas ignorantes."

"É por isso que sua mãe implorou a mim e ao dr. Braun para manter segredo das convulsões. E nós prometemos. Para ser bem sincero, eu tinha até me esquecido delas. Você nunca mais teve nenhum ataque depois de um ano de idade."

Friedrich já vira um ataque epiléptico uma vez, quando estava no jardim de infância. Ele estava pintando em um cavalete quando o menino ao seu lado caiu no chão. O pincel que o menino estava segurando voou pela sala. Ele fez barulhos como se estivesse engasgado, e seu corpo inteiro ficou se contorcendo e se sacudindo. Suas mãos se fecharam em punhos e se viraram para dentro. E ele uivou como um animal. Por alguns segundos, o garoto parecia mesmo insano, como se tivesse sido possuído por demônios. Mas tudo parou com a mesma rapidez com que começou. A professora mandou todas as crianças para fora da sala. Quando voltaram, o menino tinha ido embora. Friedrich nunca mais o viu.

Será que Friedrich poderia ter uma convulsão quando menos esperasse?

E se tivesse uma durante seu teste? Será que o conservatório o aceitaria se eles soubessem? Será que era louco? Ele esfregou as têmporas.

Papai estendeu a chaleira para ele. "Todos nós precisamos de um chá."

Friedrich pegou a chaleira, levou-a até o fogão e acendeu o fogo.

Elisabeth franziu o rosto. "Os espasmos provavelmente eram febris, por causa de alguma febre. Mesmo assim, tenho certeza de que dr. Braun anotou tudo em uma ficha. É o procedimento padrão." Ela se afastou da mesa, ficou de pé e começou a andar, com a testa enrugada de concentração.

Papai balançou a cabeça. "Que diferença faz? O dr. Braun prometeu que nunca diria uma palavra e assim o fez."

"Pai, não importa, ainda assim existe um *registro*. Não percebe?", disse Elisabeth. "Friedrich tem uma mancha de nascença, que agora sabemos ser uma deformidade física que vem de família. Você disse que mamãe tinha uma tia com o mesmo problema. E agora há um registro de epilepsia, que também é considerada hereditária. A nova lei é específica."

"Que nova lei?", perguntou Friedrich.

Elisabeth olhou para pai. "Não contou a ele? Pai, eu lhe escrevi a respeito meses atrás."

A chaleira borbulhou.

"Eu li. Ele *não* se qualifica", disse Papai.

"Ele *já* se qualificava só pela mancha", disse Elisabeth. "Agora, com a epilepsia, é certeza. Recebi informações detalhadas sobre a lei no hospital, e..."

Friedrich bateu a mão na bancada. "Parem de falar de mim como se eu não estivesse aqui! Não sou mais um bebê. Que lei? Qualificar para quê?"

Elisabeth cruzou os braços. "A Lei de Prevenção Contra Descendentes Hereditariamente Doentes. Ela foi aprovada em julho. Os médicos têm até janeiro para relatar pacientes com deformidades físicas ou condições hereditárias. A maioria precisará de uma operação para impedir que tenham filhos, para que não passem adiante as características indesejáveis."

Friedrich olhou para Papai. "Cirurgia?"

"Você *não vai* fazer essa cirurgia!", disse o pai.

Elisabeth olhou para Papai como se ele fosse uma criança pequena. "Ele não vai ter escolha. Todos os médicos receberam *ordens* de relatar todos os seus pacientes com deficiências físicas, alcoolismo, doenças mentais, cegueira, surdez, epilepsia — há uma lista de transgressões."

"Friedrich não cometeu crime nenhum."

"Esses problemas, caso sejam transmitidos", disse Elisabeth, "seriam transgressões contra futuros cidadãos alemães.

É por isso que existe essa nova lei, para impedir que eles aconteçam novamente."

Friedrich estava com uma sensação estranha no estômago, igual à que sentia logo antes de alguém lhe bater no pátio da escola. Perguntas vagaram em sua mente: seu rosto era um crime? Ele não era nada mais que sua mancha e uma doença que nem tinha mais? O que lhe aconteceria se os nazistas o considerassem medonho demais?

"Você apoia essa nova lei?", perguntou Papai.

"Eu a *compreendo*", disse Elisabeth. "O dr. Braun será obrigado a denunciar Friedrich. E a mim também, já que a epilepsia e a mancha apareceram em minha família. Eu me voluntariarei para a cirurgia. É o mínimo que posso fazer pelo meu país. E serei parabenizada por isso. Friedrich devia fazer o mesmo."

Friedrich olhou fixamente para Elisabeth. Ela estava realmente transformando a cirurgia em uma oportunidade de provar seu patriotismo? E queria que ele também fizesse isso?

O rosto de Papai se avermelhou e ele disse com a voz embargada: "Já se especula quantos sobreviverão a essa cirurgia. Quem vai saber se eles simplesmente matarem as pessoas que os nazistas consideram indesejáveis, para criar a suposta raça pura de Hitler?".

Friedrich sentiu o sangue se esvair de seu rosto. "Pai...?"

"Não se preocupe, filho. Marcarei uma consulta e eu mesmo vou falar com o dr. Braun."

"É uma boa ideia." Elisabeth apertou o encosto de sua cadeira. "E quando eu estiver por perto, Papai, peço que fale favoravelmente sobre Hitler ou não diga nada. Preciso acreditar que seja possível você se filiar ao partido, para que, quando eu for questionada por meus superiores sobre minha família — *e serei questionada* —, eu possa dizer que não tenho motivo algum para desconfiar de uma oposição sua. Se eu tiver que admitir que você não é um seguidor, isso pode não ser bom."

"O quê?", Friedrich não podia acreditar no que tinha ouvido. "Você denunciaria seu próprio pai?"

Elisabeth levantou o queixo. "O partido recompensa quem é franco. Se houvesse dissidentes em minha família e eu não revelasse isso quando fosse interrogada, minha posição dentro da Liga seria prejudicada. E isso poderia afetar meu trabalho no hospital. Minha carreira estaria acabada. Seria minha ruína."

"*Sua* ruína?", disse Friedrich. "E quanto a Papai? Estão colocando gente que não concorda com Hitler na cadeia, onde eles trabalham até a morte. E quanto a mim? Eles podem me matar na anestesia porque não sou perfeito." Ele sentiu a bile no fundo da garganta.

"Friedrich, nem mais uma palavra", disse seu pai.

O quê? Será que ele havia enlouquecido?

Papai passou as duas mãos pelo cabelo. Ele se levantou e endireitou os ombros. Examinou Elisabeth, e depois fixou-se em Friedrich, olhando intensamente. "Escute bem, Friedrich. Elisabeth está certa. Seremos alemães leais."

"Mas..."

"Nem mais uma palavra contra Hitler ou os nazistas nesta casa", disse o pai. "Não vou permitir."

Ele se sobressaltou. "Papai, não é possível que concorde..."

A voz de Papai tremeu de raiva. "Nem! Uma! Palavra! Você entendeu?"

Em toda sua vida, Friedrich não se lembrava de seu pai já ter gritado com ele daquela forma. Ele sussurrou: "Sim".

Papai pegou uma pilha de papéis em um canto da mesa e bateu neles na frente de Elisabeth. "Tudo que precisa está aqui: seus papéis de batismo, os meus e de sua mãe, e as certidões de casamento de seus avós. Pode ter certeza de que é cem por cento alemã. Agora eu tenho um aluno chegando em breve. Preciso me preparar." Papai saiu furioso.

Segundos depois, a porta da sala bateu.

Elisabeth pegou os papéis e saiu da cozinha cantarolando.

Friedrich ficou olhando para a porta por muito tempo após ela desaparecer.

A chaleira apitou.

10

Em seu quarto, no segundo andar, Friedrich tentou absorver tudo que havia acabado de acontecer.

Ele se ocupou para acalmar os pensamentos. Estendeu um pano de prato em uma ponta de sua escrivaninha e separou as ferramentas necessárias para limpar a gaita. Com uma pequena chave de fenda, removeu os parafusos que seguravam as placas de cobertura e as retirou.

Do primeiro andar vieram os sons familiares do violoncelo, quando o aluno de Papai começou a lição. Logo, Friedrich ouviu o prelúdio da Suíte para Violoncelo nº 1, de Bach. Ele ergueu a cabeça para ouvir os arpejos.

Naqueles acordes quebrados, ouviu o ritmo da briga de Papai e Elisabeth. As notas alternadas — as provocações que iam e vinham — subiam e desciam. A música era tão precisa quanto a conversa deles tinha sido frágil. À medida que a peça continuou, ele sentiu a tensão acumulada ficar cada vez maior, como uma ansiedade guardada. Após o movimento, uma tristeza permaneceu, não resolvida.

Friedrich voltou à gaita, inspecionando o corpo de madeira e as palhetas de cana-do-reino. Ele as separou e as enfileirou sobre o pano. Embebeu um pano macio em álcool e limpou as partes. Com um pequeno pincel macio, limpou o pente. Quando as palhetas estavam secas, ele as atarraxou de volta ao corpo. Levando a gaita à boca, ele soprou nos orifícios, soando as notas sequenciais da escala.

Friedrich repetiu a escala, tirou a gaita dos lábios e a examinou com cuidado.

"A terceira e a oitava", disse Elisabeth, parada na porta.

"Concordo." Friedrich levantou a cabeça. "Estão abaixo do tom. Você ainda tem um ouvido bom."

"Anos de insistência de Papai com o piano, quer eu gostasse ou não. Posso entrar?"

Ele deu de ombros.

Ela entrou, sentou-se na ponta da cama e olhou em volta. "Está tudo igual."

Friedrich analisou o quarto. A irmã tinha razão. A cama estava coberta pela colcha que tinha desde pequeno. A penteadeira cheia de partituras empilhadas. Um porta-retratos de seus pais no dia do casamento ficava na escrivaninha. "Gosto assim."

"Está claro que sim. Você nunca gostou muito de mudança." Sua voz estava baixa e gentil.

Será que ela achava que podia agir como se nada tivesse acontecido?

Friedrich ouviu a voz abafada de Papai dando instruções a seu aluno lá embaixo. Em seguida, o prelúdio começou outra vez. Ele pegou uma ferramenta minúscula e afiada e raspou levemente as palhetas de cobre. Ele soprou e raspou um pouco mais. Quando ficou satisfeito com a afinação da gaita, colocou as chapas de cobrir, uma de cada vez, e apertou os parafusos.

Ele tocou a gaita de novo, percorrendo a oitava.

Elisabeth inclinou a cabeça. "Não soa como as outras gaitas."

Friedrich concordou. Ela tinha um tom quente e etéreo. "Uma pena que seja inaceitável... como eu."

Elisabeth se retesou. "Por que não consegue entender? Eu *acredito* em Hitler e no que ele representa. Ele é nosso pai benevolente, que vai tirar o país das trevas da pobreza e levar nossa população diluída à grandeza e à riqueza."

Mais uma vez parecia que ela estava lendo o mesmo roteiro que Anselm.

"Pretendo concentrar todos os meus esforços na Liga", disse ela. "Lá, me dão valor. Por meus conhecimentos como enfermeira, por meu caráter moral e comportamento exemplar. Eu... eu sou *alguém* para eles."

"Você é alguém para nós também. E não precisa concordar com tudo que eles dizem. Você costumava ter os próprios sentimentos e pensar por conta própria."

"Esses *são* meus sentimentos agora. Além do mais, as meninas são as irmãs que nunca tive. Somos uma família."

"Você já *tem* uma família."

"Isso é diferente. Maior. A Liga é uma comunidade, e amo fazer parte dela." Elisabeth olhou para a colcha da cama dele como se fosse a coisa mais interessante que já tinha visto. "Friedrich, você já parou para pensar em como foi minha infância?"

"Igual à minha", disse Friedrich.

"Não, não exatamente. Eu só tinha seis anos quando Mamãe morreu. Nós éramos tão próximas que me senti perdida sem ela. Papai já tinha saído da orquestra e estava trabalhando na fábrica. Durante o dia vinha uma enfermeira cuidar de você. Mas ele e eu assumíamos durante a noite. E quando você ficou maior, eu o levava à escola e o buscava mais tarde. Eu também cuidava da casa e preparava a comida. Todas as coisas que uma mãe faria. Só que eu *não era* mãe. Eu era apenas uma menina. Nos fins de semana, Papai dava aulas, então eu cuidava de você de novo. Eu não tinha oportunidade de fazer passeios, ir a uma peça ou a um evento da escola que não fosse durante o período das aulas. E convites? Nunca houve nenhum. Experimente ser a irmã do..." Elisabeth mordeu o lábio.

"Menino Monstro?", disse Friedrich.

"Desculpe. Não quis ofendê-lo."

Raiva e tristeza sufocaram Friedrich. Sua voz saiu afetada. "Então por que disse isso? É assim que quer ser franca? Porque aqui não será recompensada por isso. Qual é seu problema, Elisabeth? Não consegue perceber? Você *já* magoou o pai. E a mim. É como se você fosse uma pessoa que nunca conhecemos!"

Ela se levantou, foi até a janela e olhou para fora, com os olhos fixos em algo que Friedrich não podia ver. Ela se virou para ele. "Eu *sou* uma pessoa diferente, com uma vida diferente. Será que isso é tão errado?"

Quando ele não respondeu, ela balançou a cabeça e suspirou. "Vou a uma atividade da Liga hoje à tarde, se quiser vir. Vamos fazer plantações para um fazendeiro aqui perto. Está vendo, Friedrich, nós fazemos boas ações na comunidade, pelo bem da pátria."

Friedrich olhou para ela, estupefato, e balançou a cabeça.

Ela saiu do quarto e fechou a porta.

Ele pegou a gaita e começou a tocar, tentando replicar o Bach que ouvia do aluno de Papai no andar de baixo. O instrumento incomum soou como se carregasse a dor que ele sentia — revelação surpreendente, decepção e uma tristeza avassaladora. No entanto, ao mesmo tempo, o timbre suave e elegante pareceu envolvê-lo.

Ele nunca havia pensado sobre a infância de Elisabeth.

Seu rosto foi um fardo para ela também.

Como nunca percebeu?

Ele abaixou a gaita e andou até o espelho acima da penteadeira. Olhou para a mancha que surgia de sua bochecha direita. Uma fúria irrompeu dentro dele.

Ele atirou a gaita do outro lado da sala. Passou os braços por cima da penteadeira, e as pilhas de partituras voaram.

Por que ele tinha nascido assim?

11

No domingo a casa estava quieta, exceto pelo tique-taque do cuco e seus pios ocasionais.

O tio Gunter deu uma desculpa delicada para ficar em casa. Papai lia na sala. Friedrich ficou em seu quarto.

Elisabeth ficou absorvida em se tornar outra pessoa. Ela trocou as roupas sob medida por uma antiquada saia *dirndl* tradicional e blusa do traje típico de camponesa. Arrumou o cabelo em tranças compridas e grossas. Até seu quarto havia mudado. Sua cama ainda era coberta pela colcha de crochê feita pela mãe, mas a pintura a óleo de um campo florido que sempre ficou acima dela foi substituída por um grande pôster de uma menina e um menino angelicais vestidos de uniforme. Eles olhavam para cima, com uma suástica irradiando luz sobre seus cabelos loiros e rostos perfeitos.

Naquela noite, Elisabeth fez cozido com salsicha, o prato favorito de Friedrich e de Papai, para o jantar. À mesa, não houve conversa sobre política. Nem discussão. Papai e Elisabeth tropeçaram nas sutilezas da conversa civilizada. Porém, ela não disse nem mais uma palavra a Friedrich, nem ele a ela. Elisabeth estava pensativa. Papai ficou mexendo na comida. Friedrich não conseguiu comer também. Após apenas algumas colheradas, ele se afastou da mesa e subiu.

Mais tarde, após todos terem se deitado, Friedrich ouviu Papai andar pelo corredor e abrir silenciosamente a porta do quarto de Elisabeth. Um instante depois, ele abriu a porta de Friedrich e em seguida voltou para seu quarto.

O filho ouviu o estalo do abajur, a cadeira se arrastando no chão de madeira e alguns toques do arco no violoncelo para aquecer. Ele sentiu seu coração doer quando seu pai começou a tocar o Acalanto de Brahms.

Quando ele e Elisabeth eram pequenos e não conseguiam dormir, eles corriam para o quarto do pai e imploravam por um concerto de boa-noite. Papai sempre fingia estar cansado demais, mas concordava depois que eles o enchiam de beijos. Ao enxotá-los de volta para seus quartos, ele os mandava dizer adeus para seus problemas, porque estavam prestes a sair voando nas asas da música.

"Adeus! Adeus!", gritavam eles, correndo de volta para suas camas e deixando as portas abertas para a apresentação.

Esta noite, Friedrich desejou que isso fosse possível — que o peso que havia em seu coração e sua mente pudesse sair voando.

A canção o transportou a um tempo em que Elisabeth fora constante, sempre ali, sussurrando em sua orelha. *Não dê ouvidos aos outros. Eles não são sua família. Sua família é quem lhe diz a verdade.*

Durante todos aqueles anos, será que *ela* estava dizendo a verdade?

Papai repetiu a música três vezes, e cada versão foi mais lenta, mais baixa e mais melancólica.

Friedrich puxou a colcha por cima da cabeça.

Durante todos aqueles anos, será que ela o amara como ele a amou?

A última frase que Papai tocou parecia lamentar o desmoronamento da família.

A última nota tremeu.

Os olhos de Friedrich se encheram d'água.

E ele chorou.

12

Elisabeth saiu cedo na manhã seguinte sem se despedir.

Friedrich estava dormindo, mas, mesmo assim, ela não disse adeus, nem escreveu um bilhete, nem pediu para Papai dar um recado. Será que havia mesmo desaparecido de suas vidas sem nenhuma palavra?

"Ela não vai voltar, não é?", Friedrich perguntou ao pai após o jantar, enquanto ele ajeitava o violoncelo na sala para sua aula semanal.

"Não, filho. Pelo menos não em breve. Talvez um dia. Receio que seja tudo culpa minha. Eu sempre esperei muito dela porque era tão capaz. Não considerei as necessidades de Elisabeth como deveria, por estar envolvido em minha própria dor após sua mãe... Sempre esperei que, após me aposentar, eu tivesse mais tempo para ela. Agora, parece que é tarde demais. Ela está tomada pelo... pelo idealismo daquele *fanático*."

Friedrich se retesou e passou resina no arco. "Achei que não quisesse ouvir mais nada Hitler nesta casa."

"Friedrich, com certeza você sabe que só disse isso por causa de Elisabeth. É importante que ela pense que somos seguidores. Pela segurança de todos nós. Eu faria qualquer coisa para proteger você e Elisabeth, até me filiar ao Partido Nazista, se fosse o caso. Por mais que eu odeie admitir, ela está certa em uma coisa. Se nos opusermos a Hitler, precisamos guardar nossos pensamentos para nós mesmos. Está entendendo? Observe e ouça. Essa deve ser nossa política. Não confie em ninguém. Tenha cuidado especial perto dos vizinhos e no trabalho. Exceto com seu tio, claro."

Friedrich balançou a cabeça. "Pai, não sou *eu* que..."

O homem levantou a mão. "Eu sei. Eu sei. Eu sou sincero e irritável demais. Mas prometo segurar a língua e guardar minhas opiniões para mim. Falei que era hora de ser prudente, não de fechar totalmente a cabeça."

Friedrich acenou com a mão na direção de uma tigela cheia de balas de anis. "Mas você continua comprando na mercearia judaica, não é?"

Papai suspirou. "Sim, Friedrich. Você sabe que é o único lugar que consigo comprar minhas balas. E que o lugar pertence à família de um de meus alunos. Além disso, hoje de manhã, as tropas de assalto pintaram na porta uma estrela amarela malfeita e penduraram uma placa: *Os judeus são a desgraça da Alemanha*. Eu vi três fregueses chegarem, pensarem duas vezes e irem embora. Isso não é certo."

"Você não acabou de dizer...?"

"Eu disse que guardaria minhas *opiniões* para mim, Friedrich. E guardei. Não falei uma palavra sequer na loja. Só comprei alguns mantimentos necessários. Eles não podem me prender por isso. Pelo menos não por enquanto."

Papai foi até o piano e tocou um lá.

Friedrich passou o arco sobre a corda do lá, para frente e para trás, ajustando as cravelhas. Antes de começar seus exercícios, ele levantou a cabeça. "Por que continua, pai, pelos judeus? Não seria mais seguro para nós aderirmos aos boicotes?"

Papai foi até ele e pôs a mão em seu ombro. "Eu não continuo só pelos judeus, Friedrich. Continuo por você também. Toda injustiça que os nazistas impuserem aos judeus, eles imporão a você e a qualquer pessoa que julgarem indesejável. É inconcebível!"

"Eu... vou ter que fazer a tal cirurgia?", perguntou Friedrich.

"Já marquei uma consulta com o dr. Braun. Na próxima sexta-feira discutiremos a respeito. Para a nossa segurança, vamos prometer que, de agora em diante..." Papai pôs o polegar e o indicador em um canto da boca e fingiu fechá-la como um zíper. Ele sorriu, de boca fechada.

Friedrich assentiu. "Prometo."

Porém, ele duvidava que o pai pudesse cumprir sua palavra.

13

Duas sextas depois, Friedrich aguardava nos portões da fábrica após o trabalho, andando para lá e para cá no vento frio de outubro.

Ele cruzou os braços para se aquecer e conter a ansiedade do encontro do pai com o dr. Braun. Ele havia prometido se encontrar com Friedrich depois para irem juntos para casa, mas estava atrasado.

Anselm saiu da fábrica e logo encurralou Friedrich. "Que sorte! Estava querendo falar com você."

Será que Anselm não podia deixá-lo em paz?

"Vou a uma reunião da Juventude Hitlerista na próxima quarta", disse ele. "Sou um dos líderes e recebo uma honra se levar um convidado."

"Obrigado, mas não estou interessado", disse Friedrich, evitando encará-lo nos olhos.

"Sua irmã é uma grande amiga de minha irmã, e ela pediu..."

Então isso era coisa de Elisabeth? "Não é para mim." Friedrich deu alguns passos para o lado.

Anselm foi atrás. "Você vai participar mais cedo ou mais tarde, Friedrich. E isso significaria muito para mim, além de fazer bem para minha imagem perante meus superiores. Venha. Veja se gosta."

Friedrich sabia que não gostaria. No entanto, lembrou-se de sua promessa feita ao pai e não disse nada.

"Outra hora, então", disse Anselm, encostando o dedo no ombro de Friedrich com um pouco de força demais. "Esta é minha promessa, Friedrich. Levar você a uma reunião." Ele se virou e foi embora, assoviando.

Friedrich fechou as mãos. Será que Anselm não desistiria? E Elisabeth? Ele não havia deixado claro que não queria ir? Teria que inventar uma desculpa para dar a Anselm na próxima vez.

Seus pensamentos foram interrompidos por dois estudantes, uma moça e um rapaz, caminhando na direção dele e carregando estojos de instrumentos musicais. Friedrich sabia que deviam estar saindo do conservatório e indo para casa. Quando passaram, ele os ouviu falar da "peça do Beethoven". Qual seria? Uma sinfonia ou um concerto? Quis gritar para eles: "Eu também conheço as obras de Beethoven!". Em vez disso, observou-os indo embora. Se ele fosse aceito no conservatório em janeiro, será que se tornariam amigos? Será que se importariam com sua aparência? Ou o ridicularizariam? Pela centésima vez, ele desejou e temeu ao mesmo tempo.

Onde estava o pai? Enquanto Friedrich esperava, pegou a gaita, que sempre guardava no bolso da camisa, e tocou uma passagem da Nona de Beethoven, o quarto movimento. Com as mãos cobrindo parte do rosto, ele não chamava muita atenção no escuro, apenas um menino tocando música alegre na rua. Ele nem se importava quando as pessoas olhavam em sua direção, porque pareciam não olhar para sua mancha. Apenas sorriam e acenavam, como se Friedrich tivesse algo a dizer com a gaita, em uma língua que todos entendiam.

Será que era igual quando os outros se apresentavam? A música era o que importava e a fisionomia do músico era secundária? Se ele fosse talentoso o bastante como músico, as pessoas enxergariam sua habilidade em vez de seu rosto? E a banca do conservatório? E talvez, um dia, uma plateia?

O som harmonioso da gaita permeou seus pensamentos com um brilho inegável, como se estivesse olhando para o mundo através de uma lente transparente. A esperança ardia como uma minúscula brasa. Ao terminar, ele abaixou a gaita, sentindo uma satisfação serena.

Um homem se aproximou e lhe deu uma moeda. "Isso foi extraordinário", disse ele, antes de seguir seu caminho.

Friedrich riu. Ele não estava tocando por dinheiro!

"Friedrich!"

Ele se virou e viu o pai andando em sua direção, e sua alegria desapareceu. Mesmo à distância, percebeu que ele estava aflito. "Desculpe o atraso", disse Papai quando o alcançou. "A reunião com o dr. Braun demorou mais do que eu pensava."

A voz de Friedrich ficou tensa. "E o que foi decidido?"

Ele respirou fundo. "Nós conversamos muito. Infelizmente, porém, ele está de mãos atadas. Em janeiro, será obrigado a relatar o que está em sua ficha. Não é ele que toma a decisão final, no entanto. Existe uma coisa chamada Tribunal de Saúde Hereditária, que vai analisar cada caso. São eles que decidem. E o dr. Braun disse que sua mancha e a epilepsia correspondem aos critérios da lei."

"Pai... isso significa que...?"

O homem passou as mãos pelo cabelo. "Contei a ele meus medos a respeito da cirurgia. E sobre seu futuro promissor, se for aceito pelo conservatório — ele sabe de seu talento desde que era pequeno. O doutor disse que, se você for admitido, podemos pedir a um representante do conservatório para escrever uma carta em seu favor — uma carta de dispensa. Aparentemente, Hitler e os nazistas abrem exceções para 'alemães verdadeiros e leais de grande aptidão'. Sua habilidade musical pode ser sua salvação."

Friedrich tomou o braço de Papai, segurando-se a ele enquanto digeria a possibilidade de ser salvo por sua musicalidade. Eles começaram a caminhar devagar para casa. "E se eu não for aceito no conservatório, serei obrigado a fazer a cirurgia?"

Papai assentiu. "O governo vai forçá-lo, se necessário. Mas neste caso, filho, esteja certo de que eu mesmo irei às autoridades."

O que aconteceria se o pai fizesse um escândalo com as autoridades? Friedrich balançou a cabeça. "Não pode bater na mesa de alguém como fez quando eu era pequeno, Papai. É uma *lei*. Estão prendendo gente por falar contra o governo." Friedrich tentou manter a voz baixa enquanto caminhavam. "Pai, se eu não for aceito, você tem que me prometer que não vai..."

"Friedrich, eu jamais poderia ficar parado e deixar isso acontecer." A tensão na voz dele estava crescendo. "Você é brilhante, gentil, responsável, talentoso, e... e agora essa... essa... lei! Por que as pessoas não podem aceitá-lo e olhar para seu interior? Eu não aguentaria se eles..." O rosto dele desabou. "Deve haver algo que eu possa fazer..."

Friedrich pôs o braço em volta de Papai e fingiu estar calmo. "Você pode me treinar. E supervisionar minha prática. Vamos olhar partituras hoje à noite para eu poder começar a escolher peças para o teste. Sim?"

Ele assentiu. "Mas pode ser que isso não seja suficiente. Deve haver algo mais que eu possa fazer..." Suas palavras sumiram na escuridão.

Durante toda a sua vida, Papai o protegera, o defendera, abrira portas para ele. Mas, agora, algo maior e incontrolável havia abalado a força e a determinação dele.

Um medo estranho tomou conta de Friedrich: ele se sentia como se estivesse caindo.

Se Papai não estivesse embaixo para apanhá-lo, será que poderia ajudar a si mesmo?

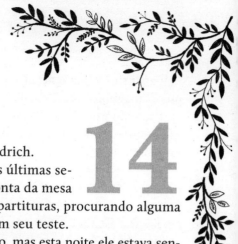

14

"Não... não... não...", disse Friedrich.

Toda noite, durante as duas últimas semanas, ele se sentava numa ponta da mesa da cozinha e olhava pilhas de partituras, procurando alguma peça que pudesse apresentar em seu teste.

Papai em geral fazia o mesmo, mas esta noite ele estava sentado do outro lado, escrevendo mais uma carta para Elisabeth.

Friedrich bateu no topo da pilha. "Que tal esta aqui? Haydn. Concerto nº 2?"

Papai levantou os olhos e concordou. "É complexa o suficiente. Ponha-a com as outras que estamos cogitando. E lembre-se do que sempre digo a você e a todos os alunos: não importa a música que escolha, deve tocá-la de tal maneira que a plateia não tenha escolha a não ser ouvir com o coração."

Friedrich a colocou em uma pequena pilha e se afastou da mesa. Ele precisava de uma pausa. Tirou a gaita do bolso e tocou o Acalanto de Brahms.

Quando terminou, Papai olhou para ele, balançando a cabeça de admiração. "É exatamente disso que estou falando, filho. Foi... radiante. Eu senti", ele pôs a mão no coração, "aqui dentro. E essa gaita! Que tom impressionante. É como se estivesse tocando três instrumentos, não um."

Friedrich ficou intrigado. "É verdade. Eu também ouço isso. Parece que toda música que toco faz harmonia com... alguma coisa dentro de mim."

O outro assentiu. "Alguns instrumentos têm uma qualidade inexplicável. Talvez tenha encontrado o Stradivarius das gaitas."

Friedrich a examinou. "Se pelo menos ela fosse reverenciada como os violinos Stradivarius. Uma pena não poder fazer meu teste com ela."

Papai riu. "Com o atual sentimento em relação à gaita, só posso imaginar a confusão que isso causaria no conservatório."

Papai dobrou a carta, colocou no envelope e o endereçou. Ele a entregou a Friedrich. "Pode botar isto no correio para mim amanhã, no caminho para o trabalho?"

Friedrich pegou o envelope e o deixou do lado. "Já faz um mês que ela foi embora. Por que continua a lhe escrever toda semana, se não teve nenhuma resposta? Não está claro que ela fez sua escolha?"

Papai pôs a caneta sobre a mesa. "Sei que está com raiva dela. Mas eu sou pai. Continuo porque a amo, e quero que ela se lembre do som de minha voz."

Friedrich acenou com a cabeça para o envelope. "Você contou a Elisabeth que nosso dentista fechou as portas por causa de mais uma lei, proibindo judeus de praticarem medicina? Perguntou se ela frequenta as fogueiras de Berlim, onde queimam livros que não glorificam os ideais de Hitler? Ou sobre os alemães que estão fugindo do país porque se opõem a Hitler?"

Papai olhou para ele, sério. "Cuidado, Friedrich. Está com a voz irritada. Receio que esteja começando a soar parecido demais comigo. E não. Na verdade, nunca falo de política com Elisabeth. Escrevo sobre vocês dois e algumas das minhas lembranças mais queridas da infância de vocês. Digo o quanto estou orgulhoso dos trabalhos dela como enfermeira. Conto o que comemos no jantar. Está percebendo? Não vou perder as esperanças de que ela possa voltar a ser minha filha e sua irmã um dia. Assim como também jamais desistiria de você. Há tão pouco que posso fazer por ela agora. A não ser lembrá-la de que estou aqui. E deixá-la livre. Você poderia fazer o mesmo."

Friedrich franziu o rosto e cruzou os braços sobre o peito.

"Eu sei que é difícil para você entender isso agora", disse papai. "Mas um dia... se eu não estiver por perto, nem o tio

Gunter estiver por perto, você pode precisar dela. Vocês podem precisar *um do outro*."

Do que Papai estava falando? "Eu não vou precisar dela, a não ser que tenha mudado a maneira de pensar."

"Filho, pode ser que chegue uma hora..."

"Pai, pare!" Ele jogou a carta da mesa e ela voou para o chão. Friedrich se levantou e saiu furioso do recinto, gritando por sobre o ombro: "Você e o tio Gunter não vão a lugar nenhum!".

15

Quando Friedrich chegou em casa do trabalho, na quinta-feira à noite, a mobília da sala havia sido arrastada para as paredes, e quatro cadeiras da cozinha e suportes de partitura estavam posicionados em semicírculo no centro do ambiente.

Havia uma mesinha posta com chá, bolo e uma tigela de balas de anis.

"Papai, o que é isso?"

O pai bateu as mãos. "Aconteceu uma coisa fortuita, Friedrich. Liguei para alguns amigos para ver se queriam tocar um pouco de música de câmara esta noite, de improviso, e eles concordaram." Ele acenou para a mesa. "Comprei algumas coisas. Para deixar tudo mais agradável. Vem um violinista e um violista. Posso ser o outro violinista, por mais que esteja sem prática. Você me faria a gentileza de tocar violoncelo, mesmo que só nesta noite?"

Friedrich tirou seu gorro, o cachecol de lã e o casaco. "Não sei, pai..." Ele hesitou.

"É Rudolph e Josef. Você conhece os dois, então não precisa se sentir desconfortável."

A filha de Rudolph havia feito aulas de violoncelo com seu pai, então ele esteve muitas vezes na casa. E Josef era um dos amigos mais antigos do pai. Tocaram juntos na Filarmônica de Berlim. Agora ele era professor de música na Universidade de Stuttgart. Sempre que visitava, Josef tinha um interesse especial em Friedrich, escutando-o tocar e lhe dando conselhos para melhorar.

"Há bons motivos para você tocar conosco, e um deles é causar uma boa impressão."

"Uma boa impressão?"

Papai estava radiante. "Descobri que Rudolph faz parte do *conselho de diretores* do conservatório. Então é vantajoso que vocês se conheçam melhor. E Josef frequentou o conservatório, então conhece bem os testes. Pedi a ele que desse uma olhada em nossas seleções musicais e fizesse uma recomendação do que possa tocar para o júri."

Friedrich pôs as mãos nos quadris e ergueu as sobrancelhas. "Por favor, não me diga que está tentando manipular..."

Ele levantou as mãos para detê-lo. "Eu lhe garanto, Friedrich, foi tudo uma coincidência fortuita. Só descobri que Rudolph estava afiliado ao conservatório depois que o convidei. E a única razão pela qual chamei Josef foi porque... eu sei que ele está precisando disso, pois perdeu o emprego." Papai murmurou: "A nova lei de Hitler, de Restauração do Serviço Público Profissional".

"O quê?", perguntou Friedrich.

"Ela proíbe judeus de trabalharem como professores. Ele é judeu *e* professor. E é brilhante. O melhor violista que já conheci. Quando o chamei, ele me disse que, algumas semanas atrás, no meio da noite, fez as malas da mulher e dos filhos e os mandou ficar com parentes, porque já não podia mais pagar o aluguel. Ficou para cuidar do pai, que não está com saúde para viajar. Eu o encorajei a tocar hoje porque a música é o melhor remédio para a alma."

"Pai, isso foi gentil de sua parte."

"Eu adoraria que começasse a noite tocando aquela gaita. A mesma peça que tocou para mim semana passada, a de Brahms. Acho que nossos convidados vão ficar encantados com sua habilidade e o som incomum dela." Os olhos de Papai brilharam.

Friedrich não o via tão animado desde o dia anterior à chegada de Elisabeth. Como poderia lhe negar? Ele concordou.

"Agora, rápido, vá para a cozinha comer seu jantar e depois suba para se trocar. Eles chegarão em pouco tempo. E não esqueça a gaita."

Friedrich encostou no bolso da camisa. Ele não esqueceria. Talvez Papai tivesse razão. Esta noite traria sorte.

16

Friedrich havia acabado de descer quando bateram à porta.

Rudolph entrou, alto e pesado, trazendo seu violino. Alguns instantes depois, Josef chegou, carregando a viola. Ele pôs os óculos de armação preta que tirou do bolso.

Após rápidas saudações, os dois homens começaram a desembalar seus instrumentos e a passar resina nos arcos.

"Antes de falarmos sobre o repertório", disse Papai, "Friedrich concordou em tocar algo para vocês a pedido meu."

O filho sorriu, sem graça. Ele virou o rosto para esconder a mancha e tirou a gaita do bolso. Tocou alguns acordes. Seu coração disparou. Como poderia se sentir tão nervoso em sua própria sala?

Fechou os olhos e começou o Brahms. Arrebatado e tranquilizado pelo som familiar da gaita, repetiu o estribilho. Ao terminar, ele se virou para olhar para os homens. Se era para impressionar alguém, ele esperava que fosse Rudolph, já que ele o julgaria em breve.

Porém, foi Josef quem falou: "Foi uma beleza. Não soou tanto como uma gaita, parecia mais um clarinete, e às vezes um flautim".

"Ela tem um som ímpar", disse Papai, olhando para Rudolph, que apertou os lábios. "Você não gostou da peça?"

"Martin, isso é um brinquedo, não é um instrumento. E não é autorizado pelo governo. É considerado vulgar", disse Rudolph.

Friedrich viu Papai se eriçar.

"É... bem..." Papai franziu o rosto.

Friedrich pigarreou e rapidamente disse: "Devemos falar sobre o repertório".

Rudolph se manifestou. "Sugiro Beethoven ou Bruckner. Talvez Bach. Eles são sancionados pelo Partido Nazista."

Friedrich percebeu a expressão assustada do pai. Rudolph era hitlerista. E Papai não sabia. Será que Rudolph sabia que Josef era judeu?

Josef se mexeu na cadeira, parecendo desconfortável. "Eu... não tenho nenhum problema em tocar esses compositores."

"Está decidido, então", disse Rudolph. Ele acenou para Josef e examinou seu rosto. "Já nos conhecemos, não é? Você tocava na orquestra com Martin. Ou estou enganado?"

Josef pôs a viola no colo. "Você está correto."

"Ainda está na Filarmônica de Berlim?"

"Não, fiquei alguns anos lecionando música na Universidade de Stuttgart", disse Josef. "Até recentemente."

Uma centelha de reconhecimento cruzou o rosto de Rudolph. "Sua família é de Trossingen, não? Seu pai e seu tio têm uma alfaiataria. Irmãos Cohen. Não é isso? No entanto, ela fechou devido às... tensões e aos sentimentos atuais."

"Isso mesmo", disse Josef.

Rudolph virou-se para Papai. "Não posso tocar ao lado de um judeu."

Papai se levantou e estendeu as mãos, suplicando. "Rudolph, não podemos deixar de lado essas opiniões pelo bem de nossa arte, já que estamos tocando para nós mesmos em minha sala? Josef é músico, o melhor violista que conheço. *Você* é músico... Todos nós temos esse amor em comum."

Rudolph se levantou e apontou o arco para Papai, com a voz incisiva. "Pelo amor de Deus, Martin, meu irmão é o novo comandante regional da polícia nazista. Será que não compreende? Não posso me arriscar a ser considerado simpatizante. Não posso sequer estar na mesma casa que um judeu. Se alguém achar que eu estou em conluio..." Seus olhos dispararam para as janelas. "O filho de meu irmão, meu próprio sobrinho, Anselm, trabalha na fábrica com Friedrich. Se seu filho mencionar a ele que estive aqui..."

Friedrich se estremeceu. Anselm era filho do comandante da polícia nazista? Não era de se admirar que agia daquela maneira. "Senhor, eu *nunca* mencionaria."

Rudolph pôs o violino e o arco de volta no estojo. "Simpatizantes de judeus *não* são vistos com leveza pelos nazistas."

Papai soltou: "Nós já discutimos política muitas vezes. Você nunca apoiou o novo regime! Com certeza não defende essas leis revoltantes: devemos *tocar* a música que Hitler deseja! Devemos *ler* apenas o que Hitler aprova! Devemos nos *parecer* da maneira que Hitler quer!".

Friedrich quis gritar para Papai. Será que havia se esquecido de que não era mais permitido ser um pensador livre? Será que se esquecera de sua promessa de guardar as opiniões para si? Será que se esquecera de que Friedrich deveria causar uma boa impressão?

"As coisas mudaram", disse Rudolph, fechando o estojo com um estalo. "Eu *cumpro* as novas leis, pelo bem da Alemanha e pelo futuro de minha família." Ele fez um sinal na direção de Friedrich. "Você já olhou para seu próprio filho, Martin? Talvez as novas leis existam por um bom motivo."

O rosto de Friedrich ardeu como se tivesse levado um tapa. Será que era isso que as pessoas pensavam agora quando viam a mancha? Graças a Deus pelas novas leis?

"Acho melhor eu ir embora", disse Josef, levantando-se.

"Não!", disse Papai. E em seguida continuou mais baixo: "Você é meu convidado".

Rudolph pegou o casaco. "Você escolheu seu lado, Martin. Espero que entenda que serei obrigado a discutir isso com meu irmão." Ele balançou a cabeça. "Estou decepcionado com você, e meu irmão também ficará. O que estava pensando?" Ele saiu, batendo a porta.

Papai se afundou em sua cadeira, murmurando: "Estava pensando que iríamos tocar música". Ele olhou para Josef e para Friedrich. "Não fazia ideia de que as coisas fossem se deteriorar assim. Supus que todos se dariam bem. Somos todos músicos..."

Josef pôs a mão no ombro de Papai. "Você é ingênuo, meu amigo, de sair em minha defesa. Isso não será bem-visto. E não há nada que eu possa fazer para ajudar."

"*Eu* é que deveria estar ajudando *você*", disse Papai.

Josef começou a guardar sua viola. "Preciso ir também. Você sabe como as pessoas falam. Um conselho, Friedrich. Quando fizer seu teste para o conservatório, evite os compositores judeus. Toque Wagner. Hitler *ama* Wagner; portanto, seus seguidores devem amar Wagner também. E não importa a política, Wagner é um compositor respeitável. Adeus, meus amigos." Ele pegou seu casaco e saiu apressado.

Friedrich se virou para o pai. "O que vai acontecer agora?"

Papai respirou fundo. "Serei interrogado, com certeza. Depois disso, não sei. Eu deveria ter ficado quieto..." Seu corpo desabou para dentro e ele pareceu muito pequeno. "Rudolph e eu somos amigos há mais de vinte anos. Ensinei violoncelo para a filha dele. Fomos a concertos juntos... Friedrich, nada mais faz sentido. Vizinhos denunciando vizinhos. Amigos denunciando amigos... Todo mundo com medo. Que horror virá em seguida?"

Friedrich ajudou o pai a ir até o sofá. Ele foi até a mesa, serviu uma xícara de chá e a levou até ele. "Fique aqui, Papai. Vou buscar o tio Gunter."

17

O tio Gunter andou de um lado para o outro da sala enquanto Friedrich e Papai contaram tudo que havia acontecido naquela noite.

Depois, colocou uma das cadeiras da cozinha bem em frente ao sofá onde o pai e Friedrich estavam sentados. Ele olhou de um para o outro.

"Vocês entendem o que precisa ser feito?"

Papai assentiu. "Precisamos ir embora."

"Deixar Trossingen?", perguntou Friedrich. "Mas voltaremos assim que tudo isso for resolvido, não é? A tempo do meu teste em janeiro?"

O rosto de Papai desmoronou. "Eu sinto muito."

O tio Gunter balançou a cabeça, com os olhos solenes. "Acho que não está entendendo, Friedrich. Não temos que ir embora só de *Trossingen*. Temos que ir embora da *Alemanha*."

"Filho, se houvesse algum outro jeito de garantirmos nossa segurança..."

"Eles vigiarão todos nós agora", disse o tio Gunter.

Friedrich se recostou no sofá. Deixar a Alemanha? Deixar a única casa em que morou? As vozes de seu pai e de seu tio giraram ao seu redor.

Deve ser logo... amanhã... Friedrich e eu iremos ao trabalho como sempre... vá ao banco e pegue dinheiro, mas não o suficiente para levantar suspeita... mala feita... precisa de uma desculpa... visitar Elisabeth em Berlim... encontrar na casa de Gunter... caminhar à noite e dormir nos campos durante o dia... sul... Berna, Suíça...

Os olhos de Friedrich passavam de Papai para o tio Gunter. Isso era real? O que estava acontecendo?

Ele os deixou na sala e caminhou devagar pelas escadas até o quarto, e aqueles murmúrios baixos viraram um zumbido constante enquanto continuavam a fazer planos.

Friedrich se sentou na beirada da cama, arrasado. Todas as suas esperanças, sonhos e o mundo que achava seguro haviam desaparecido. Como sua vida podia ter mudado tão rápido?

Ele estendeu a mão e tocou o violoncelo apoiado ao lado da cama. Eles levariam os instrumentos para o apartamento do tio Gunter amanhã à noite. Ele tinha um depósito que podia ser trancado para guardá-los. Contudo, por quanto tempo eles apodreceriam ali? Meses? Anos? Para sempre?

Ele pôs a mão no bolso e pegou a gaita. Começou a tocar a familiar "Jesus, Alegria dos Homens", o coral final da Cantata nº 147 de Bach, e foi imediatamente transportado para o momento em que a ouviu pela primeira vez.

Ele estava no jardim de infância, e foi com Papai à loja de música comprar resina de arco. Um gramofone ficava no meio da loja, em uma caixa de madeira entalhada da altura de um pódio. Estava tocando uma gravação do movimento do coral. Friedrich ficou hipnotizado. Quando terminou, implorou ao dono da loja para tocar de novo, e ele concordou. Naquela noite, Friedrich ficou na frente de Papai, usando um pente como batuta, e cantarolou a música como se recitasse uma história, nota por nota. Era a primeira regência de que tinha lembrança, e ainda podia ver a surpresa e o deleite nos rostos de Papai e de Elisabeth batendo palmas para ele.

Ele se deitou no travesseiro e olhou para a escuridão.

Será que havia um conservatório em Berna? Ou qualquer coisa tão maravilhosa quanto sua vida em Trossingen com Papai, tio Gunter e sua família da fábrica?

No hall lá embaixo, ouviu a minúscula porta do relógio se abrir, o fiel passarinho sair e cucar as horas. Porém, em vez de seu pio alegre de costume, aquele pareceu um aviso.

18

Na manhã seguinte, a caminho do trabalho, Friedrich estava ensombrado com preocupação e cansaço; ele mal havia dormido, e o pouco sono que tivera fora agitado.

Ele já estava quase na fábrica quando ouviu a voz de Anselm. "Friedrich, espere!"

Não podia se aborrecer com Anselm hoje. Continuou a caminhar, fingindo não o ouvir.

Ele sentiu alguém agarrar seu braço e fazê-lo virar.

"Pedi que me esperasse!" A princípio, Anselm pareceu nervoso, mas em seguida sua expressão se desfez em um sorriso. "Prometi levar você a um encontro da Juventude Hitlerista, lembra? Tem um hoje à noite. Já está na hora de você ver como é divertido. Vou pegá-lo na sua casa às sete."

Por que Anselm não podia deixá-lo em paz? Friedrich tirou o braço da mão dele com um puxão. "Já disse, não estou interessado." Tentou manter a voz calma. Ele se encurvou para frente e andou mais rápido em direção aos portões da fábrica.

Anselm o acompanhou. "Não importa que não esteja interessado, Friedrich. Você ficará após comparecer a um encontro. Sabe, *sua* irmã fez *minha* irmã prometer que eu o levaria a uma reunião para seu próprio bem, e o bem de sua família. E pretendo cumprir o pedido. Já é tarde demais para seu pai, Friedrich, mas não para você."

Ele parou, seu corpo enrijeceu e suas mãos se fecharam em punhos.

"É isso mesmo, Friedrich. Tarde da noite de ontem, meu tio contou ao meu pai tudo sobre Martin Schmidt e seu amigo judeu. Pelo que ouvi, as coisas não vão ficar bem para seu pai." Ele pôs a mão no ombro de Friedrich e apertou. "Mas ainda há esperança para você. Hoje à noite, então? Pela sua salvação e pela Alemanha."

Friedrich se afastou do alcance de Anselm. "Hoje não posso. Tenho compromisso."

"Que compromisso, Friedrich? O que é mais importante?"

"Eu... eu não vou estar em casa."

"Onde vai estar, então? Diga!"

Por que Anselm o estava atormentando? Ele quis gritar para que cuidasse da própria vida, mas Friedrich sabia que ele não desistiria. Ele soltou: "Vamos visitar minha irmã em Berlim este fim de semana. Assunto de família".

Anselm inclinou a cabeça, olhando fixamente para ele. "É mesmo?" Então, como se alguma coisa tivesse lhe ocorrido, ele assentiu e abriu um sorriso. Ele se virou e saiu apressado, gritando sobre o ombro: "Se você está dizendo, Friedrich...".

Por que Anselm se afastou de repente? E por que estava correndo na direção da cidade, em vez de para a fábrica?

QUANDO FRIEDRICH chegou em casa do trabalho, as malas e os violoncelos estavam fechados ao lado da porta. Será que Papai havia se lembrado de tudo?

Ele e o pai jantaram silenciosa e lentamente; ainda estava cedo demais para ir para a casa do tio Gunter. Depois, Papai lavou os pratos e os entregou a Friedrich, que secou e empilhou cada peça, fazendo os movimentos com as mãos, mas com a mente em outro lugar.

Uma batida grosseira o assustou. Friedrich trocou olhares com o pai. "Está esperando alguém?"

Papai sacudiu a cabeça. Ele foi até a sala e espiou pelas cortinas. "São as autoridades. Friedrich, preste atenção. Não diga nada. Não importa que acusações eles façam."

"Pai..." Friedrich sentiu seu estômago afundar.

O homem se virou e o agarrou, abraçando-o bem de perto. "Sinto muito, Friedrich. Fui eu que provoquei isso. Não importa o que aconteça, não diga uma palavra." Papai o soltou e abriu a porta.

Dois soldados da tropa de assalto, de camisas marrons, olharam para eles. Um era baixo e robusto, o outro pelo menos uns trinta centímetros mais alto que seu parceiro.

"Sr. Schmidt", disse o alto. "Sou o capitão Eiffel e este", ele acenou para o parceiro, "é o capitão Faber. Podemos entrar?" Antes que Papai pudesse responder, eles entraram.

Eiffel acenou para as malas que o pai havia feito. "Vão viajar?"

"Sim, para Berlim, visitar minha filha."

Os dois soldados entraram na sala e olharam em volta. Papai foi atrás, com Friedrich ao lado dele. Ninguém se sentou.

"Pois então, sr. Schmidt, é *esse* o problema", disse Faber. "Ficamos sabendo que estava indo a Berlim visitar sua filha. O problema é que sua filha não está *em* Berlim. Está com a filha do comandante em Munique, preparando-se para um comício, e vai ficar lá o fim de semana todo."

"Nós... temos outros parentes para visitar", disse Papai.

"Eles vão estar no comício em Munique também", disse Eiffel. "Essa viagem a Berlim é uma farsa, não é?"

Friedrich ficou tonto quando juntou as peças. Foi por isso que Anselm parou de importuná-lo tão de repente de manhã. Ele sabia a respeito do comício em Munique, e que Elisabeth estaria lá com Margarethe. Pegou Friedrich na mentira e contou a seu pai, o comandante. Agora Papai tinha sido pego na mentira também.

"Receio que terá que adiar sua viagem, já que não tem motivo oficial para ir a Berlim", disse Faber.

"E precisamos que nos acompanhe até a sede regional. Para um interrogatório", disse Eiffel.

"Com que finalidade?", perguntou o pai.

"Tudo isso será explicado. Vai vir conosco?" Faber abriu o braço na direção da porta.

"Claro." Papai se virou para Friedrich. "Tenho certeza de que não vai demorar."

Eiffel foi até Friedrich, parando a alguns centímetros de seu rosto.

Friedrich recuou.

"O garoto. É deformado. Ele também é debilitado?" Eiffel falou como se Friedrich não estivesse próximo o bastante para sentir seu hálito.

"Ele não é deformado nem debilitado. É brilhante", disse o pai. "É apenas uma mancha de nascença."

"É feia e ofensiva", disse Eiffel. "Ele tem quem cuide dele?"

"Sim", disse Papai. "Eu. Devo estar de volta em algumas horas, correto?"

Os dois homens trocaram olhares.

Faber ergueu uma sobrancelha. "Ele tem alguém, *além* de você, que possa cuidar dele se isso levar mais do que algumas horas? Caso contrário, existe um lugar para o qual podemos mandá-lo. Já ouviu falar do Lar dos Desventurados?"

O hospício? Friedrich estendeu as mãos para Papai, como fazia quando era pequeno.

"Isso não será necessário." Papai pegou a mão de Friedrich e olhou para ele. "Não se preocupe, filho. Tenho certeza de que é um mal-entendido. Enquanto isso, por favor, vá para a casa do tio Gunter."

Faber virou-se para Friedrich. "Seu tio. Ele compartilha da visão política de seu pai? Membros da família geralmente pensam igual. Será que, por acaso, ele também é amante dos judeus? Vamos precisar do nome dele."

De olhos arregalados, Friedrich olhou para o guarda e para Papai, que lhe fez um não muito sutil com a cabeça.

"Não importa. Vamos saber de seu pai."

"Deixe o garoto, e vamos logo com isso", disse Eiffel.

Papai apertou a mão de Friedrich e depois soltou.

Faber ficou em posição de sentido e anunciou: "Baseado no Artigo Primeiro do Decreto do Presidente do Reich para a Proteção do Povo e do Estado, de 28 de fevereiro de 1933, você está sendo levado em prisão preventiva para a segurança e ordem públicas, por suspeita de atividades perigosas para o Estado".

Os soldados flanquearam o pai e o escoltaram pela porta da frente até entrarem em um grande carro preto.

Friedrich esperou até eles irem embora, depois pegou seu casaco e saiu correndo.

19

Friedrich não se lembrava de como chegou ao prédio do tio Gunter.

Quando estava no corredor em frente ao apartamento, seu peito, e ele tinha dificuldade para respirar. Bateu na porta com força.

Assim que o tio Gunter a abriu, ele se atirou para dentro. A cor sumiu do rosto do tio Gunter. "Então eles já vieram."

Friedrich assentiu, tentando recuperar o fôlego.

O tio Gunter fechou a porta e levou Friedrich até a cozinha, onde se sentaram. "Conte-me exatamente o que eles disseram."

As palavras se embaralharam na cabeça de Friedrich, mas ele tentou repeti-las o melhor que pôde.

"Eles estavam usando as camisas marrons da tropa de assalto? Ou o uniforme da polícia local?"

"Camisas marrons."

O tio Gunter esfregou a testa. "Isso é pior do que esperávamos. A guarda local é mais compreensiva..."

"Papai disse que voltaria em algumas horas", disse Friedrich, levantando-se. "Preciso voltar para casa para esperar por ele."

O tio balançou a cabeça. "Não, Friedrich. Ele não estará de volta em algumas horas. E você não pode ficar lá. Eles voltarão para procurar."

"Procurar o quê?", indagou Friedrich.

"Informações. Provas. Qualquer coisa de valor. Se encontrarem livros ou músicas não aprovados, eles os confiscarão e os queimarão."

Friedrich pôs as mãos na cabeça. "Isso é tudo culpa minha. Eu disse a Anselm que estávamos indo encontrar Elisabeth em Berlim. Como é que eu ia saber que ela não estava em Berlim, que estava com a filha do comandante, a *irmã* de Anselm, em Munique?"

"Sobrinho, não tinha como a gente saber. Não é culpa sua. Mas agora não temos tempo para debater. Precisamos agir rápido, voltar e pegar suas coisas."

AS RUAS FAMILIARES e reconfortantes de Trossingen de repente pareciam perigosas. Será que estavam sendo observados? Será que alguém os denunciaria? Quanto tempo levaria até o tio Gunter ser questionado também?

Uma vez dentro de casa, Friedrich rapidamente pegou a foto de seus pais na penteadeira, algumas partituras e seu violoncelo. Apalpou o bolso para ter certeza de que a gaita ainda estava ali.

O tio Gunter pegou o violoncelo de Papai e as bagagens que ainda estavam à espera. Apagou todas as luzes e trancou a porta.

Enquanto se afastavam apressados, Friedrich olhou para sua casa lá atrás, agora uma cavidade escura entre as outras iluminadas.

O tio pediu a ele que andasse mais depressa, mesmo com os instrumentos e as malas dificultando. O medo apertava o peito de Friedrich. O que aconteceria se os nazistas os vissem? Será que seriam confundidos com judeus que não pagaram o aluguel? Será que foi isso que aconteceu com a família de Josef, quando foram obrigados a sair de casa? Será que ele e Papai um dia voltariam para casa?

MAIS TARDE, quando Friedrich estava deitado na cama que o tio Gunter improvisou na frente da lareira, ele olhou em volta do pequeno apartamento de dois cômodos, agora lotado com as malas dele, de seu pai e os violoncelos.

Apertou a gaita contra o peito e chorou no travesseiro. Ele podia jurar que ouvia música... Brahms... primeiro como uma cantiga de ninar, depois um lamento fúnebre, e finalmente uma marcha em *staccato*, acompanhada pelo som ameaçador das botas militares.

Será que era imaginação? Ou uma premonição?

20

Friedrich passou o fim de semana em um estado de dormência e ansiedade.

Ele e o tio Gunter esperavam que Papai fosse interrogado e solto no dia seguinte, ou então no próximo. Quando isso não aconteceu, os dois ficaram remoendo as mesmas perguntas: será que Papai estava detido na cidade? Ou será que tinha sido levado para longe? Ele seria solto? Ou ficaria preso indefinidamente? Ele estava seguro? Ou...

Segunda-feira cedo, antes do trabalho, Friedrich e o tio Gunter foram até a casa verificar. Friedrich só conseguia desejar encontrar Papai sentado na cozinha, selecionando partituras.

A sra. Von Gerber estava varrendo os degraus de sua casa quando eles chegaram. Ela acenou para eles. "Friedrich, vi soldados levarem seu pai na outra noite. Tem alguma notícia?"

Friedrich balançou a cabeça. Ele queria saber ao certo se a sra. Von Gerber estava preocupada ou só querendo fofocar.

"É uma pena o governo pensar que o sr. Schmidt é seu inimigo", disse o tio Gunter. "Ele é só um músico temperamental."

"Ele sempre foi assim", disse a sra. Von Gerber. "Dado a rompantes emocionais. Elisabeth é certamente uma honra para a família e para o novo governo." Ela levantou o queixo em direção à bandeira nazista em sua janela. "Pretendo seguir o exemplo dela. Não quero nenhum problema." Seus olhos correram para cima e para baixo da rua. Ela deu uma última varrida com a vassoura e desapareceu para dentro de casa.

Friedrich olhou para a bandeira. "Sra. Von Gerber?"

O tio Gunter puxou o braço de Friedrich. "Não acredite em tudo que vê. Venha. Vamos olhar lá dentro."

Quando Friedrich e o tio Gunter chegaram à porta, eles perceberam que o batente estava partido. Eles se entreolharam preocupados e entraram com cautela. As fotografias que ficavam penduradas nas paredes estavam tortas, casacos e chapéus estavam amontoados no chão, debaixo do cabideiro. O cuco se manteve firme, incólume.

"Talvez não seja tão ruim", disse Friedrich.

O tio Gunter estava na entrada da sala, e seu rosto contava uma história diferente.

Friedrich entrou e seus olhos se arregalaram. O recinto estava em ruínas. A mobília fora derrubada. Antigos arcos de violoncelo foram partidos ao meio. Partituras espalhadas. Livros jogados pelo chão. Apenas *Minha Luta* de Adolf Hitler restou na prateleira, com a capa visível.

Friedrich e o tio Gunter andaram pela casa. Cada cômodo havia sido vasculhado e revirado; cada gaveta e armário fora pilhado. Exceto o quarto de Elisabeth. O pôster do menino e da menina em uniformes nazistas fora deixado intocado.

"Friedrich, quero que vá para o trabalho. Diga a Ernst que não estava me sentindo bem, mas que voltarei amanhã. Não diga nada sobre o arrombamento. Entendeu?"

"Quero ficar com você", disse Friedrich.

O tio Gunter balançou a cabeça. "Vou tentar obter algumas respostas, mas em segredo. Tenho um amigo em quem posso confiar. Ele trabalha na polícia local e me deve um favor. Pedirei a ele que se informe no quartel do comandante por nós. Preciso que vá para a fábrica e aja como se tudo estivesse bem. Encontro com você em casa à noite."

A NOTÍCIA da prisão de Papai correu rápido.

Quando entrou na fábrica, Friedrich se sentiu mais constrangido do que jamais se sentira com sua mancha. Parecia que todos os olhos se voltaram para ele: olhos cheios de preocupação, ou olhares penetrantes de superioridade, dizendo que Papai deveria ter pensado melhor, e os olhares bastante familiares de pena que, desta vez, eram por algo diferente de seu rosto.

Ele manteve a cabeça baixa, apressou-se até seu posto e se pôs a trabalhar. Quando Ernst fez sua ronda, Friedrich lhe disse que o tio Gunter não estava se sentindo bem, mas que deveria voltar amanhã.

Ernst assentiu. "Lamentei muitíssimo, Friedrich, quando soube de Martin." Sua voz era tão sincera que o rapaz não conseguiu levantar a cabeça, por medo de chorar.

Quando Anselm apareceu para entregar gaitas, ele estava tão emproado quanto um galo. "Acho que vai pensar duas vezes antes de recusar uma reunião da próxima vez, não é, Friedrich?"

Friedrich se recusou a olhar para ele e continuou a trabalhar.

Anselm se aproximou. "Há outro Comício Jovem mês que vem para o Solstício de Inverno. Dessa vez você vai comigo. Não queremos que a mesma coisa que aconteceu com seu pai aconteça ao seu tio, não é, Friedrich?" Ele saiu passeando e assoviando.

A ameaça de Anselm ardia dentro dele. Friedrich rangeu os dentes para impedir que dissesse algo de que se arrependeria.

21

Após o trabalho, Friedrich encontrou o tio Gunter esperando por ele na mesa da cozinha do apartamento.

Friedrich puxou uma cadeira e se sentou ao lado dele, examinando seu rosto perturbado. "A notícia não é boa, é?"

O tio Gunter balançou a cabeça. "Ele foi levado para Dachau de trem, com um grupo de outros presos políticos. Está confinado lá."

Dachau. O TRABALHO LIBERTA. Friedrich tremeu. "A prisão de trabalho forçado?"

"Sim", disse seu tio.

"Por quanto tempo?", sussurrou Friedrich.

"Não sei. Fui visitar alguns amigos que têm parentes lá. As pessoas receberam sentenças desde um mês até vários anos. Elas dependem de quanto tempo os nazistas acham que levará para reeducar o prisioneiro ao pensamento nazista."

Friedrich enxugou as lágrimas. "O prisioneiro não pode simplesmente *dizer* que está reeducado?"

"Há maneiras de saber se a pessoa está sendo sincera", disse o tio Gunter. "Os nazistas põem espiões dentro do campo, passando-se por outros prisioneiros. Eles leem suas cartas e vigiam suas famílias, esperando arrebanhar mais dissidentes."

"Eles vão tentar arrebanhar você?"

O homem pôs a mão no braço dele. "Talvez. Mas vamos nos preocupar com seu pai agora. Existe uma maneira de encurtarmos a pena dele."

Friedrich inclinou-se para a frente. "Como?"

O tio Gunter olhou em volta como se alguém pudesse estar escutando. "Depois que um prisioneiro completa um mês lá dentro, um membro da família pode pagar um resgate considerável para o comandante de Dachau. Aí o prisioneiro é solto em liberdade condicional."

"Um resgate?", Friedrich se animou. "Eu tenho dinheiro de meu salário. Eu ia usá-lo para os livros do conservatório, mas..." Ele deu de ombros. Será que agora iria mesmo para o conservatório, de qualquer modo? E, por Papai, ele faria qualquer coisa. "Tenho três meses de meu salário regular."

"Eu tenho o dobro dessa quantia que posso acrescentar", disse o tio Gunter. "Mas ainda não é o suficiente. E... Elisabeth?"

"Elisabeth? Não", disse Friedrich. Isso seria tudo que ela queria ouvir. Que Papai não escutou seus conselhos e que agora estava em apuros. E o prazer que teria em passar um sermão em Friedrich?

"Sobrinho, por favor, pense bem", disse o tio Gunter. "Você pode escrever para ela e dizer o que ela quer ouvir. Que Martin e eu estamos ansiosos para entrar para o Partido Nazista. Que você entrará para a Juventude Hitlerista. E que você precisa de ajuda para o bem de seu pai, para trazê-lo de volta para os braços da Alemanha. Parte disso seria mentira. Mas que diferença faz, se for para salvar a vida de Martin? E se fosse *ela* a entregar o dinheiro — o exemplo brilhante da família — eles certamente o soltariam."

"Não podemos pedir aos pais de Margarethe?"

O tio Gunter fez que não. "Seu pai nunca confiou neles. E esse resgate não é exatamente... permitido de forma oficial."

"É ilegal?", Friedrich balançou a cabeça. "Então Elisabeth não vai querer ter nada a ver com isso."

"Não tenha tanta certeza. Ele é pai dela também. Ela tem direito de saber onde ele está e o que está enfrentando", disse. "E você não vai pedir um resgate. Você vai pedir assistência com um estipêndio de reeducação. Além disso, não há mais ninguém que possa ajudar. Se não quiser escrever para ela, eu mesmo escreverei. Mas seria melhor se partisse de você. Que mal pode fazer?"

Friedrich respirou fundo, fechando os olhos por um momento. Ele sabia a resposta. "Só ao meu orgulho."

"Isso funcionou com outras pessoas. E quanto antes o tirarmos de lá, melhor. Eles são forçados a trabalhar até... eu... eu não posso deixar isso acontecer com meu irmão." O tio Gunter esfregou os olhos úmidos. "Friedrich, até conseguirmos tirar seu pai de lá, precisamos parecer leais. Amanhã eu vou me filiar ao partido e pegarei duas bandeiras nazistas, uma para a sua casa e outra para a minha. Isso deve me poupar de uma entrevista por um tempo."

Friedrich suspirou. "E hoje à noite eu escreverei para Elisabeth, a hitlerista leal."

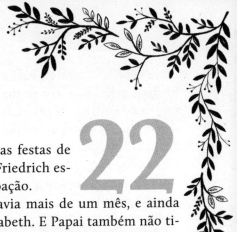

22

Trossingen se preparava para as festas de fim de ano, mas o coração de Friedrich estava triste e doente de preocupação.

Papai estava em Dachau havia mais de um mês, e ainda não tinha tido notícias de Elisabeth. E Papai também não tinha respondido nenhuma carta de Friedrich ou do tio Gunter. Será que estava doente? Será que estava bem aquecido? Será que tinha comida suficiente? Será que estava... vivo?

O tio acenou para o jantar. "Você mal dorme, come pouco, está lento em seu trabalho na fábrica. Não ouço uma nota da sua gaita há semanas. Coma, Friedrich. Você precisa ficar forte."

Assim que ele levantou o garfo, houve uma série de batidas rápidas na porta. Seu coração acelerou. Será que era a tropa de assalto de novo? Ele seguiu o tio Gunter até a porta, agarrado ao seu braço.

Mas desta vez era a sra. Von Gerber, de casaco longo de lã, segurando uma cesta de compras.

"Por favor, entre", disse o tio.

Ela entrou. "Não vou ficar. Estou entregando um pacote para Friedrich. Chegou em minha casa dentro de uma caixa destinada a mim. A querida Elisabeth se lembrou de me mandar vários potes de geleia de marmelo. E ela pediu para uma amiga me entregar em mãos. Seu bilhete dizia que não quis enviar pelo correio porque os potes são frágeis. E ela perguntou se eu podia lhe entregar isto sem demora." Debaixo de suas compras, a sra. Von Gerber tirou um pacote quadrado e grosso, embrulhado em papel pardo e amarrado com barbante. Ela o entregou a Friedrich. "Ela pediu que eu fosse discreta."

"Obrigado", disse Friedrich.

Ela fez um aceno de cabeça para o tio Gunter e abaixou a voz. "Eles verificam a casa todos os dias. Ontem, os soldados vieram outra vez e interrogaram os vizinhos. Perguntaram sobre você, seu caráter, suas opiniões em relação aos judeus. Eu disse a eles que só o conhecia como o tio amoroso de Elisabeth e Friedrich. Nada mais. Após saírem, eles ficaram fumando em meus degraus. Não pude deixar de ouvir. Um deles disse: 'Interrogue-o na quarta-feira com os outros. Se ele não for convincente, ponha-o com o irmão'."

O tio Gunter pegou a mão da sra. Von Gerber. "A senhora é muito gentil..."

Ela se afastou. "Já vou indo. Tenho que visitar uma amiga no outro andar. Ela é minha desculpa para estar no prédio." Ela rapidamente saiu pela porta e desapareceu.

Tio Gunter trancou a porta atrás dela e puxou a cortina.

"Tio, eles vão interrogar você..."

"Nada que não suspeitássemos. Além do mais, serei convincente. Eu sei o que dizer para agradá-los. Agora vamos ver o que Elisabeth mandou." Ele fez sinal para o pacote.

Friedrich se sentou à mesa. Com uma faca, cortou o barbante cuidadosamente e desembrulhou o papel pardo. Havia um envelope na tampa de uma lata quadrada. Ele respirou fundo antes de abri-lo, desdobrar a carta e começar a ler.

Querido Friedrich,

Obrigada por sua correspondência recente. Desejo-lhe um Feliz Solstício de Inverno, em vez de um Feliz Natal. Mesmo que ainda comemore o Natal, recomenda-se que as pessoas não ponham estrelas no alto das árvores. Uma estrela de seis pontas é um símbolo judeu, e uma estrela de cinco pontas é um símbolo comunista, ambos os quais não se alinham com a ideologia nazista. Estrelas de qualquer tipo não são apropriadas.

Meu trabalho vai bem...

Ele passou os olhos pelo restante. Só falava sobre seu trabalho na Liga e sua esperança de que Friedrich se aliasse à Juventude Hitlerista. Ele abriu a lata e retirou o papel. "Cookies em formato de suástica! É só nisso que ela pensa?"

Ele empurrou a cadeira para trás, levantou-se, jogou a carta na mesa e começou a vagar pela cozinha.

"Eu escrevi para ela dizendo que o pai estava em *Dachau*! Pedi que me ajudasse e ela só fala sobre estrelas! Ela sequer *perguntou* por ele!" Lágrimas brotaram em seus olhos.

O tio pegou a carta e começou a ler.

"Friedrich, o que significa isto escrito no final? 'Espero que goste dos cookies. Eu mesma os fiz, especialmente para você e titio. Não coma tudo de uma vez como tentava fazer antigamente, sobretudo porque não estarei aí para escondê-los de você.'"

Friedrich jogou as mãos para o alto, tentando lembrar. "Quando eu era pequeno... comi uma travessa inteira de cookies. Ela ficou tão brava que escondeu a próxima fornada na caixa de pão, debaixo da bandeja de migalhas."

O tio ergueu as sobrancelhas. Ele se curvou sobre a lata. Com cuidado, ele tirou um cookie de cada vez, camada por camada. Quando a lata estava vazia, pegou a faca, enfiou a ponta embaixo da base e forçou.

Um fundo falso se abriu.

Friedrich prendeu a respiração.

Lá dentro estavam pilhas de reichsmarks.[1] De olhos arregalados, ele as pegou com cuidado, as abanou e as pôs sobre a mesa. "Isso é suficiente?"

O tio Gunter assentiu. "É o bastante. E foi um grande risco para ela enviar. Se a sra. Von Gerber não fosse confiável, Elisabeth podia ser a próxima a ser interrogada. Acho que podemos supor que ela não será nossa emissária. Devemos carregar o dinheiro na lata, assim como ela enviou. É um bom disfarce. E patriótico também. Ainda precisamos bolar como entregá-la. Vamos pensar durante a noite e conversar novamente pela manhã." Ele sorriu. "Talvez Elisabeth não seja a nazista que aparenta ser. Nem a sra. Von Gerber, aliás."

---

1   Moeda alemã de 1924 a 1948.

DEPOIS QUE o tio Gunter foi para a cama, Friedrich ficou sentado na pequena cozinha olhando para os reichsmarks. Ele tirou a gaita do bolso e começou a tocar "Ó Pinheirinho de Natal".

Ele fechou os olhos e voltou no tempo. Elisabeth estava ao piano da sala, tocando e cantando. Ela tinha doze anos. Seus dedos dançavam sobre as teclas e sua cabeça balançava com a música.

Friedrich ainda se lembrava de como se sentiu hipnotizado.

Quando ela o notou, parou e deu um tapinha no banco, para que ele se sentasse ao seu lado. Ela começou a tocar de novo, e juntos eles cantaram.

Ó pinheirinho de Natal,
Que lindos são seus ramos.
Suas flores nascem no verão,
E no inverno elas se vão.
Ó pinheirinho de Natal,
Que lindos são seus ramos.

Quando terminaram de cantar, eles se viraram um para o outro e riram. E Elisabeth, por impulso, pegou o rosto dele com as mãos e beijou suas bochechas. Não importa o que houvesse dito nos meses recentes, ela o *amara* no passado. Será que ainda o amava?

Ele pôs a gaita na mesa, ao lado do dinheiro.

Em seguida, pegou papel e caneta e escreveu para Elisabeth, agradecendo-lhe pela informação sobre as estrelas. Ele lhe agradeceu também pelos cookies, e disse que eles ajudariam muito a tornar as festas mais gratificantes. Escreveu sobre as menores tarefas diárias e sobre o que ele e o tio Gunter comeram no jantar. E relembrou a vez em que ela pôs um cataplasma de mostarda no rosto dele para tentar fazer a mancha desaparecer.

Ele desejou que ela estivesse bem. E endereçou o envelope com sua pronúncia carinhosa "Lisbeth" Schmidt, para que ela não esquecesse o som de sua voz.

23

Uma hora antes de amanhecer, Friedrich acordou de repente e se sentou no catre.

Do recinto ao lado, ele ouviu os roncos suaves do tio Gunter.

Antes mesmo de pegar no sono na noite anterior, uma ideia começou a se formar em sua mente. Agora o plano estava completamente elaborado. Ele se deitou de novo e repassou tudo o que precisaria acontecer, e em que ordem. E encontrou suas mãos no ar, regendo.

Ele retirou seu cobertor. Era preciso convencer seu tio.

"NÃO ESTOU gostando, Friedrich. Não estou gostando nem um pouco."

O tio Gunter se sentou na beira da cama, de macacão, e calçou as botas. "Vamos comer um pedaço de pão e ir para a fábrica." Ele foi até a cozinha.

Friedrich foi atrás e tentou argumentar com ele. "Tio, mesmo que Elisabeth se oferecesse para ser nossa mensageira, coisa que ela não fez, ela está em Berlim, no norte, a doze horas de trem ou mais. Dachau fica apenas metade do tempo daqui, ao leste. Faz *sentido* que seja eu. Além do mais, estão vigiando você. Você *precisa* ir embora. Assim como planejamos antes de Papai ser levado.

"Prometi a seu pai que não..."

"Se você for preso, terá que me deixar de qualquer maneira. Você ouviu a sra. Von Gerber. Vão interrogá-lo na quarta-feira. Quantas pessoas eles interrogam e deixam ir embora? Vão levar você. E aí o que será de mim?"

"Friedrich, se eu desparecer antes de virem me interrogar, será preciso apenas um telefonema para impedir qualquer tentativa de sua parte de libertar seu pai de Dachau."

"Não se eu já tiver ido lá." Friedrich respirou fundo. "Tenho um plano. Hoje é sexta. Quando chegarmos ao trabalho, você precisa pensar em algum motivo para dizer a Ernst que não vai na segunda-feira. Aí, quando escurecer mais tarde, você vai embora para Berna. Isso lhe dará três dias para chegar lá, caminhando pelas estradas secundárias à noite e dormindo durante o dia, igualzinho ao que planejamos no início, antes de levarem Papai. É fim de semana. Ninguém vai desconfiar. Vou trabalhar na segunda e saio na hora do almoço, dando uma desculpa ao sr. Eichmann para não ler para ele nesse dia. Aí pego o trem da tarde. E pago o resgate bem cedinho na terça de manhã."

O tio Gunter ergueu as sobrancelhas. "E quando nem eu nem você aparecermos no trabalho na terça de manhã?"

"Eles vão acabar mandando alguém aqui", disse Friedrich, passando o braço pela sala. "Já resolvi isso também. Quando eles chegarem, vão achar que sabem o que aconteceu conosco. Mas estarão errados."

O tio cortou um pedaço de pão para ambos, enquanto Friedrich continuou a explicar.

Por fim, ele deu um longo suspiro e esfregou o queixo. "É engenhoso."

"Você precisa partir hoje à noite."

O tio Gunter foi até a minúscula janela em cima da pia e olhou para fora. "Mas pense em tudo que pode dar errado. Não sabemos o estado de Martin. E se não estiver bem o bastante para viajar?" Ele levantou um dedo. "Espere. Tenho um amigo no qual podemos confiar. Ele é médico em Munique. Se seu pai precisar de socorro médico, pode procurá-lo."

Friedrich sorriu. "Você pode me dar o contato dele."

"Sim... sim... é uma possibilidade." Ele se virou para Friedrich. "Não pode levar nada de valor, nem sentimental, ou será confiscado pelos nazistas, exceto pelos reichsmarks, claro. Ainda bem que é fim de ano. Muitas pessoas vão estar viajando, já ocupadas. Desconfio que o comandante em Dachau vá se sentir mais dócil logo antes do Natal também."

O tio olhou para ele. A gravidade e o risco do que estavam prestes a fazer preencheram o ambiente.

"Friedrich, você compreende que, uma vez que partirmos, não há como voltar atrás."

"Sim, tio, eu entendo."

"Sobrinho... de onde você tirou essa sua convicção?"

"De Papai e de você. E até de Elisabeth. Se ela pode pôr em risco tudo que é importante na vida dela para salvar o pai, eu também não posso?"

O outro assentiu. "Muito bem, isso é o que vou dizer a Ernst quando chegar ao trabalho hoje: estou há dias com dor de dente. Liguei para o dentista, mas a consulta mais próxima que consegui foi na segunda, e estou desconfiado que o dente terá que ser arrancado, por isso vou precisar faltar um dia de trabalho."

Friedrich sorriu. "E eu direi ao sr. Eichmann que não posso ler para ele na segunda à tarde porque vou levar você do dentista para casa."

O tio Gunter respirou fundo, com o rosto retorcido de preocupação.

Friedrich instintivamente apalpou o bolso que continha a gaita. "Nós conseguiremos, tio. Um passo após o outro."

24

Naquela noite, após escurecer, o tio Gunter estava parado perto da porta, agasalhado para uma noite no frio.

Ele enrolou um grosso cachecol de lã no pescoço e pôs um gorro de tricô. Colocou as luvas, com os olhos percorrendo o pequeno apartamento. "Faça parecer com que tenha acontecido de verdade."

Friedrich assentiu. "Pode deixar."

"E lembre-se de tudo que discutimos."

"Tio, já repassamos umas dez vezes."

"Eu sei. Estou orgulhoso de você, Friedrich. E seu pai também ficará." Ele puxou Friedrich para perto uma última vez e o abraçou. "Não se esqueça quem é seu tio de verdade. Quem foi que lhe ensinou a andar de bicicleta?"

"Você."

"E a tocar gaita?"

Friedrich riu, esforçando-se para conter as lágrimas. "Você. Não vou esquecer."

"Com sorte, nos veremos em uma semana. Cuide-se." Ele pegou sua bolsa, saiu pela porta e a fechou.

"Vou tentar", sussurrou Friedrich.

FRIEDRICH ACORDOU tremendo no sábado de manhã.

Acendeu o fogo, puxou o catre mais para perto da lareira e ficou observando as chamas saltarem. Ele percebeu que, pela primeira vez em sua vida, estava sozinho. Não só isso, estava com o destino da família nas mãos. Se não conseguisse completar essa empreitada, o que aconteceria a todos eles?

A realidade do que estava prestes a fazer desabou sobre Friedrich. Ele teria que comprar passagens, pegar trens e se sentar em frente a estranhos. Ele teria que aguentar os olhares de balconistas, porteiros, condutores e pessoas que nunca viu antes.

O rapaz esticou os braços na direção da lareira para aquecê-los, revisando em sua mente o que ele e o tio Gunter haviam discutido. Ele pegaria o trem para Stuttgart e faria a baldeação para Munique. Mas não devia chamar muita atenção para si.

O dinheiro era uma preocupação. Ele não podia perdê-lo nem o deixar cair nas mãos erradas. Quando chegasse a Munique, ele caminharia até Dachau. Diante do portão principal, encontraria o prédio da administração e pediria para falar com o comandante sobre seu pai, Martin Schmidt.

Ele precisaria ser humilde e educado. E parecer sincero. Ele não podia levar nada de valor, nem sentimental, porque sua bolsa seria revistada e qualquer coisa desejável seria confiscada. Se os guardas ou o comandante perguntassem sobre a marca de nascença, ele diria que se voluntariava a fazer a cirurgia para provar sua lealdade à pátria.

Ele mentiria.

Friedrich treinou o que diria ao entregar o resgate. "Minha família está pronta para receber meu pai de volta ao mundo, à Alemanha de Hitler, e adotar os ideais nazistas. Como sinal de boa-fé e respeito, trouxe um pacote de guloseimas para o comandante."

As palavras se embolaram em sua boca como bolas de gude, duras e escorregadias, fazendo-o desejar botá-las para fora.

No entanto, ele as repetiu outra vez. E mais uma vez.

25

No domingo à noite, Friedrich arrumou uma pequena sacola e a colocou ao lado da porta.

Ele pôs a mesa para duas pessoas, servindo os dois pratos e comendo de ambos. Em seguida, espalhou uma pilha de jornais pela sala. Abriu armários, retirou pratos e os quebrou, abafando o barulho com panos. Silenciosa e metodicamente — para não alertar os vizinhos — ele tombou luminárias e cadeiras, remexeu antigas correspondências e tirou roupas das gavetas. Deixou os restos do jantar na mesa, como se ele e o tio Gunter tivessem sido interrompidos no meio da refeição. Depois que escureceu, pegou uma chave de fenda e, do corredor, arrombou o batente da porta em silêncio. Em seguida, fez sua lição de matemática.

Quando o circo estava armado, ele se sentou no catre, pegou a gaita e tocou um concerto de boa-noite, acalmando-se com a beleza da música e da letra em sua mente.

Boa noite, meu bem, dorme um sonho tranquilo...

Ele se balançou, como se embalasse Trossingen e suas casas em enxaimel. Ele tocou para o prédio alto de pedra, o conservatório, e as notas que pingavam como chuva, lavando seu rosto. Ele tocou para a fábrica, com sua praça de paralelepípedos, os prédios amontoados e a grande torre de água que o protegera. Ele disse adeus aos seus companheiros gulosos de almoço e também ao salão do cemitério, onde a maioria dos homens não ousaria ir sem companhia. E à escada em A com aquele degrau alto, de onde se imaginou regendo uma sinfonia percussiva de máquinas. Ele disse boa-noite à sra. Steinweg, ao sr. Karl, ao sr. Eichmann, e ao sr. Adler e ao sr.

Engel, que ainda estavam discutindo qual dos dois era o mais adequado a lhe ensinar história.

Ele tocou para sua casa, a cozinha com a arca de nogueira, a coleção de pratos da mãe, as vasilhas de lata que ficavam em ordem decrescente, as venezianas verdes, a sala que cheirava a resina de arco e a balas de anis do pai, para seu quarto que ainda tinha a mesma aparência, do jeito que ele gostava, e o quarto de Elisabeth, com o quadro do campo florido acima da cama dela, de volta ao lugar que pertencia.

Boa noite, meu amor, meu filhinho encantador.
Que uma doce canção venha o sono embalar...

Ele tocou para o cuco, aguardando parado atrás de sua minúscula porta para o quarto de hora.

...venha o sono embalar.

Ele se deitou, totalmente vestido, no catre que reviraria pela manhã, e puxou o cobertor sobre si.

"Boa noite", sussurrou.

26

Na fábrica, Friedrich tentou agir como se fosse uma manhã de segunda-feira qualquer. Ele fingiu que carregar uma sacola com o casaco por cima fosse algo corriqueiro. E que esconder a sacola no armário de seu posto de trabalho, sabendo que centenas de reichsmarks estavam a centímetros de seus pés, era uma ocorrência cotidiana. Ele se mostrou indiferente ao mandar um aprendiz dizer ao sr. Eichmann que não poderia ler para ele naquela tarde, pois o tio Gunter precisava de sua ajuda para ir do dentista para casa. Quando o sr. Karl apareceu, Friedrich lhe entregou a lição de matemática, mas pediu que fosse liberado de revisá-la até o dia seguinte, pelo mesmo motivo — precisava sair cedo hoje.

Ele manteve a cabeça baixa, inspecionando e polindo, até avistar Anselm vindo na direção dele com uma caixa de gaitas.

"Friedrich, a reunião do Solstício de Inverno será na quinta-feira. Podemos ir juntos do trabalho às duas da tarde. Eu odiaria que você recusasse de novo..."

"Eu vou", disse Friedrich, forçando um sorriso.

"É claro que sim! Não vai se decepcionar. E eu vou cumprir a promessa que fiz à sua irmã. Tenho certeza de que, quando ela souber, ficará surpresa por eu ter conseguido convencê-lo. Mas eu sou persuasivo quando quero, não é?"

Friedrich concordou e voltou ao trabalho. "Sim."

POR TODO o resto da manhã, ele ficou vigiando o relógio.

Por fim, tirou a gaita do bolso e passou bem mais tempo polindo-a do que o necessário. Ele tinha a intenção de mandá-la com o tio Gunter, mas, com a cabeça consumida pelo plano, acabou se esquecendo. Agora as palavras do tio voltaram à sua mente: *Não pode levar nada de valor, nem sentimental, ou será confiscado pelos nazistas.* Friedrich olhou em volta para ver se alguém estava o observando, e, pela última vez, soprou a gaita que tanto o enchera de confiança e determinação. O acorde soou... esperançoso. Ele massageou o **M** vermelho na lateral, enfiou-a em um estojo e sentiu uma pontada ao fechar a tampa. Ele acomodou o estojo em uma caixa fina com uma dúzia de outras, e que logo seriam embaladas em um caixote, levadas até um trem elétrico, puxadas por um motor a vapor até um navio de carga e transportadas da Alemanha para o mundo pelo oceano.

"*Gute Reise*, velha amiga", sussurrou Friedrich, imaginando quem seria o próximo a tocá-la e se ela traria tanta alegria e consolo a essa pessoa quanto trouxera a ele.

O sinal do almoço tocou. Friedrich deixou a maior parte dos homens sair do galpão da fábrica antes de pegar a sacola no armário, cobri-la com o casaco outra vez e sair do prédio.

Caía uma neve suave e, quando Friedrich expirava, o ar frio formava nuvens de fumaça à sua frente. Depois de passar pelos portões da fábrica, ele parou para colocar seu casaco. Suas mãos tremiam. Será que estava nervoso ou com frio? Ele puxou um gorro de tricô sobre as orelhas e enrolou um cachecol de lã no pescoço, de modo que apenas parte de seu rosto ficava exposta. Pegou a sacola e se apressou para a estação de trem.

Ele comprou uma passagem. Havia poucos passageiros esperando a esta hora do dia. Ele se sentou em um banco debaixo de um beiral, observando a neve cair. Ouviu o barulho da vassoura quando um funcionário empurrou a neve da plataforma, as risadas de duas moças no banco ao lado, o ruído de um carrinho que o carregador empurrou sobre as tábuas de madeira. Friedrich enfiou as mãos debaixo das pernas para se impedir de reger.

O trem chegou bem no horário e parou com uma explosão de vapor.

Ele subiu a bordo e se sentou encostado a uma janela.

Do vagão da frente surgiram dois soldados. "Documentos! Isto é uma inspeção. Todos os passageiros apresentem seus documentos!"

O coração de Friedrich disparou. Ele reconheceu aquelas vozes! Elas pertenciam aos mesmos soldados que foram até sua casa e levaram Papai. Os mesmos soldados que acharam Friedrich feio e ofensivo. Será que foram eles que reviraram sua casa também? Será que lhe causariam problemas agora?

Passageiro por passageiro, Eiffel e Faber desceram pelo corredor até Faber ficar ao lado dele.

"Documentos!"

As mãos de Friedrich tremeram quando tirou sua identificação do bolso e entregou a ele.

"Motivo da viagem?"

"Visitar parentes nas festas."

Faber olhou para o documento e o devolveu. "Está liberado." Ele prosseguiu.

Friedrich se encheu de alívio.

Até que Eiffel parou na frente dele. "Espere!"

Faber se virou.

Eiffel inclinou-se sobre o assento e puxou o gorro e o cachecol de Friedrich.

"Ora, ora, ora", disse Eiffel. "*Quem* é que temos aqui? É o filho feio de um amante de judeus. É o que sempre digo: tal pai, tal filho."

Friedrich agarrou a sacola com mais força. Seus olhos passavam de um homem para o outro, com o medo subindo por sua garganta.

Faber se endireitou. "Friedrich Schmidt, entregue sua bolsa e venha para o corredor para inspeção, em nome de Adolf Hitler e do Terceiro Reich."

A respiração dele ficou rápida e rasa. Será que sua viagem estava terminando antes de ter começado?

O motor a vapor começou a funcionar.

Ele se arrastou devagar sobre o assento e ficou de pé no corredor.

Uma rajada de vento atingiu o trem e caiu uma nevada. Todos os olhares se voltaram para o lado de fora. Enormes flocos de neve giraram, fazendo piruetas como dançarinos no balé de Tchaikóvski.

Friedrich ouviu a valsa de *A Bela Adormecida* executada por uma orquestra sinfônica — cordas, sopros, metais, percussão —, uma centena de instrumentos. E, naquele momento, algo misterioso tomou conta dele — se foi o instinto de protelar, o impulso de distrair os soldados ou outra coisa, Friedrich não sabia —, mas ele foi incapaz de controlar as mãos. Ele largou a sacola e começou a reger.

Faber olhou para ele enojado, pegou a sacola e a vasculhou.

"Pare com essa bobagem", gritou Eiffel enquanto tentava revistar os bolsos de Friedrich. "Logo, logo você vai conhecer o interior de uma cela, seu maluco!"

Mesmo enquanto Eiffel e Faber o seguravam pela nuca e o faziam marchar em direção à porta do trem, Friedrich imaginava apenas bailarinas de neve — minúsculas estrelas branquíssimas — girando e saltando no ritmo hipnótico da música.

Um, dois, três. Um, dois, três. Um, dois, três...

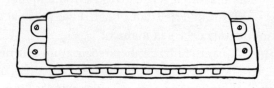

Dois

junho de 1935

CONDADO DA FILADÉLFIA, PENSILVÂNIA
ESTADOS UNIDOS

América, a Bela

música de — SAMUEL A. WARD
letra de — KATHARINE LEE BATES

6 6 5 5 6 6 -4 -4
Oh bela, pelo amplo céu,

5 -5 6   -6 -7 6
Pelas ondas de grãos cor de âmbar,

6 6 5 5   6 6 -4 -4
Pelas majestosas montanhas púrpuras

-8 -8 -8   8 -6 -8
Sobre a planície de frutos.

6 8 8 -8 7 7 -7 -7
América! América!

7 -8 -7 -6   6 7
Deus derramou Sua graça em ti,

7 7 -6 -6 7 7 6 6
E coroou teu bem com fraternidade

6 -6 7 6 -8 6
Do mar ao reluzente mar.

01

Após uma noite lutando contra o calor no dormitório dos meninos mais velhos, Mike Flannery se aninhou no travesseiro, aproveitando o ar fresco que finalmente entrava pelas janelas abertas do Lar do Bispo para Crianças Desamparadas e Necessitadas.

Uma rola-carpideira arrulhou. Pias gotejaram. Molas das camas rangeram quando os garotos mudaram de posição e se ajeitaram em seus catres estreitos.

Através de uma teia de sonhos, Mike ouviu o assovio característico de Frankie — as últimas seis notas de "América, a Bela", o sinal deles para emergências.

Ele se escorou em um dos cotovelos, esfregou os olhos e esperou ter sido imaginação. Mike escutou o assovio outra vez e a letra surgiu em sua mente: *do mar ao reluzente mar*. Ele tirou o lençol, foi na ponta dos pés até a janela do segundo andar e olhou para baixo.

Seu irmão menor, Frankie, estava perto de um arbusto de hortênsias, apontando para o carvalho que abraçava a lateral do prédio de tijolinhos.

Mike correu de volta para seu catre, vestiu calça e camisa e deslizou os suspensórios, tomando cuidado para não acordar os outros dezenove garotos que ainda estavam dormindo. Ele correu os dedos pelo pouco cabelo que ainda lhe restava. Ontem, um barbeiro fora ao Lar fazer caridade através de seus serviços, e o cabelo de Mike estava tão curto que o topete acima da sobrancelha esquerda estava de pé, feito um ponto de exclamação. Já não bastava ter quase um metro e oitenta aos onze anos *e* ter cabelos ruivos. Era pior ainda chamar atenção para aquilo. Ele pôs o boné.

Descalço, foi pé ante pé pelo corredor e passou pela porta da sra. Godfrey, a guardiã daquele andar. Os roncos vindos lá de dentro reafirmaram que ela não se levantaria por um bom tempo. Abriu a porta da escadaria, fechou-a depois de passar e desceu dois degraus por vez até o patamar entre os andares. Ele abriu a janela e pôs a cabeça para fora.

Frankie já havia escalado até a parte do tronco onde os galhos se bifurcam. Ele acenou e começou a subir.

Mike não conseguiu olhar. Tinha medo de altura, e olhar para baixo o deixava tonto. Ele deu um passo para trás e esperou, voltando o olhar para os campos da Pensilvânia. O Lar do Bispo ficava apenas a poucas horas de carro da Filadélfia, mas podia muito bem estar no meio do nada, com tantos milharais ao seu redor.

Frankie estava em frente a ele agora, segurando-se com uma das mãos em um galho no alto e andando sobre outro, como em uma corda bamba, em direção à janela. O menino era corajoso. Mike prendeu a respiração até Frankie jogar a perna sobre o parapeito da janela e cair dentro da escadaria.

Mike o ajudou a se levantar. "O que está fazendo de pé tão cedo? Se a sra. Delancey descobrir que saiu de seu prédio antes do sinal matinal, ela vai contar a Pennyweather e você ficará de castigo no porão outra vez." Ele tirou ramos do cabelo de Frankie. O garoto também tinha ido ao barbeiro no dia anterior, mas ganhou o corte tigelinha dos meninos mais novos. "Odeio quando você sobe pela árvore."

"É um'emergência", cochichou Frankie, com os olhos grandes, sinceros e insistentes. "E eu *tive* que escalar. As portas laterais ainda estão trancadas e, se me deixar entrar pela porta da frente, vai fazer muito barulho."

"O que aconteceu?", perguntou Mike, levando-o em direção às escadas. Frankie se sentou em um degrau e Mike dois degraus abaixo, para não ficar muito alto.

Não havia como dizer que não eram irmãos. Frankie era uma versão quatro anos mais nova de Mike. Seu cabelo não era tão ruivo, no entanto, era um acaju muito mais aceitável. Os dois eram claros e com sardas, mas Frankie tinha menos.

Embora fossem altos para a idade, Mike estava mais para desengonçado, atrapalhado e calado; Frankie era rijo, atlético e falante.

"Ontem à noite, a sra. Delancey estava tentando nos fazer ficar quietos na cama", disse Frankie. "Eu e alguns meninos estávamos brincando de esconde-esconde. Ela me encontrou, puxou meu braço e disse que não via a hora de se livrar de mim. Ela disse que Pennyweather lhe falou que nós dois seremos chamados na sexta. É *amanhã*. Algumas famílias virão buscar meninos."

Mike prendeu a respiração. "Vamos ser adotados?"

"Se gostarem de nós. E se Pennyweather tentar nos separar de novo?"

"Já lhe disse antes. A gente não se separa. Lembra? Nós estamos juntos." Mike ergueu o punho.

Frankie fez a mesma coisa, encostando no de Mike. "É. Estamos juntos."

Mike o ajudou a se levantar. "É melhor você ir antes que a sra. Delancey acorde. Como vai voltar para o seu prédio?"

"Meu amigo James está me esperando na janela."

Mike levantou Frankie até o parapeito para ele poder descer. Olhou para o prédio dos Menores, que abrigava os meninos de cinco a nove anos de idade. Era uma réplica do dos Maiores, uma enorme fortaleza de tijolo com bordas rebuscadas em estilo espinha de peixe em volta de cada porta e janela. Alguns poderiam considerá-los prédios bonitos. Mike, no entanto, não podia dizer muita coisa boa de um lugar que mais se parecia com um canil do que com um lar.

Eles estavam no Lar do Bispo fazia pouco mais de cinco meses, o que não era nada comparado ao tempo que a maioria dos meninos estava lá. Nos dias de semana eles deveriam ir à escola. Porém, desde o dia 1º de maio, a escola havia sido deixada de lado pelo trabalho nas fazendas vizinhas. Mike preferia ter aula. E Frankie precisava aprender mais. Ele mal sabia ler.

Mike ficou vagando na escadaria até ouvir o assovio, que significava que Frankie havia chegado no chão são e salvo. Ele correu até a janela e o observou sair em disparada pela passagem e bater em uma janela térrea. Ela se abriu e James ajudou Frankie a entrar. Mike balançou a cabeça, impressionado. O garoto já tinha mais amigos lá do que podia contar.

Mike não tinha nenhum. Por ele, tudo bem. Nenhum dos Maiores jamais mexeu com ele por causa de seu tamanho, mas também não o incluíam. Ele não os culpava. Ele não era bom em esportes, ficava quieto e, por mais que tentasse, não conseguia esconder sua seriedade.

Ele tinha prometido à sua avó que cuidaria de Frankie. Essa responsabilidade se tornou uma segunda pele. Toda vez que ele achava que podia relaxar um pouco, respirar aliviado ou até mesmo dar uma risada, ela ficava mais apertada. Em todas as situações, Mike primeiro pensava no que podia dar errado, e depois em como protegeria Frankie caso essa coisa acontecesse.

Mike voltou silenciosamente ao seu dormitório. Rato estava esparramado no espaço ao lado do dele. Ele era mais velho e mais alto que Mike, e não cabia direito no catre. Mike passou com cuidado ao lado dele e subiu no próprio colchão fino. Na claridade cinzenta, ele se deitou e olhou para as rachaduras da tinta velha no teto.

Talvez as pessoas que viessem amanhã fossem a resposta para sair daquele lugar. Talvez até tivessem um piano. Mike esfregou a testa. Por mais que isso lhe doesse, ele abriria mão do piano se fossem pessoas decentes e ele e Frankie pudessem ficar juntos.

Contudo, e se ele e Frankie fossem adotados por alguém ruim de doer?

Sempre tinha tanta coisa que podia dar errado.

02

Pennyweather mandou buscá-los na sexta-feira às três da tarde.

Mike e Frankie aguardavam na Sala de Visitas anexa à sala dela. As cortinas haviam sido totalmente abertas e a luz do sol entrava, fazendo tudo parecer luminoso e alegre. No centro da sala, havia uma longa mesa com bancos dos dois lados. Uma tigela de maçãs brilhantes e um vaso de flores haviam sido colocados nela. Pennyweather sempre gostou de fingir boas aparências.

A porta da sala se abriu e Mike a ouviu falando ao telefone.

"Instrumentos musicais? Sim, temos um piano... Há vários meninos aqui que poderiam... Claro que consideraria... Sim, pode ouvi-lo. É um piano de armário. Qualidade muito boa. Seria ótimo. Daqui a uma semana às treze horas e, se gostar do que ouvir, pode combinar de levar... Sim, tchau."

Mike fez uma careta. Pennyweather estava mesmo vendendo o piano?

O piano velho da sala de jantar estava desafinado de tantos anos de meninos batendo nele. Um dos pedais estava quebrado. Mesmo assim, ainda dava para tocar. Em seus primeiros dias no Bispo, Mike sempre engolia a comida e depois corria para tocar. Pennyweather logo acabou com aquilo, dizendo que não precisava de mais barulho durante as refeições, além dos pratos e da falação dos meninos.

Mike achou um jeito de contornar a situação. Após os meninos serem liberados do jantar, Pennyweather saía. Ele ficava para trás para raspar a comida dos pratos e empilhá-los para os cozinheiros e quem mais estivesse encarregado dos pratos. Se fosse rápido, tinha mais de meia hora ao piano antes de ter que voltar ao dormitório. Às vezes, Frankie ficava e tocava duetos com ele. A princípio os meninos da cozinha atiravam migalhas de pão neles, até ouvirem o talento de Mike e Frankie. Agora eles pediam músicas. Mesmo com o triste estado do piano, Mike odiaria que ele fosse embora. Porém, se eles fossem adotados isso não faria nenhuma diferença.

Pennyweather entrou na Sala de Visitas.

Frankie correu até Mike e se agarrou ao seu braço.

Ela parou na frente deles, com seu vestido azul-marinho de gola alta, parecendo aflita. Seus cabelos grisalhos tinham sido tão repuxados em um coque alto que seus olhos estavam espichados. Mike se perguntou se aquilo doía.

"Endireite-se e fique quieto", disse ela. "O sr. e a sra. Rutledge vão estar aqui em breve. Eles são a última visita do dia. Não falem a não ser que lhe dirijam a palavra. E tentem parecer agradáveis. Eles querem dois meninos, o que, como vocês sabem, não acontece com frequência."

O coração de Mike disparou. Eles queriam *dois*?

Ele olhou para Frankie, que sorriu. Mike limpou uma sujeira na bochecha do irmão. A calça do menino estava rasgada e ele estava sem meias. A camisa de Mike estava manchada e rota. As roupas que Vovó mandara com eles, que lavara, passara e cuidadosamente dobrara, haviam desaparecido na lavanderia do Bispo, que deixava tudo com o mesmo aspecto de sujo cinzento.

"Eu estou bem?", perguntou Frankie.

"Rato me disse que quanto mais maltrapilha for sua aparência, mais chance você tem de ser adotado, porque as pessoas sentem pena", sussurrou Mike. Se era esse o caso, ele e Frankie estavam de saída do Bispo.

A porta se abriu e um casal entrou na sala. O homem estava usando um macacão e uma camisa azul de trabalho. Ele segurava um chapéu de aba larga na mão. Fazendeiros. Mike, todavia, não se importaria com o trabalho, contanto que fossem gentis.

A mulher, de luvas brancas e carteira na dobra do braço, mexeu nos botões de seu vestido de algodão florido.

"Sr. e sra. Rutledge", disse Pennyweather, sorrindo. "Bem-vindos ao Lar do Bispo para..."

"São esses aqui?", interrompeu o homem.

"Sim. Michael e Franklin Flannery."

"Eu sei que disse que precisava de dois, mas parei no orfanato estadual no caminho para cá e consegui dois garotos fortes que podem trabalhar na fazenda. Adultos querem salário, e tudo que posso oferecer é alojamento e comida. Tempos difíceis, sabe como é. Ainda assim, mamãe aqui quer porque quer um jovem para ficar na casa, então concordei."

A mulher se aproximou. "Alimentar as galinhas, catar ervas daninhas, leva e traz."

O homem foi até Frankie e apertou seu braço, como se quisesse conferir seus músculos. "Ele parece meio fracote."

Frankie se afastou.

"Ah, eu lhe garanto, sr. Rutledge, ele é mais forte do que parece", disse Pennyweather. "E se quiser outro da mesma idade de Franklin, pode ficar com os dois pelo mesmo acordo que discutimos ao telefone mais cedo."

"Aí é negócio! Tudo bem com você, mãe?"

A mulher deu de ombros. "Às vezes, dois é mais fácil do que um, igual a cachorrinhos."

O coração de Mike disparou. Eles iam levar dois Menores e não ele?

Ele pôs o braço em volta de Frankie. "Somos irmãos. Ficamos juntos."

O homem esfregou o queixo e analisou Mike. "Tem alguma habilidade especial? Consertar telhado? Cerca? Dirigir trator?"

Mike gaguejou. "Eu... eu toco piano."

"Isso não me serve de nada. Não. Já consegui os dois garotos do arado. Só os meninos mais novos já servem."

Pennyweather caminhou na direção de Mike e olhou fixamente para ele. "Esta é uma boa oportunidade para Franklin..."

"Não!", gritou Frankie, abraçando-se à perna de Mike.

"Calma aí!", disse o homem. "Não vou aceitar uma coisa dessas!" Ele estendeu a mão e segurou o braço de Frankie.

Mike empurrou o homem. "Deixe meu irmão em paz!"

O sr. Rutledge cambaleou para trás. "Alto lá! Pode ir guardando essas mãos!"

Frankie se atirou para cima do homem, pegou a mão dele, puxou-a até a boca e mordeu.

"Ahhh!", gritou ele.

Pennyweather foi pegar Frankie e errou. "Franklin!"

O menino disparou para trás de Mike.

"Ele está sangrando!", gritou a mulher.

Pontos de sangue se formaram na mão do homem. Ele tirou um lenço do bolso e a enfaixou.

Frankie se jogou nos braços de Mike, abraçando-o com as pernas e enfiando o rosto em seu pescoço.

"Não adianta, senhor", disse Mike, abraçando Frankie. "Na primeira oportunidade ele vai fugir. Ele não vai lhe servir de nada sem mim."

"Em toda a minha vida nunca vi uma coisa dessas", disse o homem. Ele se virou para Pennyweather. "O que está criando aqui? Animais? Venha, mãe." Ele segurou a porta para a esposa, lançou um olhar de desgosto para os meninos e bateu a porta ao sair.

Mike pôs Frankie no chão e olhou para Pennyweather. O rosto dela estava tomado de raiva; suas sobrancelhas quase tocavam os cabelos. Ela marchou pela sala, abriu a porta e apontou para Frankie. "Espere lá fora!"

Após bater a porta, ela se virou para confrontar Mike.

Ele sentiu o rosto ficar quente e soube que em segundos ele estaria rosado e manchado. À menor sensação de constrangimento, culpa ou raiva, ele se acendia como um termômetro acusando febre alta. Vovó sempre dizia que era uma consequência de ser ruivo e de pele clara.

"Seu irmão já foi chamado duas vezes desde que vocês chegaram aqui. Da primeira vez, ele cuspiu no bebê de uma mulher. E agora isso! Há lugares bem piores que o Bispo para garotos agressivos como ele."

Mike falou rápido. "Ele não teve a intenção. Ele só reage porque quer ficar comigo. Ele se dá bem com todos os outros meninos. Se estivermos juntos, ele é ótimo."

Pennyweather cruzou os braços. "Já é difícil fazer as pessoas ficarem com *uma* criança, ainda mais duas!"

Mike se esticou o mais alto que pôde, com os olhos suplicantes. "Você *prometeu* à nossa avó."

"Prometi a ela que *tentaria* manter vocês juntos. Isso nunca foi obrigatório." A raiva de Pennyweather permaneceu nos olhos, mas seu rosto mudou e ela sorriu. "Isso não vai fazer a menor diferença em breve. O Lar Hathaway, no condado de Montgomery, está abarrotado de garotos com mais de catorze anos. Estão pagando bem para que eu abra espaço para eles aqui. Todos os Menores que restarem até setembro vão para o lar estadual, liberando as camas para os meninos do Hathaway."

Mike teve a sensação de que alguém havia puxado um tapete de baixo dele e podia cair a qualquer momento. Ele se apoiou na mesa. "Então eu vou com Frankie."

"Não se eu conseguir que lhe contratem."

"Até eu fazer catorze anos é ilegal! Ainda vou fazer doze daqui a seis meses."

Pennyweather balançou a cabeça. "Quem é que vai acreditar que não tem catorze anos, alto desse jeito? Só preciso dizer que veio sem certidão de nascimento. Isso acontece o tempo todo. Você poderia estar em uma fazenda a oitenta quilômetros de distância, em outro município. É melhor esperar que apareça uma família para Franklin antes de setembro e que ele se comporte bem o suficiente para que o queiram, senão ele vai para o lar estadual e você vai trabalhar

Deus sabe onde. Vocês dois podem ponderar bastante a respeito no porão."

Desde o dia em que chegaram, Mike se preocupava com o que aconteceria se ele e Frankie fossem separados. Era uma nuvem negra no horizonte de sua mente — sempre iminente, sempre ameaçadora. Ele achou que teria tempo de resolver as coisas.

Agora, em vez de daqui a dois anos e meio, a tempestade estava chegando.

03

O porão era um lugar amplo, uma espécie de masmorra, abaixo da cozinha.

Em algum momento, as paredes foram caiadas, mas a pintura estava manchada e viam-se os antigos tijolos por baixo. No alto, uma janela no nível do chão deixava entrar um raio de luz. Armários forravam o fundo. Uma estreita mesa de madeira ficava no centro do ambiente, e os bancos tinham sido empurrados contra uma parede lateral.

"Pelo menos é fresco aqui embaixo", disse Frankie.

Mike se sentou apoiou as costas nos tijolos.

Frankie se sentou ao lado dele. "Sinto muito por ter mordido."

Mike despenteou o cabelo dele. "Eu não."

Frankie olhou para os armários trancados com cadeados. "O que acha que tem lá dentro?"

"Provavelmente tudo que ela já tomou dos meninos", disse Mike.

"Tipo as gaitas que Vovó nos deu?"

"Tipo as gaitas", disse Mike.

No dia em que chegaram, Pennyweather as confiscou, dizendo que se deixasse todos os meninos terem uma, ela ficaria louca de tanto barulho. Ela as jogou numa caixa e nunca mais foram vistas de novo.

Frankie se deitou no banco, pôs as mãos atrás da cabeça e olhou para o teto. "Conte a história de novo."

Mike não precisava perguntar qual delas. Só havia uma história que Frankie sempre queria.

"É a sua vez de contar", disse Mike, sabendo muito bem que seria Frankie quem falaria mais, de qualquer modo.

"Está bem", disse Frankie. "Nosso pai e nossa mãe viviam em uma cidade que tinha uma serraria."

"Allentown", disse Mike.

"Eu que vou contar, lembra?", disse Frankie. "Allentown. Quando eu era só um bebezinho, houve um acidente na serraria e nosso pai morreu. Mamãe nos levou para a casa da Vovó porque não tínhamos dinheiro e os senhores iam nos botar na rua."

"Senho*rios*", disse Mike.

"Isso. Aí nossa mãe conseguiu um emprego na lanchonete e todo mundo vivia junto na casa da Vovó, que ficou lotada."

"E onde era isso?", perguntou Mike.

"Philly. É assim que as pessoas chamam a Filadélfia, é um apelido. Philly."

Mike concordou, lembrando-se do minúsculo apartamento da vó no terceiro andar, com uma placa feita à mão pendurada na janela da frente: AULAS DE PIANO. O instrumento ficava na sala e, durante as aulas, Mike tinha que ficar no quarto e distrair Frankie. Quando estava calor e Frankie estava cochilando, Mike ia até a escada do lado de fora e ficava tocando gaita. Já naquela época ele podia reproduzir qualquer canção que escutasse no rádio.

"E Mamãe cantava para nós", disse Frankie.

"Toda noite. 'Brilha, Brilha Estrelinha', 'Fique quietinho, bebezinho', 'Já dormiu?'..."

"Aí mamãe começou a ficar doente e sumida."

"*Con*sumida", disse Mike.

"Isso. E ela tossia o tempo todo e ficou magra. Um dia ela foi para o hospital e nem os médicos conseguiram dar jeito. Foi triste, só que eu não lembro, porque só tinha dois anos, mas você sim, porque já tinha seis."

"Sim, eu lembro", sussurrou Mike.

Vovó estava dando aula de piano para Maribeth Flanagan, que morava do outro lado do corredor. Quando Maribeth terminou sua música, "América, a Bela", Vovó balançou a cabeça e disse: "Maribeth, eu pularia de alegria se você aprendesse essa música direito e pusesse um pouco de seu coração, de sua alma, nela. Pratique esta semana e me deixe orgulhosa quando voltar."

Naquele momento, Mamãe chegou do trabalho na lanchonete, olhou para Vovó, para Maribeth, para Mike, e desmaiou. Quando voltou a si, Vovó correu para buscar ajuda. Depois ela foi com Mamãe ao hospital, enquanto a sra. Flanagan ficou com Mike e Frankie. Apenas Vovó voltou para casa.

Dia após dia, Mike ficava parado na janela da frente, esperando a mãe voltar. Vovó delicadamente o afastava dali, mas ele voltava, como um pombo-correio preso a um posto. Parecia não haver minutos nem horas. Apenas um longo dia procurando do lado de fora da janela e esperando — um longo dia que durou duas semanas, até que a avó lhe disse que sua mãe não tinha sido forte o bastante para este mundo.

Que outro mundo havia? E onde ficava?

Depois disso, ela tentou interessá-lo em livros de histórias e jogos, mas nada deu certo até o colocar do seu lado ao piano. Enquanto dava aula atrás de aula, Mike ficava do lado da vó, em seu novo poleiro, observando os dedos das outras crianças nas teclas e ouvindo o metrônomo clicar.

Um dia, entre um aluno e outro, Vovó o deixou sentado no banco do piano. Ele estendeu as mãos para o teclado, posicionando os dedos como havia visto os outros fazerem, e pressionou. Porém, em vez de um acorde harmônico, foi um som dissonante e doloroso, como se sua tristeza tivesse viajado por seus dedos até as teclas, e os sons repetissem o horror que sentia por dentro. Com os dedos bem abertos, ele bateu nas teclas várias vezes, e a sala se encheu com sua dor.

Quando Vovó voltou e viu aquele rosto retorcido e as mãos martelando sem controle, ela se afundou em uma poltrona e também começou a chorar.

Naquela noite, ela começou a ensiná-lo corretamente. Cada vez que ele aprendia uma música, ela parecia refletir sua dor, sua raiva e seu amor. Vovó disse que ele tinha um dom divino para a música. Em segredo, ele achava que sua mãe devia ter enviado esse dom, para que pudesse ouvi-lo tocar no outro mundo. Às vezes, ele até a imaginava cantarolando junto.

"Mike! Está ouvindo?" Frankie se sentou no banco do porão e balançou o braço dele.

"Sim. Estou ouvindo."

"Vovó cuidou de nós e nos amou."

"É verdade", disse Mike. "Não tínhamos muita coisa, mas sempre tivemos a ela."

As coisas foram difíceis nos últimos anos que viveram com a avó. Muita gente estava desempregada. Aulas de piano tornaram-se um luxo que poucos podiam ter. Os alunos de Vovó reduziram-se a um pequeno punhado. E mesmo assim as famílias geralmente pagavam com comida ou um casaco usado para Mike ou Frankie em vez de dinheiro. Na maior parte dos meses, ela mal conseguia pagar o aluguel. Mesmo assim, se o clima permitisse, todo domingo à tarde ela abria a janela da frente e revezava-se com Mike ao piano, tocando para a vizinhança toda. Brahms, Chopin, Mozart, Debussy. Ela dizia que as pessoas em dificuldades, como todas as outras, mereciam ter beleza em suas vidas, não importa se não podiam pagar o aluguel ou se estavam indo para a fila do pão. Vovó dizia que ser pobre não significava ser pobre de espírito.

"Aí, quando Vovó ficou velha e delicada demais para cuidar de nós, ela nos trouxe para o Bispo, porque era o único lugar que tinha piano", disse Frankie.

Mike fechou os olhos. Ele ainda conseguia vê-la parada na sala de Pennyweather, com uma enfermeira ao seu lado. Fraca e trêmula, ela os abraçara uma última vez. Sua voz falhou. *Sejam meus bons meninos e prometam cuidar um do outro. A pessoa certa aparecerá querendo dois belos garotos. Eu sinto isso na alma.*

O porão pareceu fechar-se sobre Mike. "É isso aí, Frankie", disse ele, enxugando lágrimas da bochecha. "Ela escolheu o Bispo porque tinha um piano."

"E aí Vovó foi para o lar dos idosos e morreu", disse Frankie. "Sinto saudade dela."

Mike pôs o braço em volta dele.

"E esse é o final da história", sussurrou Frankie.

"Não. Não é o final", disse Mike. "Tem mais, lembra? Um dia nós sairemos do Bispo e iremos para... Vamos, é você que está contando a história."

"Nova York", disse Frankie, desenhando um arco com o braço. "A Grande Maçã. Vovó esteve lá de visita e *amou*."

"Vamos morar lá", disse Mike. "Vai ser nossa cidade."

"Vamos pegar o trem. E nos emperiquitar todos para ir a um concerto no Carnegie Hall, igual Vovó fez", disse Frankie.

"É isso aí", disse Mike. "Ela sempre quis nos levar lá."

"Vai ter um piano preto, grande e brilhante, certo?", disse Frankie. "E um pianista famoso, e uma orquestra."

"Certo", disse Mike. "O teatro vai estar cheio, até as galerias mais altas. Vovó disse que as galerias são douradas e os assentos vermelhos. E que todos os músicos se vestem de preto. E que no final..."

"Deixe eu contar!", disse Frankie. "Nós vamos ficar de pé, bater palmas e gritar: 'Bravo! Bravo!'"

Mike assentiu. Ele não contou a Frankie que, toda vez que imaginava a cena no Carnegie Hall, ele não se via em um daqueles assentos vermelhos chiques. Ele se via no palco de fraque preto, parado ao lado do piano e se curvando para a plateia.

"E, depois do concerto, você e eu iremos jantar em um *restaurante* e pedir carne assada e sorvete. Não vai ser como aqui, certo, Mike?"

Mike olhou para Frankie com suas roupas esfarrapadas. Ele ouviu o estômago do garoto roncando de fome.

"Não. Eu prometo. Não vai ser como aqui."

Fazia muito tempo que o jantar já tinha terminado quando Pennyweather os deixou sair do porão e mandou Mike e Frankie para os dormitórios.

A maioria dos meninos do andar de Mike estava amontoada em volta do rádio ouvindo *Buck Rogers no Século xxv*. Eles devem ter se comportado durante o jantar, para a sra. Godfrey lhes conceder este privilégio. Mike desabou em seu catre.

Rato, que estava lendo as tirinhas de um jornal velho, sentou-se, tirou duas maçãs e um pedaço de pão de trás do travesseiro e entregou a Mike. "Você só perdeu frango cremoso, mais conhecido como frango misterioso. Mandei um pouco de comida para Frankie pelos amigos dele. Os garotinhos acharam que era a missão mais importante da vida deles."

"Poxa, obrigado", disse Mike, pegando a comida e mordendo uma das maçãs. Rato já tinha quase dezesseis anos e era um dos mais velhos do Bispo. A maioria dos meninos não gostava dele por ser o queridinho de Pennyweather, mas Mike o achava bem decente. Seu nome era Stephen, embora ninguém jamais o chamasse assim. Com sua pele leitosa, olhos claros e cabelos brancos raspados tão rentes à cabeça que se via o couro cabeludo rosado, Rato não podia reclamar nem um pouco de seu apelido.

"Danny Moriarty estava na enfermaria ao lado da Sala de Visitas hoje", disse Rato. "Ele ouviu o que aconteceu. Você realmente deu um soco em um cara? E Frankie o mordeu até tirar sangue?"

Mike fez que sim. "Meu soco foi mais um empurrão. Mas Frankie deixou um monte de marcas de dente."

"Eu fiquei sabendo que Pennyweather vai colocar você para trabalhar."

"Não estou nem *perto* dos catorze anos", disse Mike.

Rato deu de ombros. "Fique esperto. O Bispo é um celeiro de mão de obra. Você não estava aqui nessa época do ano antes, mas vai ver. Os fazendeiros chegam de manhã cedinho e levam os meninos mais velhos para um dia de trabalho. Se a fazenda deles for longe, eles ficam conosco por semanas e depois nos trazem de volta quando a aração, a colheita ou o empilhamento terminam. Nossa parca remuneração vai para Pennyweather comprar roupas e material escolar. Está vendo alguma roupa ou material escolar aqui?"

"Por que ninguém conta..."

"Não há ninguém para contar", disse Rato. "O velho bispo é dono disso aqui, mas ele mora na cidade. Ouvi as cozinheiras falando que Pennyweather só precisa lhe entregar uma quantia de dinheiro todo mês para deixá-lo satisfeito. Ela embolsa o resto. Nenhuma delas ousa dizer uma palavra, já que muitos dos maridos estão duros e sem trabalho. Não podem perder o emprego. É verdade que Pennyweather falou que vai se livrar de todos os Menores e encher o Bispo de meninos do Hathaway?"

Mike assentiu.

"Os Maiores é que trazem dinheiro. Os Menores ocupam espaço. Ela só quer saber de negócios." Rato mordeu o lábio e concordou. "Isso vai tornar as coisas mais difíceis para mim. Vou deixar de ser um dos mais velhos. Talvez seja hora..."

Mike franziu o rosto. "Achei que as coisas estivessem boas para você. Você não é o..." Ele se interrompeu e fechou a boca.

"Queridinho de Pennyweather? Eu admito. Sou um doce de pessoa para ela, para poder ter privilégios. O que há de errado nisso? Por falar nisso, amanhã de manhã vou pegar a carroça para fazer uma entrega em Quatro Cantos, porque o caminhão quebrou. Ela me disse para levar alguém comigo. Quer vir? Voltamos antes de meio-dia. Melhor do que trabalhar para Otis, retirando mato e pedras dos campos dele. Um dos meninos pode avisar Frankie."

Mike examinou o miolo da maçã. Ele não havia saído do Bispo desde o dia em que chegou. Além do mais, os meninos nunca eram adotados nos fins de semana, então Frankie não seria chamado. E o menino gostava de trabalhar no Otis, porque, no fim do dia, o sr. Otis colocava um centavo na mão de cada garoto. Mike concordou. "É. Eu vou."

ANTES DO AMANHECER, Mike e Rato já estavam na carroça plana descendo a longa estrada que saía do Bispo.

Dos dois lados, milharais bloqueavam toda a visão, e só se via as espigas verdes e o céu cinzento. O ar estava fresco, e o barulho dos cascos do cavalo era hipnótico. Durante um tempo, nenhum dos garotos disse nada. A manhã clareou. Quando as plantações terminaram, o mundo se abriu em vastas pastagens.

"É realmente bonito", disse Rato, cutucando Mike com o cotovelo.

"Qualquer coisa é mais bonita que o Bispo." Mike fez um aceno para o fundo da carroça. Ele e Rato haviam empilhado com cuidado uma dúzia de caixas em cima de uma colcha antiga para amortecer a viagem. "O que tem dentro delas, afinal?"

"Deveria ser um segredo. Mas uma vez eu desci até o porão antes de Pennyweather terminar de embalar. Os armários estavam abertos e cheios até o teto de pêssegos enlatados, ameixas, geleias. Tudo que você imaginar. Havia potes com rótulos que diziam *Voluntárias Metodistas*. Sabe aquelas senhoras da igreja que aparecem todo mês lá no Bispo?"

"Aquelas sorridentes com as cestas cobertas?", disse Mike.

Rato fez que sim. "Elas fazem potes de compotas para nós, os pobres órfãos. Pennyweather muda os rótulos, vende e embolsa o dinheiro. Um dia, notei que um pote estava sem o anel de vedação. Daí perguntei a ela se podia comer. Disse que não iria vender mesmo, e que eu amava pêssegos. E que sempre tinha ouvido dizer que ela era justa. Ela me deixou comer o pote inteiro."

"Então Pennyweather tem coração..."

Rato assentiu. "Todo mundo tem. Às vezes, você precisa se esforçar bastante para encontrá-lo. Uma coisa que aprendi é que, se existe alguma coisa que queira ou que precise saber dos adultos, você tem que chegar e pedir com educação. Defender seu ponto de vista, é o que acho. Na maioria das vezes, você consegue exatamente aquilo que pediu. Conhece aquele ditado: 'Você pega mais moscas com mel do que com vinagre'?"

Vovó sempre dizia isso. Deve ter dito mais de mil vezes. "Significa que você consegue mais coisas sendo legal e educado do que de outra forma."

"É isso aí. Isso fez meu período no Bispo mais suportável, com certeza. O que quer fazer depois que sair de lá?"

Mike franziu o rosto. "Só penso em conseguir alguma coisa para Frankie."

"Contou a Frankie o que Pennyweather quer fazer?"

Mike balançou a cabeça. "Não tive coragem."

"Escute", disse Rato. "Você precisa manter Frankie longe do lar estadual. Não serve nem para um rato de rio. Os garotos de lá têm piolhos e pulgas. Ano passado o lugar ficou em quarentena porque dois meninos morreram de uma febre. *Morreram*. Faz o Bispo parecer o hotel Biltmore. Da próxima vez que for chamado, você precisa fazer com que ele vá. Pennyweather tem que avisar a você onde ele está. É lei. Você pode escrever para ele. Ouvi dizer que até deixam irmãos visitarem nos feriados. É melhor encarar, você está confinado ao Bispo até fazer dezoito anos. Mas Frankie pode ter uma chance de sair. Faça um plano. É preciso ter um plano."

Eles passaram por uma placa que dizia: QUATRO CANTOS, TRÊS QUILÔMETROS.

Antes do cruzamento de duas vias, Rato parou o cavalo e entregou as rédeas a Mike. "Aqui é onde eu desço. Estou dando o fora."

"O quê? Você vai fugir?" Os pensamentos de Mike dispararam. "Ei! Não quero nenhum problema lá no Bispo."

"Relaxe. Entregue as caixas em Quatro Cantos, pegue o dinheiro e dê a Pennyweather. Diga a ela que fugi e que não pôde me impedir. Ela vai me denunciar, mas já estarei bem longe para um inspetor me alcançar. Além do mais, ela só se importa que alguém leve a grana dela." Ele saltou de seu assento.

"Mas... aonde você vai? O que vai fazer?"

"Não se preocupe. Tenho um plano. Quando eu fizer dezoito anos, terei duas opções: o Exército ou o exército da árvore."

"O quê?"

"Corpo de Conservação Civil. O pessoal chama de exército da árvore. É parte do novo acordo do presidente para tirar o país desse buraco triste em que estamos. São trabalhos para jovens como eu. Posso trabalhar em uma série de lugares, plantando árvores, enchendo rios de peixes, construindo parques. E ganhando 35 pratas por mês, ainda por cima. Penso que posso fazer isso por um ano, mais ou menos, até ter conhecido um pouco dos Estados Unidos. Depois, entro para o serviço militar e conheço o mundo. Um cara da Marinha que conheço me disse que sempre tem uma guerra em alguma parte do mundo."

"O que vai fazer até completar dezoito anos?"

"Tenho quase dezessete. Consigo me virar por um ano. Tenho um amigo que trabalha na estação de trem em Philly. Ele consegue me botar para dentro sem bilhete. Vou para Nova York. Morar na rua. Já fiz isso antes. Conheço os lugares seguros para dormir, os sopões gratuitos. Sei até como entrar nos jogos dos Yankees e nos teatros." Rato sorriu.

Mike sentiu uma pontada no coração. Nova York. Esse também era o plano dele. Dele e de Frankie.

Rato subiu na caçamba da carroça e empurrou as caixas para o lado até tirar a colcha de baixo delas. Ele a enrolou como um rocambole, enfiou debaixo do braço e desceu. "Se resolver a situação de Frankie e quiser se unir a mim, meu amigo na estação se chama McAllister. Diga a ele que eu o mandei. Ele vai botar você num trem e lhe dizer meu paradeiro."

Sem olhar para trás, Rato foi embora, assoviando.

Mike ficou sentado na carroça, observando-o se afastar pela estrada. Ele tentou imaginar qual era a sensação de não ter preocupações, de não ter nada para carregar além de uma colcha e de ter o mundo todo pela frente. Havia algo excitante na ideia de pegar um trem até a cidade grande, dormir sabe-se lá onde e entrar escondido em um teatro. Mike *iria* com Rato, se não fosse por Frankie. Sozinho, ele se viraria com pouco. Seria tão fácil...

A culpa se infiltrou em seus pensamentos.

Sejam meus bons meninos e prometam cuidar um do outro.

Como é que ele sequer podia pensar em deixar Frankie? O menino amava Mike, e Mike o amava. Ele balançou a cabeça, enojado consigo mesmo. Que tipo de irmão ele era?

Rato desapareceu atrás de uma elevação na estrada.

Mike sacudiu as rédeas e o cavalo andou para a frente. Rato estava certo. Sempre havia uma guerra em alguma parte do mundo. E Mike tinha a própria: lutar por Frankie. Ele fez a entrega em Quatro Cantos, pegou o dinheiro e voltou para o Bispo.

Durante todo o trajeto, ele se sentiu como um pássaro selvagem preso em uma casa, voando para cima e para baixo, chocando-se nas paredes, as asas batendo nas janelas, tentando encontrar uma saída.

05

Na segunda-feira de manhã, Mike acordou assustado de um pesadelo sobre piolhos, febres e pulgas.

Ele se sentou em seu catre, com o coração disparado. Antes que pudesse se deitar novamente, ouviu o assovio de Frankie. Isso só podia significar uma coisa.

Enquanto Mike tentava sair da cama, ele ouviu o aviso de Rato outra vez. *Você precisa manter Frankie longe do lar estadual... Precisa ter um plano.* Se o menino fosse chamado, como é que Mike o convenceria de que teria que ir?

Quando Mike chegou à escadaria e abriu a janela, Frankie já estava esperando no galho para poder entrar.

Mike o ajudou, pôs as mãos nos ombros de Frankie e disse: "Aconteça o que acontecer, vou pensar em *alguma coisa*. Prometo. Está bem?".

Frankie deu de ombros. "Está bem... Olhe." Ele tirou da cintura uma página dobrada de jornal. Ele se sentou no chão com as pernas cruzadas, abriu o papel e o alisou no chão. A manchete percorria as duas páginas: MAGOS DA GAITA DE HOXIE.

"É a maior banda de gaitas que já se viu. Sessenta garotos! A sra. Delancey leu o artigo para nós e nos deixou escutar o rádio ontem à noite. Quando ela pôs o jornal no lixo, eu voltei sorrateiramente e peguei esta página antes de todo mundo. Mike, não existe nada como eles em lugar nenhum. Pelo som, você jura que tem todo tipo de instrumento, e não só gaitas."

Mike se afundou no chão e recostou-se na parede, soltando a respiração. Fez um aceno para o jornal. "Frankie, *essa* é a emergência? Lembra-se de que combinamos de usar o sinal apenas quando fosse muito, muito importante?"

"Mike, *olhe* para eles", disse Frankie, apontando para uma foto que ocupava metade da página. "Antes de morrer, John Philip Sousa compôs uma música especialmente para eles, chamada 'Marcha do Mago da Gaita'. E uma vez ele até regeu a banda em um concerto. Eles tocaram em paradas. E para *três* presidentes!" Frankie estendeu três dedos e os contou. "Coolidge, Hoover e o próprio 'Os Bons Tempos Voltaram' Franklin Delano Roosevelt. Eles tocaram até para uma *rainha*. E não é mentira. Agora as pessoas os chamam de Magos da Gaita e..."

"Respire, Frankie. Você está parecendo um locutor de rádio."

O menino olhou para baixo e mordeu o lábio. "Está vendo, eu posso comprar a gaita oficial de banda se tiver 65 centavos, mas só tenho 23 guardados."

Mike não conseguiu conter o sorriso. "Frankie, mês passado você ouviu um comercial do Wheaties no rádio e queria o cartão de beisebol do Lou Gehrig que vinha no verso da caixa. Antes disso foi um mapa planetário do Buck Rogers."

"Só que eu não consegui", disse Frankie, "porque precisava comprar outra coisa primeiro. Para poder ter o cartão de beisebol, era preciso comprar uma caixa de Wheaties. E para o mapa planetário, era preciso o rótulo de uma lata de Cocomalt. Só que para a gaita não precisa *comprar* nada primeiro. Dá para simplesmente encomendar. Está vendo?"

"Frankie, o que há de tão importante nisso para você precisar me assoviar?"

O irmão de Mike mal respirou. "No final do verão vai haver um grande concurso com prêmios. Os vencedores vão ganhar uma vaga na banda. E, se um garoto entra para a banda, ele está com a vida ganha. O diretor, Hoxie, paga *tudo*: uniformes, gaitas novas, aulas de música. Tudo que você imaginar. Eles têm até um ônibus de excursão. E todo verão tem um negócio chamado Acampamento da Gaita, com todas as despesas pagas!" Ele apontou para o jornal. "Não é demais? Aposto que *nós* conseguimos entrar para a banda."

Mike leu a legenda embaixo da foto. "'Banda de Gaita da Filadélfia conduzida por Albert N. Hoxie para meninos de dez a catorze anos.' Frankie, você só tem sete."

Frankie apontou para um menino na primeira fileira da foto. "Ele parece mais novo que eu."

Mike se aproximou. Frankie tinha razão. O garoto parecia ter uns cinco anos. "Diz aqui que ele é a mascote. Provavelmente é o irmão mais novo de alguém que toca decentemente e fica bem de uniforme. *Você* podia se inscrever. Se entrasse, talvez me deixassem ser a mascote."

Mike balançou a cabeça. "Você acha que Pennyweather vai deixar eu fazer teste para uma banda? E como é que pretende encomendar alguma coisa sem que ela descubra? Além disso, mesmo que tivéssemos uma gaita, Pennyweather não ia nos deixar ficar com ela. A primeira coisa que fez foi tomar as que eram nossas."

"Já tenho isso planejado", disse Frankie. "Os Menores são incumbidos da correspondência todos os dias. Nós vamos em dupla até a caixa de correio no final da rua e entregamos a correspondência na sala dela. Alguém vai pegar a gaita para mim e eu vou escondê-la. Você e eu podemos nos revezar, praticando quando estivermos nos campos, onde Pennyweather não consiga ouvir."

Frankie encostou no papel. "Diz aqui que Hoxie até encontra lares para meninos que não têm família... se forem bons o bastante para a banda. Está vendo, nós poderíamos fugir e fazer o teste em agosto... antes... antes de setembro chegar." Ele ficou olhando para o papel, franzindo o rosto.

Mike sentiu um nó na garganta. Ele devia saber que Frankie descobriria sobre o prazo de Pennyweather. No Bispo, as notícias eram passadas como os baldes d'água em um incêndio. "Então você ficou sabendo que ela vai se livrar dos Menores para abrir espaço para os meninos do Hathaway, e que eu vou ter que trabalhar?"

Frankie olhou para Mike com os olhos solenes e fez que sim.

Mike pôs o braço em volta dele. "Essa banda... é uma boa ideia, Frankie." Ele se inclinou sobre o papel e leu o formulário de envio ao lado da fotografia. "Gaita Hohner. O instrumento oficial dos Magos da Gaita. Você também pode aprender música. Livreto de instruções incluído." Ele olhou para Frankie. "Só tenho uns trinta centavos. Teremos que esperar até juntarmos dinheiro."

Frankie entregou o jornal para Mike. "Você pode guardar isto e o dinheiro para mim? Eddie, que fica a duas camas de mim, gosta de roubar." Ele tirou um punhado de moedas de um e de cinco centavos do bolso.

"Claro. Cuidarei bem delas." Mike o ajudou a subir.

Quando Frankie estava com uma perna sobre o parapeito, ele se virou para Mike: "Era muito, *muito* importante".

Mike assentiu. "Eu sei, garoto. Até daqui a pouco." Ele olhou Frankie descer pela janela e esperou até ouvir o assovio quando chegasse lá embaixo.

Mike voltou para seu quarto e se sentou na beirada do catre, examinando as letras miúdas no formulário de pedido da gaita.

Aguarde de quatro a seis semanas para a entrega.

Ele cobriu o rosto com as mãos, esfregando a testa. Quando ele e Frankie conseguissem juntar o dinheiro, encomendar a gaita e esperar que ela chegasse, seria tarde demais. Frankie já estaria no lar estadual.

Mike tirou uma caixa estreita de metal de dentro de uma fenda na costura de seu colchão. Ele a encontrou um dia, deixada por algum garoto que havia dormido no catre antes dele. Por sorte, ela havia escapado de todas as inspeções que Pennyweather fazia de surpresa, em que a mulher confiscava tudo que os meninos tentassem esconder. Ele enfiou o jornal e as moedas dentro da caixa, guardou-a novamente e suspirou. Por que ele e Frankie não conseguiam dar uma sorte?

Os olhos de Mike vagaram até a cama vazia de Rato. Ele com certeza já estava em Nova York a essa altura. Talvez Mike e Frankie devessem fugir também. Eles poderiam ir atrás de McAllister na estação de trem e se encontrar com Rato. Se Mike fosse esperto, poderia fazer com que estivessem bem longe do Bispo antes que Pennyweather os denunciasse.

Mas como? E quando?

06

Pelo restante da semana Mike ficou pensando na fuga deles.

Quatro Menores haviam sido adotados nos últimos dias. Pennyweather estava se livrando dos pequenos como se eles fossem uma promoção do mercado — dois pelo preço de um. Quanto tempo será que Mike tinha? Que distância poderiam viajar antes que Pennyweather desconfiasse e os denunciasse? O que aconteceria se um inspetor os alcançasse?

As questões continuaram a atormentar Mike enquanto ele esfregava as escadas em uma tarde de sexta-feira.

A sra. Godfrey apareceu embaixo dele na entrada. "Michael, a sra. Pennyweather quer vê-lo agora mesmo na sala de jantar. Seu irmão já está lá."

Mike largou o esfregão e desceu as escadas.

Sem fôlego, ele chegou à sala de jantar e viu um homem de macacão guardando ferramentas, e Pennyweather passando óleo de limão no piano. Três cadeiras haviam sido posicionadas em fila reta ali perto.

Frankie estava sentado no banco do piano, balançando as pernas.

Pennyweather levantou a cabeça. "Michael, por favor vá ficar com seu irmão."

Ele foi. Frankie se inclinou e cochichou: "Pennyweather mandou afinar o piano. Ela quer que a gente toque uma música".

Mike suspirou e tentou acalmar seu coração acelerado. "Só isso?"

Frankie assentiu. "Foi o que ela disse."

Frankie não seria adotado? Mike não conseguiu decidir se ficava decepcionado ou aliviado.

O homem fechou a caixa de ferramentas. "Prontinho, sra. Pennyweather. Consertei os pedais também. Está com um som lindo. E não precisa me pagar. Tudo pelos meninos órfãos."

Pennyweather sorriu. "Muito agradecida por sua gentileza."

Quando ele saiu, ela pôs as mãos nos quadris e virou-se para Mike e Frankie. "Virão uns homens no local dar uma olhada no piano. Eles perguntaram se temos alguém aqui que saiba música, para que possam avaliar a qualidade." Ela balançou a cabeça. "Não sei por que eles mesmos não fazem isso. Não importa, vocês são os únicos que sabem tocar esse troço barulhento sem martelar. As cozinheiras me disseram que todas as noites, após o jantar, vocês vêm praticando uma música que as faz chorar. Idiotas sentimentais. Então toquem essa. Quero que soe muito bem, senão os dois voltam para o porão." Ela se virou e começou a polir a tampa.

Frankie puxou a manga da camisa de Mike e sussurrou: "Mas Vovó escolheu esse lugar *por causa* do piano".

Mike inclinou a cabeça para Frankie. "Shhh. Melhor deixar Pennyweather satisfeita."

Dois homens, trajando ternos com coletes, entraram na sala. O mais alto e grisalho trazia uma maleta. "Sra. Pennyweather, suponho? Sou o sr. Golding, advogado, e este é meu sócio, o sr. Howard."

O homem mais novo tinha a mesma altura de Mike, cabelos claros e sardas. "Também sou amigo da família do cliente. Tenho autoridade para tomar uma decisão a respeito deste assunto."

Ambos tiraram os chapéus.

"Cavalheiros", disse Pennyweather, concordando. "Perdoem-me, mas estou confusa. Por que precisamos de advogados para este assunto?"

O sr. Golding franziu o rosto. "Se chegarmos a um acordo, sra. Pennyweather, decerto tudo precisa ser dentro da lei."

Pennyweather deu de ombros e pareceu intrigada. "Muito bem, então vamos começar. Estes são Michael e Franklin Flannery, nossos melhores músicos, como vocês pediram."

"Maravilha", disse o sr. Golding. "Gostaríamos de ouvi-los tocar."

"Claro", disse Pennyweather, fazendo um gesto em direção às cadeiras. "Por favor. Sentem-se, cavalheiros. Meninos?"

Mike e Frankie deslizaram no banco e viraram-se para o teclado.

"'América, a Bela'", cochichou Mike. "Você entra depois de *ondas de grãos cor de âmbar*, do jeito que lhe ensinei. Mas primeiro, delicado e suave como uma canção de ninar, até quase no final..."

"Eu sei", disse Frankie, "depois como uma tempestade, até a parte do *mar ao reluzente mar*, e então tornamos tudo calmo de novo." Ele posicionou as mãos, preparado.

Mike começou a tocar. Após alguns compassos, acenou para Frankie, que entrou na deixa.

Mike não conseguia acreditar que era o mesmo piano. Não havia nenhuma nota desafinada. Não era preciso evitar um sustenido fora do tom. O homem tinha razão. O piano tinha um timbre lindo. Mike se preencheu com aquele som, como se estivesse comendo algo delicioso, e cada mordida fosse melhor que a anterior. Por alguns momentos, não havia nada além da música. Nenhuma preocupação. Não havia Pennyweather. Só ele e Frankie. Mike quase podia acreditar que estava de volta à sala de Vovó, tocando em uma tarde de domingo com a janela aberta, para que todos da vizinhança pudessem ouvir a música e ter um pouco de beleza em suas vidas.

Mike usou o pedal de sustentação e os acordes encheram a sala.

Antes dos últimos compassos, ele parou de tocar totalmente e deixou Frankie terminar a música sozinho, de maneira simples e doce.

Mike olhou em volta da sala.

Do outro lado da sala, as cozinheiras, que haviam saído da cozinha, estavam enxugando os olhos.

Os Maiores estavam aglomerados nas janelas e apoiados nos parapeitos.

Os Menores se amontoavam nas portas, espiando.

Pennyweather enrugou a testa, como se não acreditasse no que tinha ouvido.

O sr. Golding ergueu a sobrancelha para o sr. Howard.

Após Frankie tocar a última nota, houve um longo período de silêncio. Depois os meninos começaram a aplaudir e assoviar, até que Pennyweather se levantou, virou de costas e fez sinal para todos saírem.

Mike e Frankie se viraram no banco.

O sr. Howard inclinou-se para frente. "Michael? Quantos anos você tem?"

"Onze, senhor."

"Como aprendeu a tocar piano?" A voz dele era suave e bondosa.

"Minha..." Ele acenou para Frankie. "Nossa avó. Ela era professora de piano."

"Mike é o melhor pianista que eu conheço", disse Frankie.

O sr. Howard sorriu. "E quantos anos você tem, Franklin?"

"Todo mundo me chama de Frankie. Tenho sete, senhor. Quase oito. Sou o segundo melhor pianista que conheço, mas Mike é um *progênio*."

O sr. Howard sorriu com a confusão da palavra *prodígio*. "Tem razão, Frankie. Ele é *muito* bom. E você também." Ele olhou para Mike. "Você que fez esse arranjo?"

"Sim, senhor."

"Foi... muito bonito." Ele pigarreou. "Há quanto tempo estão aqui?"

"Cinco meses e algumas semanas", disse Mike. "Vivemos com Vovó a maior parte de nossas vidas, até... até virmos para cá."

"Vovó somente escolheu este lugar porque era o único orfanato que tinha um piano", disse Frankie. "E nós *precisamos* ter um piano."

Pennyweather bateu as mãos para interromper. "Senhores, podemos voltar aos negócios? Meninos, estão dispensados."

"Na verdade, gostaria que eles ficassem", disse o sr. Howard.

Pennyweather franziu os lábios. "Não vejo motivo para..."

O sr. Golding interrompeu. "Sra. Pennyweather, nosso escritório representa Eunice Dow Sturbridge. Ela é filha de Thomas Dow. Conhece o nome?"

"Quem na Pensilvânia não conhece?", disse Pennyweather. "O sr. Dow foi um empresário. No ramo de pneus, não é? Li no jornal que ele morreu ano passado." Pennyweather cruzou os braços. "O que *ele* tem a ver com isso?"

"Agora que o sr. Dow faleceu, sua filha não tem mais família", disse o sr. Howard. "Ela precisa... Ela gostaria de adotar uma criança."

Os olhos da sra. Pennyweather passaram de um homem para o outro. "Achei que estivessem aqui para comprar o piano."

"Ah, não", disse o sr. Golding. "E peço desculpas se nossa intenção foi interpretada assim. Perguntamos se a senhora tinha um piano e se havia uma criança aqui que soubesse música e pudesse tocá-lo para nós. Para que pudéssemos avaliar a qualidade do *músico*. Precisa ser uma criança musical."

O sr. Howard concordou. "A sra. Sturbridge é uma pianista de muito talento. Então dá para entender seu desejo de ter uma criança com a mesma aptidão. Gostaríamos de começar o processo de adoção. Hoje mesmo."

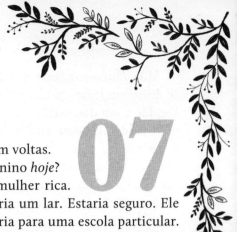

Os pensamentos de Mike davam voltas.

Eles queriam adotar um menino *hoje*?

A sra. Sturbridge era uma mulher rica. Se ela adotasse Frankie, ele teria um lar. Estaria seguro. Ele teria coisas. E provavelmente iria para uma escola particular. E Mike saberia onde ele estava. Esta era a chance de Frankie.

"Os documentos foram preparados de acordo", disse o sr. Golding, pegando sua maleta e abrindo-a no colo. "E posso dar entrada no juizado hoje à tarde. Estamos preparados para fazer uma doação ao orfanato e lhe dar uma gratificação por sua atenção pessoal a este assunto."

Um sorriso se formou nos lábios de Pennyweather. "Eu aceitarei agradecidamente... pelos órfãos." Ela fez um gesto para Mike e Frankie. "Agora, quanto a qual deles adotar. Minha recomendação é que levem Franklin. E não se preocupem com Michael. Ele ficará grato pela sorte incomum do irmão." Ela sorriu para Mike, mas ele sabia que aquilo era um aviso.

"Não quero deixar Mike", disse Frankie.

Mike pôs o braço em volta dele.

"Gostaria de falar com os meninos em particular", disse o sr. Howard.

Pennyweather se levantou. "Cavalheiros, receio que isso não seja permitido."

O sr. Howard se levantou também, e o sr. Golding fechou a maleta. "Então acho que vamos fazer uma visita ao Lar Hathaway."

"Esperem! Não se apressem, senhores. Posso abrir uma exceção." Ela entrou em sua sala e fechou a porta.

Assim que ela saiu, Frankie soltou: "Eles não *deveriam* nos separar".

Mike olhou para o sr. Golding e o sr. Howard. "Senhores, se quiserem levar apenas um de nós dois, devem levar Frankie. Ele é um dos mais novos aqui. A sra. Pennyweather está planejando me botar para trabalhar em breve. Não tenho idade suficiente, mas acho que tenho tamanho suficiente. É por isso que ela não quer que eu vá embora. Porém, se eu estiver fora trabalhando durante meses, não vou poder cuidar de Frankie. E ele ainda é pequeno."

"Não, Mike!", choramingou Frankie, com os olhos se enchendo de água. "Nós ficamos juntos, lembra? E vamos juntar dinheiro para as gaitas e fazer teste para a banda de Hoxie, e *ele* vai encontrar uma casa para nós e..." Frankie chorou ainda mais.

Mike abaixou-se sobre um dos joelhos e o puxou para perto. "Não faça escândalo desta vez. Não está vendo? Se for embora hoje, eu saberei onde encontrá-lo e você não vai acabar no lar estadual." Ele engoliu seco, olhou para o sr. Golding e conteve as próprias lágrimas. "Eu posso escrever para ele e visitá-lo?"

"Claro", disse o sr. Golding. "Eu posso até colocar uma cláusula na papelada."

Frankie balançou a cabeça, soluçando. "Não."

"E aposto que tem um piano." Mike olhou para o sr. Howard.

Ele fez que sim. "Tem um piano que está precisando muito ser tocado."

Mike acariciou as costas de Frankie. Ele sabia que esta era a coisa certa a ser feita. Mas não conseguia olhar nos olhos do menino e ver a dor dele. "Sabia. Tem um piano. E vou fazer visitas regularmente. Tudo ficará bem. Eu prometo."

Mike olhou para o sr. Howard para se tranquilizar.

Ele desviou-se do olhar de Mike e foi até a janela. Um instante depois, ele voltou, piscando, com os olhos brilhantes. Ele pigarreou e disse para o sr. Golding. "Não parece um lugar muito promissor, não é?"

"Não", disse o sr. Golding. "E tem uma reputação terrível. No entanto, por mais difícil que seja, sr. Howard, o tempo urge. Este é o quinto orfanato que visitamos nas duas últimas semanas e nenhuma criança chegou perto desses dois meninos. Eles são educados, cativantes e, pelo que ouvi, extremamente talentosos. Se um deles serve, então vamos resolver a situação."

O sr. Howard andou para lá e para cá com as mãos nos quadris.

A porta da sala se abriu. Pennyweather voltou para o recinto. "Cavalheiros?"

"Sabemos que Michael será posto para trabalhar em breve", disse o sr. Howard.

"Correto", disse Pennyweather.

"Fazer uma criança trabalhar sob contrato é contra a lei."

"Isso se chama 'amparo', sr. Howard. Se um comerciante ou fazendeiro vem aqui para 'amparar' uma criança, não é da minha conta o que a criança precisa fazer para ganhar seu dinheiro. Chame do que quiser — trabalho, amparo, adoção —, para mim, é tudo a mesma coisa."

Frankie olhou para Mike, com lágrimas escorrendo pelo rosto. "Não quero deixar você."

Mike forçou um sorriso. "Você vai para uma casa legal. E quando eu for visitar, tocaremos piano juntos. Aposto que também há árvores para escalar, um quintal grande e comida boa. Aposto que lá tem Wheaties e Cocomalt. Você vai para a escola..."

"Não ligo para Wheaties e Cocomalt. Quero ficar com você!" Frankie debulhou-se em lágrimas no braço de Mike.

A firmeza do irmão mais velho desmoronou. Ele se ajoelhou na frente de Frankie e o abraçou com força.

O sr. Howard passou as duas mãos pelos cabelos. Ele foi até o sr. Golding e cochichou em seu ouvido.

"Você é o representante para este assunto", disse o sr. Golding. "Está decidido?"

"Estou", disse o sr. Howard.

"Muito bem", disse o sr. Golding. Ele se virou para Pennyweather. "Gostaria de falar com a senhora em sua sala e preparar os documentos."

"Acho que ficarão muito satisfeitos com Franklin", disse Pennyweather, sorrindo. "E vamos discutir sobre aquela doação para os pobres órfãos e minha pequena bonificação."

O sr. Golding sorriu também. "Ah, sra. Pennyweather, acho que está nos subestimando. Não fazemos nada de maneira pequena."

O sr. Golding parou o sedã Ford preto na via Amaryllis, onde as casas mantinham distância das moradias vizinhas e da rua.

Após saírem do carro, o sr. Golding disse: "Boa sorte para você, sr. Howard. Estou indo para o juizado agora. Estou feliz por não ser *eu* a contar a ela!". Ele deu uma buzinada e saiu.

Frankie deu tchau.

O sr. Howard balançou a cabeça, sorrindo, e abriu o portão de ferro batido.

Ao final de uma longa passagem, ficava uma casa cor de caramelo com contornos brancos e toques vermelhos. Uma varanda elevada com treliça de madeira embaixo envolvia dois lados do primeiro piso. Uma torre redonda de dois andares e teto cônico saía do canto esquerdo da casa, com um cata-vento no alto. Gabletes íngremes apontavam para o céu.

Frankie parou, boquiaberto, e ficou admirando.

"É uma graça, não é?", disse o sr. Howard, pegando na mão dele. "Estilo Rainha Ana. Precisa de uma modernizada por dentro, mas é uma beleza."

"Quantas pessoas moram aqui?", perguntou Frankie.

O sr. Howard riu. "Só uma mulher. E agora você e Michael."

Os olhos de Mike percorreram os amplos gramados, o velho elmo no jardim lateral e os arbustos podados.

"Vamos morar aqui, Mike", disse Frankie, sorrindo de orelha a orelha. Ele soltou a mão do sr. Howard e saltitou em direção à casa. "Estamos adotados, *não* amparados."

Mike queria sentir a alegria de Frankie, mas alguma intuiçãozinha lhe dizia que tudo havia sido fácil demais. Em questão de horas, eles pegaram seus poucos pertences e foram trazidos *ali*. Dar amparo era uma coisa. Mas adoção era outra.

Significava fazer parte de uma família. Para sempre. Mas *ninguém* jamais adotava uma criança sem antes conhecê-la.

Vovó sempre dizia que, se alguma coisa parecesse boa demais para ser verdade, provavelmente era um golpe. Uma vez, no mercado, ela lhe mostrou como as maçãs brilhantes e enceradas em cima da pilha geralmente escondiam as feias e podres por baixo. Será que essa casa era uma maçã brilhante escondendo alguma coisa?

Um homem de pele escura estava ajoelhado ao lado de um canteiro de flores perto da varanda. Quando eles se aproximaram, ele pôs sua espátula de lado e se levantou, revelando sua altura e sua robustez.

O sr. Howard acenou para ele. "Olá, sr. Potter. Estes são Michael e Franklin, os novos tutelados da sra. Sturbridge."

O sr. Potter olhou para os dois, limpou as mãos em seu avental verde e acenou com a cabeça. "Prazer em conhecê-los."

O sr. Howard se virou para Mike e Frankie. "O sr. Potter é jardineiro e motorista da sra. Sturbridge. É ele quem mantém o Packard funcionando. Além disso, ele é casado com a *sra.* Potter, a governanta. Sr. Potter, gostaria de entrar para as apresentações?"

O sr. Potter sacudiu a cabeça. "É melhor eu voltar para os gerânios. Parece mais seguro. Sr. Howard, o senhor botou lenha pra valer na fogueira." Ele piscou para os meninos.

"Que fogueira?", perguntou Frankie.

O sr. Howard sorriu. "Ele só quis dizer que as coisas aqui vão ser diferentes de agora em diante."

Mike e Frankie acompanharam o sr. Howard até os amplos degraus da varanda, onde tocou a campainha. "Lá vamos nós, meninos."

Uma mulher de vestido cinza e avental branco abriu a porta. Em sua cabeça havia uma touca pregueada, como uma lua crescente. O tom de sua pele era o mesmo dos cabelos castanhos puxados para trás que formavam um coque em sua nuca.

"Olá, sra. Potter", disse o sr. Howard. "Aqui estamos. Este é Michael. E este é Franklin. Meninos, conheçam a mulher que manda nesta casa."

A sra. Potter ergueu as sobrancelhas para o sr. Howard.

"Antes que diga qualquer coisa", disse o sr. Howard, "sim, eles são meninos. E há dois deles. Onde ela está?"

"Na biblioteca, senhor. Devo dizer que é um homem de coragem."

... Estou feliz por não ser eu a contar para ela... parece mais seguro... botou lenha pra valer na fogueira... homem de coragem...

Por que estavam todos falando em códigos? Ele e Frankie haviam sido adotados. A sra. Sturbridge não ficaria feliz em vê-los?

Eles entraram atrás do sr. Howard e ficaram parados em um hall de entrada do tamanho do apartamento inteiro de Vovó. O chão era um tabuleiro de damas, preto e branco, de quadrados de mármore. Uma larga escadaria com corrimão de madeira escura abraçava a parede esquerda e se curvava em direção ao segundo andar.

"Uau", sussurrou Frankie, esticando o pescoço para cima e apontando para o lustre dourado que pendia com três camadas de gotas gigantes de cristal. "Ela deve ter muita grana."

"Shhh...", disse Mike, embora fosse exatamente o que ele estava pensando. Então era assim que as pessoas ricas viviam. Mike nunca se sentiu pobre. Mas também nunca conheceu nada diferente. Quando moravam com a avó, eles tinham o bastante para comer e um lugar seguro para dormir. E eles tinham a Vovó, que os amava, então nada mais importava. Ela costumava dizer que não precisava de esplendor, contanto que pudesse ter um piano e seus dois meninos. Se ela pudesse ver tudo isto, diria que nada disso fazia a menor diferença, a não ser que o coração do dono fosse tão lindo quanto a casa.

"Michael, Franklin, esperem aqui." O sr. Howard apontou para um banco estofado. Ele atravessou uma porta dupla à esquerda e a fechou parcialmente.

A sra. Potter saiu pelo corredor, balançando a cabeça. "Uma tempestade está se formando, tenho certeza disso."

Mike se sentou no banco e observou Frankie subir até metade das escadas.

"*Meninos?*", gritou a voz de uma mulher atrás das portas. "Mandei você buscar *uma menina* e você volta com *dois meninos?* Como *pôde?*"

Mike sentiu seu estômago se revirar. Ele olhou para conferir se Frankie tinha ouvido, mas ele estava ocupado demais deslizando a mão pelo corrimão da escada.

"A senhora me nomeou seu representante, então tomei a decisão", disse o sr. Howard. "E é a decisão certa. Os documentos já foram encaminhados. Eles são irmãos, e não consegui separá-los. Espero que entenda isso. Além do mais, será mais fácil com dois. Eles terão um ao outro. Agora venha conhecê-los. Estão no hall."

A voz dela estava estridente. "O que foi que você fez?"

"Apenas o necessário", disse o sr. Howard. "Algo que a *senhora* deixou para a última hora."

"Nunca achei que fosse chegar a este ponto. Estou *tentando* mudar as coisas!"

"Receio que seu tempo tenha terminado", disse o sr. Howard.

Mike ouviu alguma coisa batendo na parede, e, em seguida, vidro se quebrando.

Frankie saiu correndo das escadas para o lado de Mike.

"Está tudo bem, Frankie", sussurrou Mike. Pelo menos, ele esperava que estivesse.

Ela queria uma menina e o sr. Howard voltou com eles. Se isso era tão importante, por que ela não foi pessoalmente escolher a criança? Alguma coisa não estava certa.

Mike puxou Frankie na sua frente e o olhou fixo nos olhos. "Precisamos vigiar cada passo nosso. E nos lembrar dos bons modos. Não queremos que ela se zangue. Entendeu?"

Antes que Frankie pudesse responder, o sr. Howard saiu da biblioteca. Ele ficou ao lado da porta, aguardando. Uma mulher apareceu ao lado dele, com a boca formando uma expressão séria. Embora seu rosto estivesse vermelho de raiva ou de choro — Mike não sabia qual —, ele ainda pôde ver as manchas amarelas brilhantes em seus olhos cor de mel. Seus cabelos castanhos eram curtos e encaracolados. O vestido preto descia abaixo dos joelhos. De salto alto, ela era da altura de Mike, mas magra feito uma vara. Um cheiro empoado de baunilha a rodeava. Pela maneira que Frankie olhou para ele, Mike percebeu que estava embevecido.

"Michael. Franklin. Está é Eunice Dow Sturbridge", disse o sr. Howard.

Mike acenou com a cabeça. "Senhora. Muito obrigado por nos adotar."

Frankie soltou: "É *você* que vai ser nossa nova mãe? Você é *muito* mais bonita do que a gente esperava e é *bem* mais cheirosa que a sra. Pennyweather".

Os olhos da sra. Sturbridge se encheram de lágrimas ao olhar para eles, e ela fez uma expressão como se tivesse acabado de ver um bicho morto na sarjeta. Ela se virou e subiu correndo as escadas. Lá no alto, ela se inclinou sobre o corrimão e gritou: "Levem os dois para a sra. Potter imediatamente!". Ela desapareceu pelo corredor. Alguns segundos depois, uma porta se bateu com tanta força que o lustre tilintou.

"Acreditem se quiser, meninos", disse o sr. Howard, "correu tudo bem."

09

Um sabonete flutuava na superfície fumegante da água na banheira com pés de garra.

A sra. Potter estava parada na frente de Mike e Frankie, de braços cruzados, avaliando a limpeza deles.

Ela não parecia satisfeita.

Mike já tinha visto aquela expressão antes nos olhos de Vovó todos os sábados, quando eles tinham que tomar banho, quer precisassem ou não.

"Depois que eu sair, vocês vão se despir e se revezarão na banheira, esfregando da cabeça aos pés. Ponham as roupas no cesto. Amanhã eu lavarei o restante de suas coisas."

"Não temos outras roupas", disse Frankie.

Mike olhou para o chão e seu rosto ficou vermelho.

"Quando nós vivíamos com nossa avó, tínhamos outras, e melhores..."

"Mas elas se perderam no Bispo", disse Frankie.

"Então eu lavarei o que vão vestir esta noite", disse a sra. Potter. "Ainda bem que a patroa tem uma secadora de roupas ultramoderna só para este tipo de emergência. Elas não vão ter aquele cheirinho fresco do varal, mas estarão limpas. Pedirei ao sr. Howard para trazer uns pijamas para vocês. Estarão pendurados do outro lado da porta quando terminarem."

"O sr. Howard mora aqui perto?", perguntou Mike.

"Sim. Mora no final da rua. O pai dele era advogado do sr. Dow. O sr. Dow era pai da patroa, mas acho que isso vocês já sabem. E agora o sr. Howard faz a mesma coisa para ela. Só que ele é mais família do que advogado. Eles se conhecem desde que ela era desse tamanhinho."

Frankie começou a desabotoar a camisa. "Por que a chama de patroa?"

"O sr. Potter e eu estamos aqui desde que ela nasceu. Nunca a chamamos de outra coisa."

"Ela é legal ou malvada?", perguntou Frankie.

A sra. Potter entregou uma toalhinha para cada um. "Desde que o sr. Dow, que Deus o tenha, morreu no ano passado, ela está fora de si. Mas isso era de se esperar, considerando tudo que passou. Mesmo assim, eu diria que ela é uma alma bondosa e amorosa, por baixo de todo o resto."

"Ela não gostou da nossa aparência. Acha que vai gostar de nós depois que estivermos limpinhos?", perguntou Frankie.

"Isso é o que vamos ver", disse a sra. Potter. "Aparentemente há muitos senões e poréns a serem resolvidos."

Mike puxou Frankie mais perto o ajudou a desabotoar a camisa. Senões e poréns. *Se* eles fossem meninas... *se* não se parecessem com algo tirado da rua... *se* não fossem pobres... *talvez* ela gostasse deles?

"Sra. Potter, a senhora mora aqui?", perguntou Frankie.

Ela fez que sim. "O sr. Potter e eu moramos na casinha ao lado do jardim."

"Você tem filho da minha idade?", perguntou Frankie.

Ela riu. "Não. Temos uma filha crescida que mora e trabalha em Atlantic City. Cresceu junto da patroa. Agora ela é professora. Nós nos vemos em toda oportunidade que temos."

"O sr. Potter gosta de jogar damas?", perguntou Frankie.

"Para dizer a verdade, gosta. E o sr. Howard também. Escute, você vai me encher de perguntas?"

"Ele só está empolgado", disse Mike. "Nunca pensamos em estar numa casa tão bonita quanto essa. Ou que conseguiríamos ficar juntos."

O rosto da sra. Potter suavizou. "Foi um dia de surpresas para todos nós. Agora, já para a banheira. Temos galinha e batatas para o jantar, mas como não têm nada decente para vestir à mesa, trarei sua comida em uma bandeja."

"Numa bandeja?", disse Frankie. "*Nunca* comi qualquer coisa em uma bandeja."

A sra. Potter tentou não sorrir. "Voltarei para lhes mostrar o quarto da torre."

Os olhos de Frankie se arregalaram. "Vamos dormir em uma torre?"

"Andem logo com o banho." Ela puxou a porta e a fechou.

"Ela é legal", disse Frankie.

Mike assentiu. A sra. Potter lhe lembrava Vovó, toda prática e objetiva, mas ao mesmo tempo maternal.

NAQUELA NOITE, Mike se recostou nos travesseiros da cama de casal com dossel.

O quarto da torre ficava no segundo andar, debaixo do telhado em forma de cone. Uma cômoda de mogno ficava encostada em uma parede, tapeçarias cobriam o piso de madeira e almofadas bordadas ficavam apoiadas no banco da janela. Uma diferença gritante do Bispo.

A porta se abriu. Frankie entrou, usando um dos camisões do sr. Howard com as mangas dobradas. Ele saltou sobre a cama, ao lado de Mike.

"Escovou os dentes?"

Frankie fez que sim, entrando debaixo do lençol.

Mike desligou a luz.

Um grilo cantou.

"É muito silêncio aqui", disse Frankie.

"Estava pensando a mesma coisa."

"Mike, estou com medo."

"Quer que deixe a luz acesa?"

"Não. Não estou com medo do escuro." Frankie chegou mais perto e pôs o braço sobre o peito de Mike. "Estou com medo de fechar os olhos, dormir, e... acordar no Bispo."

"Eu sei", disse Mike. "Mas prometo que vai acordar aqui."

Mike ficou olhando para as sombras. Sua mente não conseguia sossegar, com tudo que tinha acontecido ou que foi dito naquele dia.

... Ela é uma pianista de muito talento... precisa adotar... apenas fazendo o que é necessário... o tempo terminou... ela está fora de si... tudo que ela passou... senões e poréns...

Mike ouviu a respiração de Frankie mudar e soube que já tinha dormido. Ele delicadamente levantou a mão do irmão e o cobriu com o lençol. O menino cheirava a sabonete e galinha do jantar. E nem foi frango cremoso, e sim coxas assadas e suculentas.

E se tudo fosse *realmente* um sonho?

Só para garantir, Mike lutou para manter os olhos abertos. Mas acabou perdendo.

10

A princípio, Mike não sabia onde estava.

Ele se sentou, piscando e olhando para o quarto até os acontecimentos do dia anterior voltarem a ele. Ao seu lado, Frankie se mexeu, mas ainda estava dormindo.

As roupas que usavam quando chegaram haviam sido lavadas, dobradas e colocadas em um banco baixo na ponta da cama. Mike se vestiu e desceu as escadas, onde tudo ainda estava silencioso.

A porta dupla da biblioteca estava aberta. Mike entrou. Era escura como uma caverna. Todas as janelas estavam cobertas com persianas de madeira totalmente fechadas. Ele examinou os painéis das paredes, as cúpulas franjadas dos abajures e a grande mesa em um canto, na diagonal. Seus olhos vagaram para as estantes cheias de livros, do chão ao teto, e a escada de correr que se estendia até as prateleiras mais altas. Uma coleção de metrônomos ficava em uma pequena mesa redonda.

Onde estava o piano?

Refazendo seus passos, Mike cruzou o hall de entrada até outra porta dupla. Ele abriu uma delas e segurou a respiração.

O sol da manhã entrava pelas janelas altas, iluminando minúsculas partículas de poeira no ar. Palmeiras em vasos decoravam cada canto. No meio da sala ficava o instrumento mais magnífico que ele já tinha visto — um piano de cauda.

O instrumento devia ter três metros, do teclado ao fim da cauda. Uma vez, Vovó o levou para comprar partituras e o dono da loja tinha um piano de um quarto de cauda. Ele deixou Mike tocar. As notas pareciam saltar de dentro do instrumento, e o som voava pelo ambiente. Que potência teria um piano ainda maior?

Mike passou as mãos pela madeira de ébano brilhante. Ele ergueu a tampa e pôs o suporte no lugar. Por alguns momentos, olhou para o interior complexo: os pinos de afinação, as cordas agudas e graves, a placa de ressonância e os martelos. Deslizando-se sobre o banco, ele apertou as mãos em punhos, soltou e abriu bem os dedos. O sr. Howard não tinha dito que o piano precisava muito ser tocado? Eles não foram escolhidos no Bispo porque sabiam música? Se a sra. Sturbridge ouvisse alguém tocando, talvez ficasse satisfeita. Será que esse era um dos *senões e poréns*?

Um livro de música estava no suporte. Ele folheou as páginas até chegar ao Noturno nº 20 de Chopin. Posicionou as mãos, sentindo o desejo como um ímã, trazendo as pontas dos dedos mais para perto.

Mike tocou os acordes de abertura. A sala se encheu com o timbre rico do piano e seu tom encorpado. Não era igual a nenhum piano que já ouvira antes. As notas altas soavam mais brilhantes, as baixas, mais sombrias e sinistras.

Ele começou várias vezes. A princípio, seu fraseado estava enferrujado, sem prática. Depois, ele se deixou levar pela música. Lembrou-se de Vovó lhe ensinando aquela música, quando tinha nove anos. Quando terminou a primeira passagem, ouviu a voz dela: *De novo. Mas, antes, vou abrir a janela para que toda a vizinhança possa ouvi-lo tocar*.

Mike sucumbiu às notas melancólicas, às insinuações de marcha, aos detalhes delicados e aos trechos finais, cada vez mais lentos... até a última nota assombrosa. Ele quase pôde sentir a avó ao seu lado, no banco do piano, e ouvir sua mãe cantarolar...

Ele se assustou com um som estranho, uma mistura de grito com sobressalto, e levantou a cabeça.

A sra. Sturbridge estava na porta, com a mão no coração, como se tivesse visto um fantasma.

Antes que Mike pudesse dizer uma palavra, a sra. Potter entrou apressada na sala. "Sinto muito, senhora. Não o ouvi descer." Ela pegou o braço de Mike e o conduziu até a cozinha. Colocou-o sentado à mesa. "Por mais que sua música tenha preenchido meu coração, sinto dizer que precisa esquecer aquele piano. Ele *nunca* deve ser tocado." Seus olhos se encheram de remorso. "É uma pena, um instrumento lindo daqueles, implorando para ser tocado. E pensar que tanta música já saiu dele."

"Não estou entendendo", disse Mike. "O sr. Howard disse..."

A sra. Potter levantou a mão para interromper. "Muitas coisas por aqui não fazem sentido. Você vai se acostumar. Agora vá buscar o seu irmão e venham à cozinha para tomar o café. O sr. Howard vai chegar em breve para levá-los à cidade e comprar roupas novas."

"Ela virá conosco?" Se sim, Mike poderia pedir desculpas pelo piano e explicar que ele e Frankie costumavam ser mais limpos e bonitos.

A sra. Potter balançou a cabeça. "A patroa tem compromisso, e só vai voltar depois do jantar. E ela não está disposta a ficar com vocês ainda. Ande logo."

Mike subiu para buscar Frankie. Por que ela os adotou se não queria ficar com eles?

Quantas outras coisas por aqui não faziam sentido?

Mike segurou a mão de Frankie enquanto corriam atrás do sr. Howard, que caminhava pela via Amaryllis em ritmo ligeiro, assoviando pelo trajeto.

Ao passar por ela, ele apontou para sua casa na esquina. Havia dois elmos enormes, um de cada lado da passarela central, e seus galhos quase se tocavam no meio. "É da mesma época e do mesmo estilo da casa da sra. Sturbridge, mas mandei reformar tudo." Ele tirou o relógio do bolso. "Vamos, meninos, se cortarmos caminho pelo parque e corrermos, podemos pegar o próximo bonde."

Mike deu passos mais largos para acompanhar. Dois quarteirões depois, o sr. Howard apontou para o parque, onde havia um coreto no centro. Eles correram até a avenida do outro lado, bem a tempo de pegar o bonde que se aproximava.

Após algumas paradas, as casas mais antigas e imponentes se tornaram bangalôs mais modestos. Quilômetro após quilômetro, os prédios ficaram mais altos. Quando o bonde parou de forma barulhenta no alvoroçado centro da Filadélfia, os três desceram.

Apesar de estar mais quente e mais úmido aqui, em meio às ruas estreitas onde a brisa não conseguia passar, Mike se sentiu mais em casa. Aquele lugar lembrava o bairro de Vovó: prédios baixos sem elevador, meninas pulando corda na calçada, garotos jogando bola na rua, carros e caminhões buzinando. Ele olhou para cima, esperando ver uma janela com uma placa pintada à mão anunciando aulas de piano, sabendo muito bem que não estava nem perto de onde costumava morar.

Quando o sr. Howard os conduziu pelas portas giratórias da loja de departamentos Highlander's, o barulho sumiu. Lá dentro, tudo era brilhoso e polido: as caixas de vidro, os produtos, os rostos dos vendedores e das vendedoras. Até o ar tinha cheiro de caro. Todos os fregueses estavam vestidos com o que parecia ser sua melhor roupa de domingo. Mike passou as mãos pelas próprias roupas, sentindo-se totalmente inadequado.

"Meninos, vão até o terceiro andar. Ao departamento dos jovens cavalheiros", disse o sr. Howard. "Encontro vocês lá. Primeiro preciso cuidar da conta da sra. Sturbridge no escritório."

Mike e Frankie caminharam devagar entre expositores cobertos com luvas e echarpes, guarda-chuvas, carteiras, chapéus e perfumaria. Frankie parou para admirar uma vitrine de estatuetas de vidro. Uma vendedora correu para a frente e franziu o rosto.

Mike puxou Frankie até o elevador. "Terceiro andar", disse ele ao ascensorista.

O homem olhou para eles e fungou. Passou os dedos pelas lapelas do seu terno azul, como se limpasse uma sujeira. "Meninos, não podem correr desembestados por este estabelecimento."

"A gente não estava correndo", disse Frankie.

"Pretendem comprar alguma coisa?", indagou o homem.

"Sim, senhor", disse Mike. "No departamento dos jovens cavalheiros."

Os olhos do homem os analisaram. Ele fez sinal para um vendedor, que veio rápido. Os dois homens cochicharam.

Mike ouviu apenas trechos do que eles disseram.

Sem dinheiro... só uma coisa na cabeça... ladrõezinhos.

Mike sentiu seu rosto esquentar e soube então que estava ruborizando.

O vendedor fez sinal para vários balconistas ali perto, e, em seguida, segurou o braço de Frankie. "Meninos, deixem-me acompanhá-los até a saída. Acho que estão no lugar errado."

Frankie deu um puxão para soltar o braço e se agarrou a Mike. "Deixe a gente em paz!"

Os funcionários correram para a frente e abriram bem os braços, rodeando-os. O vendedor agarrou a gola da camisa de

Mike e torceu seu braço direito para as costas, marchando com ele em direção à porta.

Mike entrou em pânico. "Me solta! O que está fazendo?" Ele nunca havia sido maltratado dessa maneira antes. Tentou se desvencilhar das garras do homem.

O vendedor segurou mais firme e sussurrou no ouvido dele. "Encontre outra loja para furtar."

Frankie começou a gritar: "Pare! Pare!". Ele se atirou para a frente e começou a esmurrar o homem.

"Chamem a polícia!", gritou o ascensorista.

A voz do sr. Howard trovejou. "Tire as mãos desses meninos e afaste-se. Senão *eu* chamarei as autoridades. E não estou falando da polícia. Estou falando do sr. Highlander em pessoa."

O vendedor soltou Mike e se afastou.

O corpo inteiro do menino tremia. Lágrimas ardiam em seus olhos. Eles pensaram que eram ladrões? Ele nunca roubou uma única coisa na vida.

O sr. Howard se aproximou e pôs um braço em volta de cada um deles. "Estão bem, meninos?"

"Eles queriam que a gente fosse embora. Queriam levar Mike para fora!", choramingou Frankie. "Sem nenhum motivo."

"Isso é o que vamos ver." O sr. Howard olhou para um dos vendedores. "Chame o gerente da loja imediatamente!"

O SR. HOWARD estava sentado numa poltrona no departamento dos jovens cavalheiros, com Frankie no colo e Mike ao seu lado.

"Peço desculpas, sr. Howard", disse o gerente da loja, um homem baixo com um bigode fino. Ele andou para lá e para cá na frente deles. "Foi um mal-entendido. Não tínhamos como saber que esses meninos estavam com o senhor."

O sr. Howard ergueu as sobrancelhas. "Se me lembro bem, minha cliente, a sra. Sturbridge, gastou uma bela quantia de dinheiro nesta loja e neste mesmo departamento ao longo dos anos."

"Ah, *sim*, senhor, gastou mesmo."

"Estes meninos são seus tutelados", disse o sr. Howard. "Eles estão limpos e são educados. Estão malvestidos, sim. Mas isso faz deles ladrões? Não, isso faz com que eles precisem de roupas novas, e é *por isso* que estamos aqui. Há algo de muito errado na maneira com que foram tratados, senhor, quando apenas estavam fazendo exatamente o que eu lhes pedi para fazer. Acha que eu preciso mencionar isso ao sr. Highlander?"

"Ah, n-n-ão, sr. Howard", gaguejou o gerente. Ele estalou os dedos e um jovem vendedor se aproximou. "Charles vai ajudá-los. Não há motivo para jamais falarmos sobre isso novamente e pode ter certeza de que falarei com os empregados. Farei uma reunião especial. Pode contar com isso."

"Muito bem, então", disse o sr. Howard. "Preciso de um guarda-roupa para cada um destes jovens cavalheiros: quatro camisas, três calças, meias, roupas de baixo, suspensórios e um chapéu — de lã ou de feltro. Uma das camisas e das calças mais formais. E ponha também um colete e gravata para cada. Ah, e é melhor levarmos sapatos." Ele olhou para os pés deles. "Dois pares. Um de amarrar, de couro marrom, para o dia a dia e um Oxford preto formal."

Frankie sorriu para Mike.

Mike não conseguiu sorrir de volta. O constrangimento ainda doía, e seu rosto pulsava de humilhação. Ele ficou de cabeça baixa enquanto Charles os levou até o provador. Será que a sra. Sturbridge pensou a mesma coisa quando os viu pela primeira vez? Será que pensou que eles eram ladrões também?

"Vou ficar sentado aqui, meninos, lendo o jornal", disse o sr. Howard. "Quando estiverem prontos, saiam e me mostrem as roupas."

Atrás da cortina, Mike relaxou. Ele e Frankie passaram uma hora experimentando roupas e correndo até o sr. Howard para que ele aprovasse. Quando estavam sozinhos no provador, faziam caretas, um para o outro, no espelho. Depois que terminaram os ajustes, seguiram o sr. Howard, agora cheio de pacotes, até a entrada da Highlander's.

"Obrigado, sr. Howard", disse Mike. "Por nos trazer. Nunca tivemos tanta coisa nova e bacana de uma vez só. E obrigado por nos defender também."

O sr. Howard sorriu. "Você tem tanto direito de estar naquela loja quanto qualquer pessoa. Portanto, de nada. Mas é a Eunie que deve agradecer pelas roupas. Ela é a sua benfeitora."

Mike assentiu. "Farei isso, senhor. Na primeira oportunidade que tiver."

"Eunie?", Frankie enrugou o nariz.

"O nome de batismo dela é Eunice", disse o sr. Howard. "Eu comecei a chamá-la de Eunie quando éramos crianças."

"Como devemos chamá-la?", perguntou Frankie. "Ela não gostou quando perguntei se seria a nossa mãe."

"Não... bem... vamos dar a ela um pouco de tempo", disse o sr. Howard. "Por enquanto, apenas sra. Sturbridge está bom."

Ao caminharem pela rua, Mike não conseguia parar de se olhar nas vitrines das lojas. Aquele era ele mesmo? Ele não se parecia nem um pouco com alguma coisa retirada da sarjeta. Sua aparência era elegante e nova, como se estivesse no mesmo nível do sr. Howard.

Será que a sra. Sturbridge, ou seja lá como a chamavam, concordaria?

12

No caminho de volta até o ponto do bonde, Frankie saltitava na frente de Mike e do sr. Howard, quando parou em frente à vitrine de uma loja.

Ele se virou, com os olhos arregalados, acenando para eles se apressarem.

Mike correu até ele. "O que foi, Frankie?"

"São eles!", disse o irmão mais novo, apontando para um grande pôster exposto na vitrine do Empório Musical Wilkenson. "Os Magos da Gaita!" Frankie pressionou o nariz contra o vidro.

Mike olhou para o pôster com mais de sessenta meninos de uniformes em estilo militar, capas e chapéus plumados.

Um homem minúsculo de avental vermelho saiu da loja. Seu bigode grisalho havia sido encerado e enrolado para cima nas duas pontas, como um guidão de bicicleta. "Bom dia, cavalheiros." Ele acenou para o pôster. "Eles não são incríveis? A famosa Banda de Gaita da Filadélfia. Vocês vão se inscrever no concurso, meninos? Ainda há tempo."

"Senhor, o que é isso?", perguntou o sr. Howard.

"É uma competição em agosto na cidade. Milhares de crianças tendo aulas em toda a Filadélfia. Muitos prêmios, inclusive instrumentos musicais. É uma espécie de teste. Os cinco ganhadores são convidados a integrar a banda e viajar por toda a parte. Eles têm sua própria Legião Feminina que arrecada dinheiro para os uniformes, encontra lares para os meninos se hospedarem e até os manda para a faculdade."

Frankie concordou como se fosse um especialista. "A gente *ia* fazer o teste para poder sair do orfanato, mas agora não precisa mais, porque fomos adotados."

"Ora, que maravilha. Isso não significa que não possam se inscrever por diversão, no entanto", disse o sr. Wilkenson.

"Mas você precisa ter a gaita oficial e ter dez anos de idade, a não ser que seja mascote. Olhe." Frankie apontou para o menino pequeno no pôster.

"É verdade. O menininho é uma novidade e só toca quando a banda está na cidade. Não viaja com eles. A banda é cheia de regras sobre essas coisas. Porém, ele faz o maior sucesso com esse uniforme." Ele piscou para Frankie. "E está certo sobre a gaita. Tem que ser a Hohner Banda Naval em tom de dó maior. Acabei de receber uma remessa do galpão ontem, e estão vendendo feito água. Apenas 65 centavos cada." Ele tirou um lenço listrado do bolso do avental e começou a enxugar a testa. "Por falar em água, este tempo está igual a uma cozinha abafada. O calor está me matando."

Frankie olhou para o sr. Howard. "A sra. Pennyweather tomou as gaitas que Vovó comprou para nós."

O sr. Howard sorriu. "Sr. Wilkenson, acho que não temos interesse no concurso, mas duas gaitas estariam de bom tamanho."

"Por aqui", disse o sr. Wilkenson. Ele abriu a porta da loja e um sino pendurado tilintou.

O sr. Howard e Frankie acompanharam o sr. Wilkenson até o balcão perto do caixa.

"Há gatinhos espalhados, então olhem por onde pisam, por favor", disse o sr. Wilkenson. "Três deles em algum lugar da loja."

Mike caminhou pelo estreito corredor central, pisando com cuidado e deliciando-se com o cheiro de resina de arco, estojos de couro e madeira envernizada. Seus olhos não conseguiam ver rapidamente todos os instrumentos que ocupavam cada espaço disponível: trompetes em um expositor de vidro, violoncelos apoiados em pé, violinos suspensos no teto, pratos e caixas, um bumbo em um pedestal. Aquilo o fez lembrar da loja aonde vovó o levava para comprar partituras. *Olha que maravilha!*, dizia ela. *A música está simplesmente esperando para escapar de todos estes instrumentos.* Ele sorriu, lembrando-se de como sempre esperava ver uma sequência de notas pretas saindo da boca de uma tuba ou de um trombone.

Frankie correu até ele, segurando um gatinho malhado em uma mão e uma gaita nova na outra. "Veja, Mike. Vem com um livreto de instruções com músicas. Ouça." Ele passou a boca sobre a gaita. "O som não é ótimo? Peguei a última que estava perto do caixa, mas o sr. Wilkenson disse para você ir até o balcão de trás e pegar uma da caixa que ele acabou de abrir." Frankie voltou até onde o sr. Howard e o sr. Wilkenson estavam conversando.

Mike foi até os fundos da loja e chegou a um balcão na frente de um depósito separado por uma cortina. Em cima dele havia uma grande caixa aberta, com caixas menores dentro. Mike pegou uma e a abriu. Dentro dela, havia doze estojos individuais enfileirados, cada um estampado com uma foto da Banda Naval dos Estados Unidos.

O último estojo do fundo chamou sua atenção. A borda azul parecia mais viva que o restante, as letras vermelhas mais fortes, a fotografia da Banda Naval mais nítida. Quando pegou a caixa, podia jurar ter ouvido um acorde soar, como um carrilhão agudo. O garoto olhou em volta. Deve ter sido a caixa registradora do sr. Wilkenson.

Mike abriu o estojo, pegou a gaita e a virou. Ele percebeu um pequeno **M** vermelho pintado à mão em uma ponta. Levou a gaita aos lábios, percorreu a escala e em seguida tocou as últimas seis notas de "América, a Bela". Na pausa entre a nota final e sua próxima respiração, todos os instrumentos da loja tocaram um acorde longo e ecoante.

Ele se virou, correndo os olhos pelos instrumentos imóveis. Não havia ninguém mais por perto. Tudo estava em silêncio.

Estava abafado na loja e ele se sentiu tonto. Enxugou a testa, agora gotejada de suor, e pôs a gaita de volta no estojo. Ele o segurou na mão e começou a voltar para a frente da loja.

Mike foi escoltado por um coro de sons: os silvos dos clarinetes, o *tshh-tshh* do tarol, o tangido das cordas do violino e a vibração grave do violoncelo. Quando passou pelos trompetes, uma fanfarra eclodiu.

Ele olhou por cima do ombro. Tudo parecia igual. Será que Vovó estava certa? Será que a música estava escapando? Ou isso era um truque inteligente do sr. Wilkenson? Um gatinho o seguiu, dando patadas em seus tornozelos. A cada passo, o espaço ao seu redor parecia mais cheio, e o ar, mais denso.

"Já paguei", disse o sr. Howard quando Mike o alcançou. "Estou vendo que escolheu uma gaita."

O garoto fez que sim.

O sr. Wilkenson piscou para ele. "Eu sempre digo que o instrumento escolhe o músico, e não o contrário." Ele acenou para o sr. Howard. "Obrigado pela compra."

Quando saíram e a porta se fechou atrás deles, o sino pendurado se agitou como um flautim alegre.

NA RUA, Mike esfregou a testa.

Talvez o calor o tivesse vencido também. Até a gaita parecia quente na sua mão. Ele se inclinou para Frankie. "Ouviu alguma coisa estranha lá dentro?"

"Não, mas escute essa. O sr. Howard disse que o sr. Potter é o melhor tocador de gaita que já ouviu na *vida toda* e que amanhã é o dia de folga dele. Talvez ele possa ensinar algumas músicas para a gente!"

Por todo o trajeto até o ponto do bonde, Mike e Frankie tocaram as gaitas.

A de Mike soava diferente da de Frankie. A dele tinha um tom que não sabia explicar... Parecia mais velho e mais redondo, de alguma maneira. À medida que tocou músicas que já conhecia de cor, seus passos se tornaram mais leves, e seu coração se encheu de algo que não sentia em muito tempo. Será que era felicidade?

O bonde parou, com o sino batendo.

O sr. Howard sorriu e disse: "Vamos, meninos. Hora de voltar para casa".

Frankie segurou a mão de Mike e a apertou.

O irmão maior olhou para o rosto sorridente do garoto e devolveu o aperto.

O sr. Howard disse *casa*.

Talvez desta vez eles pudessem ter um descanso e tudo ficaria bem.

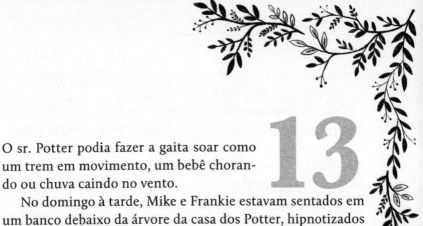

13

O sr. Potter podia fazer a gaita soar como um trem em movimento, um bebê chorando ou chuva caindo no vento.

No domingo à tarde, Mike e Frankie estavam sentados em um banco debaixo da árvore da casa dos Potter, hipnotizados com sua forma de tocar.

Mike não tirava os olhos das mãos e da boca do sr. Potter, observando a maneira com que a cabeça dele balançava com a música. Ele reconheceu as melodias familiares, mas elas vinham salpicadas com ritmos recorrentes. O som parecia transportá-lo para outra época e lugar. Algum lugar antigo e terroso. A batida começava e parava, perguntava e respondia. Mike nunca tinha ouvido nada parecido com aquilo antes. Quando o sr. Potter fez uma pausa, ele perguntou: "Que som é esse?".

O sr. Potter concordou e sorriu: "É meio contagiante, não é? Chamamos de *blues*".

"Por quê?", perguntou Frankie.

"Já ouviu alguém dizer que está se sentindo meio para baixo?", perguntou o sr. Potter. "Significa que está triste ou melancólico com a vida. Então o blues é sobre todas as provações e adversidades da vida que as pessoas têm nos seus corações. É sobre o que as pessoas *querem*, mas não *têm*. O blues é uma música que está implorando para viver."

"Mas a música não é triste o tempo todo", disse Mike.

"Não, as músicas são cheias de outras coisas também", disse o sr. Potter. "Aí é que está. Não importa o quanto você não tem, há sempre muito mais na vida para se ter. Portanto, não importa quanta tristeza exista numa canção, vai sempre existir a mesma quantidade de 'talvez as coisas melhorem em breve'."

"Dá para fazer blues com qualquer música?", perguntou Mike.

"Nem sempre. Mas dá para fazer a maioria soar blueseira."

Frankie riu. "Blueseira. Que engraçado."

"Significa que pode dar a qualquer música um toque de blues." O sr. Potter pôs a gaita nos lábios e tocou "Brilha, Brilha Estrelinha". Era a mesma melodia que a mãe deles costumava cantar, mas com frases recorrentes. No final, o sr. Potter transformou a canção num lamento.

"Como fez isso?", perguntou Mike.

"Fácil." O sr. Potter sorriu. "Você pega a melodia e a divide. Aí repete algumas frases. Em seguida, salpica algumas coisas das suas entranhas. Você toca a música como se estivesse testemunhando as emoções que tem no coração: felicidade, tristeza, raiva. Mike, acompanhe o que eu fizer." Ele tocou dois acordes.

Mike os repetiu.

Ele tocou uma nota, dobrando-a.

O garoto o copiou.

O sr. Potter fez cada frase ficar diferente da anterior. Eles ficaram nesse vai e volta — primeiro o sr. Potter, depois Mike. Notas curtas, como palavras. Seguidas de frases mais longas, como orações completas. Depois, parágrafos inteiros de música, como se os dois estivessem batendo um papo.

Quando terminaram, Frankie aplaudiu. "Agora eu!", disse ele.

O sr. Potter começou tudo de novo, simplificando as frases. Depois que Frankie pegou o jeito, Mike entrou. Na sombra da árvore, com o som das três gaitas conversando umas com as outras e tudo que havia acontecido nos últimos dias, Mike ousou deixar mais uma fagulha de felicidade entrar no seu coração.

A sra. Potter chamou Frankie e Mike da porta dos fundos da casa principal e fez sinal para que fossem até lá.

Frankie correu na frente.

O sr. Potter apontou para a gaita de Mike. "Essa aí é especial. Tem uma qualidade que nunca ouvi antes."

Mike assentiu. "Eu... eu me sinto diferente quando a toco."

O sr. Potter sorriu. "Às vezes, um instrumento faz isso com as pessoas. Faz o mundo parecer mais brilhante, com mais possibilidades."

Mike entendeu o que o homem quis dizer. Ele sentia aquilo. Estendeu a gaita, apontando para o minúsculo **M** desenhado na borda da madeira que havia notado ontem. "O que isso significa, sr. Potter?"

"Não sei. Nunca vi isso antes. A de Frankie também tem?"

Mike balançou a cabeça. "Não, eu verifiquei."

"Provavelmente foi o fabricante que pôs aí. Essa gaita não é a única coisa especial. Você tem um talento natural. A sra. Potter me contou sobre suas habilidades ao piano. Agora eu sei do que ela estava falando. Espere aqui."

O sr. Potter entrou em casa. Alguns minutos depois, voltou e entregou a Mike um livro grosso de música com tablaturas para gaita. "Leve isto emprestado por um tempo. O livro vai despertar seu interesse. Vai voltar amanhã para tocar comigo mais um pouco?"

Mike fez que sim. "Obrigado. Vou sim, senhor."

Lentamente, Mike voltou em direção à casa, tocando as músicas que acabara de aprender, quando um movimento lhe chamou a atenção. Ele olhou para uma janela do segundo andar. A sra. Sturbridge estava observando-o. No entanto, antes que ele pudesse levantar a mão para acenar, ela despareceu, e as cortinas se fecharam.

Mike ainda não tivera oportunidade de se desculpar por ter tocado o piano ontem. Será que ela ainda estava aborrecida com aquilo? Ou com alguma outra coisa?

O COMPORTAMENTO estranho da sra. Sturbridge continuou. Durante duas semanas, eles mal a viram.

A sra. Potter os manteve ocupados com um horário de refeições, brincadeiras e tarefas. O sr. Potter deixava Frankie ficar atrás dele como um cachorrinho. O sr. Howard aparecia algumas noites e jantava com eles, e depois ficava para brincar de pega-pega no gramado ou um jogo de damas na varanda. *Ele* os levava ao parque nos fins de semana. *Ela* nunca participava.

Mike tentou dizer a si mesmo que não importava. Que só estar juntos era o bastante para ele e Frankie. Porém, ele via como os olhos do irmão seguiam a sra. Sturbridge toda vez que ela passava rapidamente por eles. Sentia o desejo de Frankie de fazer parte de uma família outra vez. E às vezes, lá no fundo de seu coração, Mike até ousava desejar o mesmo.

Ele se consolava no blues. Ele praticava o máximo que podia com o sr. Potter, percorrendo o livro de músicas e transformando cada uma delas em blues. Toda vez que tocava, ele se sentia encantado, elevado e cheio de possibilidades, como se estivesse cavalgando algum poder desconhecido. Ele podia sentir alguma coisa otimista no coração, fazendo sua música brilhar de dentro para fora.

Nas horas em que não estava tocando, contudo, ele se sentia confuso e agitado. Alguma coisa estava podre na via Amaryllis.

NA NOITE anterior ao dia da Independência, Mike estava sentado no seu lado da cama, folheando as páginas do livro que o sr. Potter lhe emprestara, estudando a música.

Ele começou pelo início, com "Goodnight, Ladies", seguida de "Ele é um Bom Companheiro" e "Oh! Suzana".

Frankie entrou no quarto e se sentou ao lado dele. "Toque uma música para mim, por favor."

Mike atendeu, começando com "My Old Kentucky Home".

"Foi ótima", disse Frankie, com os olhos já baixos. "Mike, acha que *amanhã*..." Seus olhos se fecharam e sua testa se enrugou como se ele estivesse desejando alguma coisa com força.

Mike nem precisou que Frankie terminasse a pergunta. Toda noite ele se fazia as mesmas.

*Você acha que amanhã ela vai passar algum tempo conosco?
Ou quem sabe nos deixe comer na sala de jantar com ela, em vez
de na cozinha?*

Mike estendeu a mão e alisou a testa de Frankie.

"Você acha que ela nos levará para ver os fogos de artifício no parque?", murmurou Frankie. "Principalmente porque o sr. Howard está viajando?"

"Claro, garoto", sussurrou Mike. "Agora durma. Talvez amanhã seja o dia."

14

O Quatro de Julho chegou e foi embora sem uma menção sequer.

No sábado seguinte, após o café da manhã, Mike estava sentado no quarto tocando gaita enquanto ele e Frankie esperavam o sr. Howard para levá-los ao parque.

Frankie se levantou do chão, onde estava desenhando, e foi até o espelho acima da cômoda. "Mike, acha que estou precisando cortar o cabelo de novo?"

Mike parou de tocar e examinou Frankie. "Talvez em algumas semanas, mas agora está bom."

"Acha que faço muito barulho?"

"Não, Frankie... Por quê?"

"Porque todo mundo aqui gosta da gente... menos ela. Já deixei ramalhetes do jardim na porta do quarto dela, e coloquei meus desenhos no lugar dela à mesa do jantar. Mas ela nunca fala com a gente. Então pensei que, se o sr. Howard me levasse para cortar o cabelo ou se eu fizesse menos barulho... então talvez..." Ele deu de ombros.

"Escute, como eu lhe digo todos os dias, ela está se acostumando a nós. Ela não estava esperando meninos. Muito menos *dois*. E algumas pessoas demoram mais para se acostumar. Pelo menos não estamos no Bispo, e estamos juntos. Certo?"

Frankie concordou. "Certo."

"Sabe, às vezes, eu me sinto culpado por termos tantas coisas bonitas agora, quando várias outras crianças não têm nada", disse Mike. "Você se sente assim?"

Frankie fez que sim. "Penso em James, e que ele ainda está no Bispo com sapatos apertados e eu tenho sapatos novos."

"Eu também. Penso em Rato morando nas ruas e me pergunto o que ele vai fazer quando esfriar, e aqui tenho uma cama cheia de cobertores. Penso muito nessas coisas — em por que fomos nós os escolhidos para vir para cá, e não outra pessoa. Nós tivemos sorte, garoto."

Frankie lhe deu um sorriso trêmulo.

Mike queria acreditar nas próprias palavras. Mas, apesar de terem tantas coisas, muito ainda não fazia sentido. E, embora a sra. Potter tivesse dito que Mike se acostumaria com a falta de sentido das coisas, isso não aconteceu, e essa questão o preocupava. Havia alguma coisa grande corroendo-o — uma questão bem mais perturbadora do que um piano na sala de música que precisava muito ser tocado.

A sra. Potter apareceu na porta. "O sr. Howard está aqui. Frankie, vamos dar uma arrumadinha em você."

"Ela vai vir com a gente?", perguntou ele.

Mike olhou para a sra. Potter e percebeu a expressão de pena em seus olhos, a sacudida quase imperceptível da cabeça.

A mulher forçou um sorriso. "Hoje não. Mas ainda há muitos vendedores no parque, já que estamos logo depois do feriado. Você vai gostar." Ela pegou Frankie pela mão e o levou do quarto.

Mike ouviu vozes pela janela aberta. Ele se aproximou. Lá embaixo, a sra. Sturbridge e o sr. Howard estavam na calçada da frente. Ela estava vestida de preto, como de costume, para ir à cidade, levando luvas e uma bolsa.

O sr. Howard pôs as mãos nos quadris. "Você vai se encontrar com Golding *hoje*? Por que não vem conosco?"

"Estou tentando desfazer o que foi feito."

"Eles são bons meninos, Eunie. E talentosos. Você veria isso, se lhes desse uma chance."

O que a sra. Sturbridge disse em seguida foi tão baixo que Mike não conseguiu ouvir. Porém, o olhar dela baixou até o chão.

O sr. Howard balançou a cabeça. "Eu sei que você sofreu, Eunie. Mas aqueles meninos também. Lamento se a coloquei em uma situação muito diferente da que estava esperando. Fiz o melhor que podia, considerando que o tempo estava acabando. Sabe... tudo que seu pai queria era que esta casa estivesse cheia de crianças, de música, e que você abrisse o seu coração novamente."

Ela olhou para o sr. Howard. "Abrir o meu coração já me trouxe alguma coisa boa na vida? Todo mundo que importa para mim vai *embora*!"

"Não é verdade. *Eu* nunca deixei você. Nem no parquinho quando você era pequena e perdeu a mãe. Nem quando se casou com um homem que seu pai não aprovava. Eu fiquei do seu lado quando o pequeno Henry... e seu pai..." Ele engasgou e sua voz falhou. "Nunca fui embora, apesar de tudo isso. E *ainda* estou aqui. Mas se é assim que quer me dizer que *eu* não importo para você, então talvez seja hora de eu seguir em frente." Ele se virou e entrou na casa.

Os olhos dela o seguiram. Ela olhou para cima e pegou Mike observando-a pela janela.

Ele sentiu o sangue correr até o rosto. Será que ela ficaria zangada por ele estar ouvindo? Ela não parecia estar com raiva. Parecia que estava prestes a chorar. Antes que Mike pudesse piscar, ela se virou e caminhou até o Packard, onde o sr. Potter a aguardava segurando a porta.

Mike viu o carro se afastando, com ainda mais perguntas o atormentando.

O que será que seu falecido pai tinha a ver com a adoção deles? Quem era Henry?

E o que ela estava tentando desfazer?

15

Ao caminharem em direção ao parque, o sr. Howard não conversou nem assoviou, e a vivacidade de seus passos havia desaparecido.

Quando passaram pela casa dele, Frankie perguntou: "O senhor já subiu nessas árvores?".

O sr. Howard balançou a cabeça. "Só quando era criança. Mas vocês podem subir a hora que quiserem."

"Mike nunca vai subir, porque ele tem medo de altura."

"É verdade, Mike?"

O irmão maior fez que sim.

"Tenho medo de aranha", disse Frankie. "Do que o senhor tem medo?"

"Frankie, ultimamente tenho medo de perder tudo com que já me importei na vida." O homem olhou para Frankie e para Mike. "E tenho medo de perder as coisas com as quais estou *começando* a me importar."

"Tipo a gente?", perguntou Frankie.

O sr. Howard sorriu, mas também pareceu triste.

Mike sentiu uma pontada no coração.

"Sabem, é que eu esperava que algum dia eu e Eunie pudéssemos..." O sr. Howard franziu o rosto.

"Se casar?", perguntou Frankie.

O sr. Howard corou. Até suas sardas pareciam mais fortes.

"O senhor a *ama*?", perguntou Frankie.

Ele agitou as mãos. "Isso talvez não tenha mais importância. Tenho uma oportunidade de me transferir com a minha empresa para San Francisco no fim do ano. Ainda não disse nem que sim, nem que não."

Frankie pegou a mão dele. "Por favor, não vá."

"Não posso prometer ficar", disse ele. "Tudo depende do que acontecer aqui."

Mike ficou confuso. O que precisava acontecer para o sr. Howard ficar?

Ao se aproximar do parque, Frankie correu na frente e se uniu a alguns garotos que jogavam bola. Mike e o sr. Howard se sentaram num banco.

O que seria deles se o sr. Howard fosse embora? Não haveria mais passeios aos sábados, nem jogar bola no gramado, nem damas após o jantar. Sem ele por perto, a casa pareceria maior e suas vidas mais vazias, principalmente porque a sra. Sturbridge mal falava com eles.

Mike respirou fundo, com a grande pergunta queimando em seu estômago. Ele se forçou a perguntá-la.

"Sr. Howard, por que a sra. Sturbridge nos adotou? Mal a vimos desde que chegamos aqui. E, apesar de estarmos apresentáveis agora, nem assim ela parece nos querer."

O sr. Howard tirou o chapéu e ficou olhando para o objeto, como se fosse encontrar ali todas as respostas. "Acho que a sensação deve ser essa mesmo. Creio que tenha idade suficiente para entender, e tem direito de saber. Sabe, Michael, você e Frankie são o último desejo do pai dela."

"Quando ele estava morrendo?"

O sr. Howard se recostou. "Não exatamente. Veja bem... quando Eunie tinha vinte anos, ela se casou com um violinista que conheceu em Nova York, em um evento beneficente da orquestra sinfônica. Ele se apresentava no exterior durante meses, então ela morava naquela casa grande com o pai. O marido ia e vinha. Alguns anos mais tarde, eles tiveram um filho, Henry. A casa se tornou um lugar diferente com ele engatinhando e depois correndo de lá para cá, tão cheia de vida, de risadas e de alegria. Ele se tornou a luz da vida de Eunie e de seu pai. Ela e o sr. Dow o mimaram um pouco demais."

"No departamento dos jovens cavalheiros", relembrou Mike. "Onde está Henry agora?"

"Contra a vontade dela, certo dia o marido de Eunie o levou a um lago próximo. Henry só tinha três anos e não sabia nadar. O marido dela não ficou vigiando — ele havia encontrado alguns amigos lá e estava prestando atenção a outras coisas — e aconteceu um acidente. E... Henry morreu."

De repente, tudo ficou claro. Mike sussurrou: "É por isso que ela não queria adotar uma criança... especialmente um menino".

O sr. Howard olhou fixamente para o parque. "Ela nunca perdoou o marido. Eles ficaram juntos por alguns anos, mas ele raramente parava em casa e passou a jogar fora o dinheiro dela. Eles enfim se divorciaram. Aí Eunie se fechou para o mundo. Ela quase nunca saía de casa."

"Ela ainda tinha o pai, no entanto", disse Mike.

"Sim. Durante cinco anos. Nessa época ele estava em uma cadeira de rodas. Pólio. Cuidar dele dava a ela um propósito. Porém, à medida que o sr. Dow ficou mais fraco, ele teve medo de que Eunie nunca mais tivesse uma família. Tudo que ele queria era que ela sentisse alegria e amor outra vez. Em segredo, ele mudou seu testamento de modo que ela só herdaria sua fortuna se começasse os procedimentos de adoção de uma criança dentro de um ano após sua morte. De preferência uma criança que fosse musical. Do contrário, tudo iria para caridade, inclusive a casa. Fazia anos que Eunie não se apresentava com uma orquestra, portanto, se ela não aceitasse, não teria renda."

"Ela ficou surpresa?"

"Para dizer o mínimo. Com raiva, surpresa, indignada e triste que seu pai tinha morrido, acima de tudo. A princípio, ela disse que não desonraria a vida de Henry substituindo-o por outra criança. Ela tentou mudar o testamento, mas o pai dela foi esperto. Não deu para mudar. Ela adiou a adoção até o limite de um ano estar a semanas de distância. Foi então que ela me mandou escolher uma criança para ela, para estar dentro da lei... e ganhar mais tempo." O sr. Howard olhou para Mike como se pedisse desculpas.

"Achei que nossa adoção fosse definitiva."

"Os documentos foram apresentados. Mas só se tornam legais após se passarem três meses. Vocês foram adotados na segunda semana de junho. Na segunda semana de setembro, a adoção será finalizada."

O estômago de Mike começou a se revirar. Então foi isso que ela quis dizer com *estou tentando desfazer o que foi feito*. Era por isso que eles mal a viam. Ela *não queria* passar tempo nenhum com eles. Ela queria se livrar deles.

"Mike, você está bem?"

O garoto disse lentamente: "Então nos trouxeram aqui para que os advogados tivessem mais três meses para descobrir como ela pode nos *des*adotar?".

O sr. Howard girou nervosamente seu chapéu. "Sinto muito." Ele pôs o braço em volta dos ombros de Mike.

Mike se afastou, com as palavras engasgadas. "Em quanto tempo ela vai nos mandar de volta? Diga logo, sr. Howard. Eu *preciso* saber."

"Legalmente, ela só precisa adotar uma criança. Suponho que ela *poderia* mandar vocês dois de volta e começar os procedimentos com outra criança. Contanto que o processo de adoção esteja em andamento, ela preenche os requisitos. No entanto, é improvável que isso aconteça."

Mike se sentiu como se estivesse tentando subir um penhasco, mas que, assim que chegava ao topo, ele escorregava e caía lá embaixo. "Então ela pode simplesmente adotar um garoto diferente a cada três meses até acabar o período de espera? E fazê-lo pensar que vai morar em uma casa linda, ter coisas boas para comer, roupas bacanas, e passar tempo com o *senhor*? E aí, quando ele tiver esperança de que alguma coisa certa está *finalmente* acontecendo em sua vida, ela o mandará de volta ao Bispo?"

"Mike, acho que não vai chegar a esse ponto."

A mente de Mike se acelerou e suas palavras se atrapalharam. "Preciso cuidar de Frankie. O Bispo não vai aceitar nenhum Menor a partir de setembro, e ele não pode ir para o lar estadual. As crianças morrem lá!" Mike fechou os punhos. "Por que nos escolheu se *sabia* disso? Talvez outra família tivesse aparecido! Talvez uma família que *gostasse* de nós tivesse..." Mike engoliu um nó na garganta.

"Mike, escute o que estou dizendo. Quando conheci você e Frankie, eu soube na mesma hora que havia algo especial em vocês. Eu perdi meu próprio irmão na guerra. E faria qualquer coisa para tê-lo de volta. Eu *não consegui* separar vocês. Naquele dia no Bispo ficou claro que a sra. Pennyweather pretendia fazer exatamente isso. Achei que, se eu trouxesse vocês para cá, você e Frankie ficariam juntos e em segurança pelo menos até o fim do verão. E possivelmente por mais tempo."

Mike deixou a cabeça cair. "Sabia que era bom demais para ser verdade."

O sr. Howard disse baixinho: "Tudo vai ser bom e verdadeiro no final. Estou contando com isso". Ele deu um longo suspiro. "Sabe, Mike, ela não foi sempre fechada e distante. A dor fez isso com ela. Ela era uma mãe muito amorosa, e quando estava com Henry, sua felicidade transbordava. Ela podia ser... *pode* ser... maravilhosa. E tão talentosa. Ela foi pianista, sabia? Quando entrava no palco, meu coração parava, e o mundo inteiro também. Admito que trazer você e Frankie para cá foi um risco. Mas ainda acho que foi a coisa certa a fazer. Não podemos esperar pelo melhor?"

Como é que Mike podia esperar pelo melhor quando o pior parecia tão mais provável? Ele não respondeu.

O sr. Howard suspirou e deu um tapinha nas costas de Mike. "Eu mesmo os adotaria se a lei permitisse isso a um homem solteiro, mas não permite." Ele se levantou, foi até o carrinho de um vendedor e voltou com três picolés. Ele gritou por Frankie e acenou para ele ir até lá.

Frankie subiu no banco e sorriu, com as bochechas rosadas de tanto brincar. "Obrigado, sr. Howard." Ele lambeu os pingos do picolé com a mesma rapidez que ele derretia. Ele olhou para Mike. "Você não está tomando o seu. O que foi?"

"Nada, garoto." Mike não iria encher a cabeça do menino com a possibilidade de ir para o lar estadual. Além do mais, era função *dele* se preocupar.

Frankie terminou e implorou que o sr. Howard o empurrasse no balanço.

Mike permaneceu no banco, olhando para o picolé, observando a casca de chocolate escorregar do miolo de creme. Ele o segurou sobre a grama enquanto desmoronava: primeiro a cobertura e, depois, o interior.

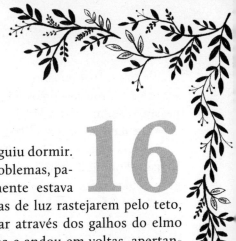

16

Naquela noite Mike não conseguiu dormir.

As horas, assim como os problemas, pareciam intermináveis. Sua mente estava confusa. Ele observou manchas de luz rastejarem pelo teto, enquanto o luar tentava entrar através dos galhos do elmo no quintal. Ele desceu da cama e andou em voltas, apertando e abrindo as mãos, sentindo-se tão desamparado quanto se sentia no Bispo. Ele olhou para Frankie, seguro, alimentado e dormindo profundamente, com a boca encurvada em um sorriso.

Mike pegou a gaita e inclinou-se na janela, olhando para fora. A estrela polar brilhava. Devagar, ele começou uma interpretação lenta e simples de "Lar, Doce Lar". Ele sentiu saudade de Vovó. Quis ser pequeno outra vez, inclinando-se contra ela no banco do piano enquanto dava aulas. O que ele deveria fazer agora? Ela havia dito que a pessoa certa os encontraria. Mas quem? E onde estava o caminho que ele deveria tomar?

Na segunda vez que tocou a canção, ele quebrou a melodia como o sr. Potter lhe ensinara, salpicando as provações e as adversidades em seu coração. As palavras do sr. Potter lhe vieram à mente:

É sobre o que as pessoas querem, mas não têm. Não importa o quanto você não tem, sempre há muito mais na vida para se ter... Vai sempre existir a mesma quantidade de "talvez as coisas melhorem em breve".

Seus pensamentos enevoados começaram a se dissipar.

Frankie queria uma família. A sra. Sturbridge precisava realizar o último desejo de seu pai. Uma criança faria isso. Uma criança era o que ela estava esperando. Será que ela teria mais propensão a ficar com Frankie se Mike saísse de cena?

Ele se preencheu com a música e com uma ideia. Abaixou a gaita e a virou nas mãos. O luar a refletiu e ela brilhou. Ele passou o dedo sobre o **M**.

Mike fechou os olhos. Para onde poderia ir?

Se voltasse para o Bispo e fosse posto para trabalhar, ou se fugisse, Frankie ficaria arrasado. Porém, se Mike fizesse alguma outra coisa... como o teste para participar da banda de gaita, o garoto ficaria entusiasmado por ele.

Ele saiu da janela e pegou sua caixa de metal em uma gaveta da cômoda. Tirou o artigo do jornal e correu o dedo sobre a manchete, MAGOS DA GAITA DE HOXIE. Os olhos de Mike percorreram a página, procurando o parágrafo desejado.

A banda tem o apoio e a filantropia de sua própria Legião de Voluntárias. Nos casos de crianças itinerantes e necessitadas, o sr. Hoxie e as Voluntárias pegaram músicos excepcionais e os hospedaram com famílias patrocinadoras. Assim, eles podem ter a experiência dinâmica e benéfica da banda e da camaradagem musical ao mesmo tempo que desfrutam de um ambiente familiar.

Se Mike entrasse para a banda, ele não precisaria dizer a Frankie que tinha planos de morar com outra família até mais tarde. Até lá, já seria setembro, época de volta às aulas. Ele faria tudo para que Frankie encarasse isso como uma grande oportunidade para Mike. Fingiria que era isso que sempre quis. Prometeria voltar para casa entre as turnês. Diria qualquer coisa ao seu irmão para protegê-lo.

Convencer Frankie seria a parte fácil. O resto só daria certo se ele fosse escolhido por Hoxie. E se *ela* pudesse abrir seu coração outra vez.

O que foi que Rato disse?

Todo mundo tem coração. Às vezes, é preciso se esforçar bastante para encontrá-lo... se existe alguma coisa que queira ou que precise saber dos adultos, você tem que chegar e pedir educadamente. Defender seu ponto de vista.

Mike voltou para a cama, pôs o braço protetor em volta de Frankie e caiu no sono com uma preocupação familiar — imaginar todas as coisas que podiam dar errado.

17

Mike estava grato por ter um plano. Entretanto, colocá-lo em prática acabou sendo mais difícil do que imaginara.

A semana inteira ele vigiou a sra. Sturbridge, mas só a viu rapidamente. Quando estava em casa, ela ficava no quarto ou na biblioteca, de porta fechada, e não deveria ser incomodada. Se estivesse no jardim e Mike aparecesse, ela rapidamente entrava. De noite, só depois que Mike e Frankie subiam é que ela descia.

Toda vez que ele perguntava à sra. Potter sobre o paradeiro dela, a mulher sacudia a cabeça e dizia: "Reuniões com advogados de novo".

No sábado de manhã, Mike já estava cheio de preocupação. Já era meados de julho. O verão estava passando rápido demais. O tempo logo se esgotaria.

Antes de o sr. Howard chegar para levá-los ao parque, Mike viu sua chance. Ele respirou fundo e bateu na porta da biblioteca.

"Entre."

Ele entrou. Ela estava sentada à mesa com uma caneta na mão.

"Sim?"

"Senhora... eu... eu..." A respiração de Mike ficou ofegante. Ele apalpou o bolso da camisa e sentiu uma pulsação de confiança vinda da gaita.

"O que é, Michael? Estou muito ocupada. Vou sair para um compromisso em breve e tenho coisas..."

Mike olhou para o chão. Seu peito parecia comprimido. Ele tentou desembaralhar as palavras na cabeça. "Eu sei por que nos trouxe aqui", disse ele, finalmente. "O sr. Howard me contou sobre o testamento de seu pai. E que foi forçada a nos adotar. E sobre seu filho. Acho que é por isso que não queria meninos."

Ela franziu o rosto e pôs a caneta sobre a mesa. "Não era para o sr. Howard falar essas coisas. Vou ter uma conversa com ele a respeito."

"Não foi culpa dele. Eu perguntei diretamente o motivo de estarmos aqui. Eu sabia que alguma coisa estava errada. Pela maneira como age à nossa volta, bem, não é difícil deduzir que não nos quer." Mike respirou fundo. "Eu gostaria de saber se o que a sra. Potter e o sr. Howard disseram a seu respeito é verdade."

Ela ergueu uma sobrancelha. "E o que exatamente eles disseram?" Ela se levantou e caminhou até a janela.

"A sra. Potter disse que a senhora era uma alma boa e amorosa, por baixo de todo o resto. Acho que isso significa que seu coração está tão triste que é difícil se livrar desse peso. Quando eu ficava triste pela morte de minha mãe, Vovó costumava dizer que a dor é a coisa mais pesada para se carregar sozinho. Então sei tudo a respeito disso."

Ela ficou de perfil, olhando para o quintal, e franziu o rosto. Será que já estava insatisfeita com o que ele estava dizendo?

As palavras de Rato o motivaram a continuar. *Defenda seu ponto de vista.*

"O sr. Howard disse que a senhora era uma mãe amorosa e que, quando estava com seu filho, sua felicidade transbordava. Ele falou também que era talentosa, e que pode ser maravilhosa. Então, se tudo isso for verdade, eu estava me perguntando... se poderia considerar ficar com Frankie. Porque, se a senhora nos mandar de volta para o Bispo, vão botar Frankie no lar estadual e lá não é bom nem para um rato de rio. Não gosto de pensar no que pode acontecer com ele lá. Ele é pequeno e precisa de alguém que cuide dele. Sabe, eu é que tenho sorte. Eu me lembro da nossa mãe..." Mike mordeu a bochecha por dentro para não chorar. "Mas Frankie não."

Ele respirou fundo outra vez e sua voz falhou. "E Vovó, a nossa, ela era a melhor, mas agora também se foi. E Frankie precisa de uma mãe. Eu vejo como ele olha para a senhora. Ele está só esperando que repare nele e que o queira. É por isso que ele faz desenhos, deixa flores na sua porta e me pergunta todas as noites se amanhã a senhora vai ficar um pouco com a gente."

Ela se virou para ele, balançando lentamente a cabeça.

Os pensamentos dele se derramaram. "Prometo que ele não tentaria tomar o *lugar* do seu filho. E ele nem precisaria chamá-la de mãe também. Talvez a senhora possa ser tipo uma tia. Nunca tivemos uma tia."

Mike não sabia de onde aquelas palavras estavam saindo. "O sr. Howard me disse que só precisa ficar com uma criança. Pensei muito a respeito disso. Eu posso ir embora. Posso fazer teste para a Banda de Gaita do Hoxie. Se entrar para a banda e não tiver casa, o diretor, Hoxie, encontra uma para você. O sr. Potter falou que eu sou o melhor tocador de gaita que ele já ouviu, então talvez eu tenha uma chance. Se eu entrasse na banda, eu poderia morar com uma família até ter idade suficiente para entrar para o Exército. A senhora não precisaria se preocupar comigo. Só precisaria cuidar de Frankie."

Ela sussurrou: "É isso que *você* quer, Michael?".

"Se for para Frankie ficar, então acho que é isso que eu quero. E, se eu não entrar para a banda, a senhora pode me mandar de volta para o Bispo, contanto que eu possa visitar Frankie de vez em quando. Eu preciso vê-lo às vezes... e ele precisa me ver." Mike enxugou os olhos. "Se ele ficasse aqui com a senhora, não importa se eu estivesse de volta ao Bispo, trabalhando em uma fazenda qualquer ou na banda; pelo menos, eu teria a tranquilidade de saber que ele estava seguro, e não sendo maltratado."

A sra. Sturbridge pôs a mão na boca.

Será que as palavras dele a deixaram enjoada? Agora Mike não conseguia parar. "Frankie gosta muito do sr. e da sra. Potter. E o sr. Howard é o mais próximo de um pai que Frankie já teve, isto é, se ele não se mudar para San Francisco. Ele não quer se mudar. Basta uma palavra da senhora e ele fica aqui para sempre. Ele... ele ama a senhora."

Lágrimas brotaram nos olhos dela.

A campainha tocou.

"É o sr. Howard para nos levar ao parque", disse Mike.

Ela assentiu e sussurrou: "Então é melhor você ir".

"Senhora, este é o melhor lugar que ele vai encontrar. É o melhor lugar que *qualquer pessoa* pode ter. Minha avó dizia que coisas bonitas e casas chiques não fazem a menor diferença se a pessoa não tiver o coração tão bonito quanto. Então, se for verdade o que dizem sobre a senhora ser boa, amorosa e maravilhosa... poderia ficar com Frankie?"

Ela se virou mais uma vez para a janela e ficou imóvel feito uma estátua. Mas Mike tinha certeza de que viu lágrimas escorrendo em seu rosto.

Se ele ao menos soubesse o que elas significavam...

18

Enquanto caminhavam até o parque, Mike estava com a sensação de ter esquecido alguma coisa.

O que poderia ser? Ele pôs a mão na cabeça, para verificar se havia se lembrado do boné, e pôs a mão no bolso para ter certeza de que a gaita ainda estava lá. Será que se esquecera de *dizer* alguma coisa? Ele ainda não sabia se a sra. Sturbridge estava mais inclinada a ficar com Frankie ou se ele havia piorado a situação. Será que deveria ter se desculpado por fazê-la chorar? Ou pela sua ousadia? Será que deveria pelo menos ter avisado à sra. Potter que ela estava aborrecida?

"Sr. Howard, vou voltar para casa", disse Mike. "Me esqueci de fazer uma coisa."

"Tem certeza?", perguntou o sr. Howard.

Mike fez que sim, sorriu para tranquilizá-lo e deu meia-volta. "Vejo vocês mais tarde", gritou ele.

Quando Mike se aproximou da casa, notou que o Packard ainda estava lá fora. Será que o sr. Potter ainda não havia saído para levar a sra. Sturbridge para seu compromisso? Ele deu a volta até a cozinha e entrou silenciosamente.

O sr. Potter estava sentado à mesa da cozinha, com a cabeça inclinada para o lado, o olhar distante e um pequeno sorriso no rosto. A sra. Potter estava em frente à pia, imóvel, com os olhos arregalados e a mão sobre o coração.

Mike deu mais um passo na direção deles.

Quando a sra. Potter viu Mike, ela rapidamente ergueu um dedo sobre a boca, dizendo-lhe para não fazer barulho.

O que havia de errado? Por que ele tinha que ficar...

De repente, ele entendeu.

O piano.

Alguém estava tocando o Noturno nº 20 de Chopin, a mesma música que ele tocou na sua primeira manhã ali, só que aquilo... aquilo era magistral. Será que era *ela*?

Mike se sentiu atraído a se aproximar. Ele deu alguns passos cuidadosos até o hall.

Uma das portas da sala de música estava entreaberta. Ele ficou atrás dela e espiou pela fresta do batente.

A sra. Sturbridge estava ao teclado, serena e elegante, inclinando os braços e a cabeça com a música que preenchia o ambiente. Mike inspirou, quase suspirando de emoção. O sr. Howard estava certo. O mundo parecia parar. Fascinado, ele sentiu suas pálpebras caírem ao ser levado pela melodia.

Momentos depois, foi chacoalhado de seu transe por um barulho raivoso. Mike espiou dentro da sala de novo e viu a sra. Sturbridge batendo nas teclas. Ele sentiu um tremor espantosamente familiar nos ossos.

Em sua mente, ele estava de volta à sala de Vovó, martelando no piano, transmitindo a tristeza do seu coração pelos dedos, enchendo o recinto de mágoa. Ele conteve as lágrimas. Conhecia essa dor.

A sra. Sturbridge afastou-se do piano, levantou-se e bateu o braço no suporte. A tampa desabou com um estrondo ensurdecedor. Ela se sentou no banco do piano e se atirou sobre o teclado, enterrando a cabeça na dobra do cotovelo. Ela tremia de tanto soluçar, e notas dissonantes saíam com cada movimento de seu corpo.

Mike pressionou-se contra a parede, com os olhos ardendo. Quando a sra. Potter passou correndo, ele permaneceu paralisado. Ele ainda não havia se mexido quando ela apareceu com o braço em volta da sra. Sturbridge, agora mole como uma boneca de pano, e a levou pelas escadas acima.

Será que tudo isso era culpa dele? Será que ele havia pedido demais?

19

Durante a maior parte da semana, a sra. Potter saía da cozinha até o quarto da sra. Sturbridge, levando suas refeições em bandejas e fazendo todos ficarem quietos para a patroa conseguir descansar.

Mike carregou consigo a culpa. Ele ainda não contara a ninguém sobre sua conversa com ela. Queria se desculpar, mas não sabia como nem quando.

Os ramalhetes que Frankie deixou na porta dela murcharam; os desenhos se amontoaram no seu lugar à mesa de jantar. O sr. Howard vinha visitar, mas a sra. Sturbridge se recusou a vê-lo. Meio desanimado, ele brincava de pega-pega no gramado com Frankie, ou ficava sentado na varanda jogando damas, deixando o garoto vencer todas as partidas.

Na quinta-feira, a sra. Potter disse que se a patroa não se animasse logo, ela chamaria o médico. Mike ficou tão perturbado, achando que ela teria que ir para o hospital, que contou tudo ao sr. Howard. O sr. Howard apenas lhe deu um tapinha no ombro e disse que Mike dera a ela o melhor remédio possível. Mike, no entanto, não fazia ideia do que aquilo significava.

Mais tarde naquela noite, ele finalmente ouviu vozes vindo da biblioteca, e elas soavam como a sra. Sturbridge e o sr. Howard. Os murmúrios eram baixos e tristes, e ele não conseguiu entender o que estavam dizendo. Será que ela havia chegado a uma decisão sobre ele e Frankie? Um nó se apertou na barriga de Mike.

Na noite seguinte, quando Mike e Frankie estavam se preparando para dormir, houve uma batida na porta do quarto. Mike abriu, esperando a sra. Potter, e ficou surpreso ao encontrar a sra. Sturbridge. Ela estava de roupão com um xale por cima e os olhos cansados.

"Michael, uma palavrinha com você, por favor."

Ele saiu do quarto e fechou a porta. Antes que ela pudesse dizer qualquer coisa, ele soltou: "Senhora, sobre o outro dia, sinto muito se eu a aborreci...".

Ela levantou a mão e balançou a cabeça. "Não precisa se desculpar. Pensei sobre o que me pediu. Eu não havia levado em consideração... a sua circunstância e a de Franklin. Eu... entendo agora..." Ela franziu o rosto e mexeu nas franjas da ponta do xale. "Vim lhe dizer que, se for realmente isso que quer, eu concordarei. Mas quero que saiba que, não importa o que acontecer com a banda..."

A porta do quarto se abriu. Frankie ficou diante deles, parecendo esperançoso. "Você quer ter uma palavrinha comigo também?"

Os olhos dela se amoleceram. "Na verdade, queria lhe agradecer pelas lindas flores e pelos desenhos." Ela olhou para Mike e fez um aceno.

Não importa o que acontecer...

Ela ainda ficaria com Frankie.

Ele sussurrou: "Obrigado".

NO SÁBADO à noite, Frankie correu para o quarto antes do jantar, com os olhos arregalados.

"A sra. Potter falou para a gente descer para a biblioteca em quinze minutos. O sr. Howard vai vir jantar. E adivinha só. *Ela* está se sentindo melhor e vai jantar com a gente *na sala de jantar*. A sra. Potter disse que já estava na hora de as coisas mudarem por aqui. Ah, e precisamos nos arrumar. É para a gente colocar uma camisa limpa, pentear o cabelo e ficar elegante."

Mike riu e ajudou Frankie a pentear o cabelo. Parecia que as coisas estavam melhorando. Desde sua conversa com a sra. Sturbridge, ele percebera outras mudanças também. No dia anterior, o sr. Potter pendurou um balanço de corda no elmo do quintal. As venezianas da biblioteca haviam sido abertas, e a luz inundava o ambiente. Um dos desenhos de Frankie foi pregado na cozinha. E hoje de manhã veio um afinador de piano.

Quando Mike desceu com Frankie até a biblioteca, ele não conseguiu conter a felicidade de ver o garoto sorrindo de orelha a orelha, sabendo que ele se estabeleceria ali. Ao mesmo tempo, ele se sentia com o coração pesado com a possibilidade de cuidar de si sem seu irmãozinho. Será que ele precisava de Frankie tanto quanto Frankie precisava dele?

O sr. Howard se levantou do sofá onde estava sentado com a sra. Sturbridge. Ela parecia mais bonita e jovem com um vestido azul.

"Meninos, estamos contentes em vê-los", disse o sr. Howard.

Ela concordou. "Michael. Franklin. Entrem e sentem-se um pouco antes de irmos jantar."

Ela fez sinal para as duas cadeiras em frente ao sofá.

O sr. Howard ergueu uma página de jornal para que eles pudessem ver a manchete: CONCURSO DE GAITA TERÁ INÍCIO. Embaixo dela havia uma fotografia da banda de Hoxie. "Lembram-se de quando o sr. Wilkenson da loja de música nos contou sobre a competição de gaita? Pois bem, tive uma agradável surpresa quando Eunie me ligou e disse ter visto um artigo a respeito no jornal de hoje", disse o sr. Howard. "Ela achou que poderia ser uma coisa a fazer neste verão, Mike, se você tiver interesse."

Frankie tropeçou em suas palavras. "Dona... quer dizer, sra. Sturbridge. A banda de gaita? Sério? Mike pode se inscrever?"

Ela fez que sim. "O sr. Potter acha que ele tem mais do que talento. E isso ocuparia seu tempo até... até setembro. E Franklin, tudo bem se você e Michael me chamarem de tia Eunie."

Frankie virou-se para Mike. "Tudo bem se a gente a chamar de *tia* Eunie."

Mike sabia que provavelmente não a chamaria de tia Eunie. E ele queria ficar entusiasmado. A banda parecia uma grande aventura. Mas ele só conseguia pensar nas palavras *até setembro...* quando teria que ir embora.

O sr. Howard levantou o jornal. "Vamos saber de tudo." Ele pigarreou e leu. "Desde junho, mais de cinco mil meninos e meninas se matricularam em aulas de gaita e estão preparados para mostrar seu talento em uma competição que terá início em várias igrejas, centros comunitários e associações cristãs da Grande Filadélfia."

"Mais de *cinco mil*." O queixo de Mike caiu. Ele nunca desconfiou que fossem tantos.

Frankie deu um assovio ao ouvir o número.

O sr. Howard continuou: "A primeira rodada de competições será realizada no dia 10 de agosto perante um júri. Cada aluno vai executar uma música definida e uma opcional. O júri escolherá os semifinalistas".

"Onde eu faria o teste?", perguntou Mike.

"Vamos ver", disse o sr. Howard. "Há uma lista aqui. Parece que o local mais próximo é a ACM do centro da cidade."

"O que acontece depois disso?", Mike inclinou-se para a frente.

O sr. Howard continuou. "Uma semana depois, os semifinalistas competirão em uma segunda etapa no Templo Batista. Vinte serão escolhidos para competir no salão de recepções particular do prefeito, na prefeitura. No dia após a final, Albert Hoxie e sua famosa Banda de Gaita da Filadélfia, que já tocou para dignitários como Charles Lindbergh e a rainha da Romênia, farão uma apresentação no referido local, em um concerto comunitário. Os magos musicais nunca deixam de entreter plateias de todas as idades. Todos os finalistas e seus familiares terão assentos cativos neste evento."

"O que são assentos cativos?", perguntou Frankie.

"Os melhores assentos, mais perto do palco", disse a sra. Sturbridge.

O sr. Howard recomeçou. "Alguns dias depois, após os juízes terem tempo de se reunir outra vez e considerarem as habilidades dos finalistas, os vencedores da competição serão notificados pelos correios e vão ganhar prêmios que incluem instrumentos musicais, vales para roupas no comércio local, e a comenda mais esperada de todas — um convite para integrar a famosa banda, caso desejem se consignar."

Frankie virou-se para Mike. "Por favor, diga sim. Se for finalista, a gente seria convidado para o concerto. Se não for, não faz mal. Só não vamos ter os melhores lugares na frente. Mas ainda podemos vê-los." Ele abriu os braços em um arco. "Banda dos Magos da Gaita de Hoxie." Frankie levantou as duas mãos, com os dedos cruzados e o olhar esperançoso.

A sra. Sturbridge olhou para Mike e fez um aceno.

"Tudo bem, Frankie. Vou me inscrever", disse ele.

Frankie se atirou nos braços de Mike. "Ebaaa!"

"Qual música foi decidida para a primeira fase?", perguntou a sra. Sturbridge.

O sr. Howard voltou-se para outra página. "'My Old Kentucky Home'."

"Mike já sabe essa de cor e salteado. Estava no livreto de instruções", disse Frankie.

"E quanto à música eletiva?", perguntou ela.

"Eu poderia tocar o Acalanto de Brahms ou talvez 'América, a Bela'", disse Mike.

"'América, a Bela' seria adorável", disse ela. "Músicas patrióticas deixam as pessoas emocionadas. E o sr. Howard me contou que, quando você e Franklin a tocaram no orfanato, todos ficaram bastante comovidos com a sua interpretação."

"As cozinheiras estavam chorando nos panos de prato", disse o sr. Howard.

"Não sei direito como fazer algumas frases funcionarem na gaita", disse Mike.

"Amanhã de manhã começaremos a trabalhar ao piano para descobrir como adaptá-la." A sra. Sturbridge sorriu. "Já pedi assistência ao sr. Potter. Ele disse que seria uma honra preparar você. Agora vou lhe contar um segredo, Michael. Para ter sucesso em qualquer competição é preciso tocar algo que não possa ser ignorado. Não importa o quanto a música seja simples ou complicada, é preciso torná-la memorável. E para fazer isso, é preciso praticar. Porém, falaremos mais sobre tudo isso depois. Estou sentindo o cheiro do assado da sra. Potter e estou faminta. Vamos jantar?" Ela se levantou.

Frankie correu para o lado dela, oferecendo-lhe o braço.

O sr. Howard piscou para Mike. "Eu lhe disse para esperar o melhor. Os milagres nunca cessam."

Contudo, Mike sabia que não era milagre.

Ele e a sra. Sturbridge tinham um acordo, e ela estava cumprindo com a parte dela.

20

Todas as manhãs, durante as três semanas seguintes, Mike se sentou ao piano ao lado da sra. Sturbridge, e ela o ajudou a adaptar e a treinar "América, a Bela".

Ela sugeriu que ele começasse com seu próprio arranjo e, em seguida, para a próxima estrofe, entrasse com o blues, e terminasse como havia ensinado a Frankie, de maneira simples e livre. Ela disse que seria memorável.

Todas as tardes, ele praticava com o sr. Potter, que o ajudou com a parte do blues. Mike não tinha nenhum problema em sentir a melancolia do seu coração. Ou em saber o que queria, mas que não tinha. Se o blues significava uma canção implorando para viver, a parte do meio da "América, a Bela" de Mike era um apelo por um lugar para chamar de lar.

NA VÉSPERA da primeira audição, Mike desceu as escadas de manhã e, como de costume, encontrou a sra. Sturbridge ao piano. Ele se sentou ao lado dela e tirou a gaita do bolso.

Ela balançou o dedo para ele. "Nada de ensaio para o concurso hoje. Você está mais do que pronto. Hoje, você vai simplesmente tocar." Ela sorriu para ele, passou a mão sobre o teclado e segurou partituras na outra. "Brahms? Ou Beethoven para o meu aluno?"

Mike enrubesceu. Ela havia mesmo dito *meu aluno*? Ele sabia que isso não significava nada, mas mesmo assim...

"Beethoven", disse ele.

Ela pôs a música no suporte. "Conhece 'Für Elise'?"

Mike fez que sim. "Toquei em um recital certa vez. Não a treino há um bom tempo. Não sou bom na parte do meio."

Ela tocou o ombro dele. "Apenas comece e pare quando quiser. Vamos tocá-la juntos."

Mike começou, concentrando-se nas notas. Ela tocou a parte do meio e Mike terminou.

"Agora você nos agudos e eu nos graves", disse ela.

Eles começaram outra vez, com Mike tocando a mão direita e ela, a esquerda. Quando eles se confundiram, ela riu. E ele também. Bem alto.

Ele não quis parar. "Agora só a senhora", disse Mike.

Os dedos dela voavam pelas teclas. Quando terminou, ela pôs o braço em volta do ombro dele e o abraçou, rindo. Foi um impulso — um gesto rápido e espontâneo. Ele sabia disso. Mas gostou da sensação de estar sob sua proteção e de saber que ela estava cuidando dele, pelo menos por enquanto.

21

No dia seguinte, Mike arrasou na primeira etapa na ACM.

Uma semana depois, após a semifinal no Templo Batista, passou para a final.

Agora, após mais uma semana ter se passado, ele estava caminhando pelo longo corredor da prefeitura, em direção ao salão de recepção do prefeito. Mal podia acreditar que havia chegando tão longe, ou que o verão estava quase no fim.

A tia Eunie, o sr. Howard e Frankie seguiram ao lado dele, até todos chegarem a uma porta com uma placa: SALA DE ESPERA SOMENTE PARA FINALISTAS.

"Por que a gente não pode entrar também?", perguntou Frankie.

"A final é uma audição *fechada*", disse a tia Eunie. "Veremos Michael quando terminar."

Frankie olhou para ele. "Boa sorte, Mike."

Mike despenteou o cabelo de Frankie. "Obrigado, garoto."

O sr. Howard apertou sua mão e depois se afastou. "Vou esperar o melhor."

A tia Eunie pôs a mão no braço dele. "Eu ouvi o que é capaz de fazer e acho você excepcional. E o sr. Potter não poderia estar mais orgulhoso." Ela sorriu. "Eu deveria ter dito isso antes, Michael. Tudo que você me pediu aquele dia na biblioteca... Já foi tudo *resolvido*. Está entendendo?"

"Sim, senhora", disse ele. "Obrigado por manter sua promessa com relação a Frankie."

"Não é só a promessa com relação a Frankie. É sobre você também, Mike."

"Eu sei", disse ele. Ele entendeu. Ela mantivera sua promessa com ele, tornando tudo aquilo possível. Amanhã era o concerto, e, na semana seguinte, ele saberia, através de uma carta pelo correio, se havia entrado na banda, e isso determinaria se voltaria ou não para o Bispo.

Quando Mike viu a tia Eunie, o sr. Howard e Frankie se afastarem de mãos dadas pelo corredor, ele sentiu uma dor no coração. Respirou fundo e se forçou a parar de querer algo que não poderia ter. Ele tinha que se concentrar na competição.

Outro menino correu em direção à porta. "Ei!", disse ele. "Você é o ruivo que está todo mundo comentando. Vi você nas semifinais. Boa sorte hoje."

"Obrigado. Para você também", disse Mike, abrindo a porta, segurando-a e entrando depois dele.

Os finalistas lotavam cada canto. Acordes de gaita, arpejos e frases de "My Old Kentucky Home" enchiam o ambiente. Uma voluntária com faixa da Legião Feminina caminhava entre eles, distribuindo o calendário do dia. Os meninos aconselhavam uns aos outros.

"Que horário você pegou? Mais tarde é melhor. Eles se lembram mais de você."

"Que nada. Mais tarde é pior. Mais tempo para ficar nervoso."

"Minha mãe me fez usar a camisa de domingo e gravata-borboleta para causar boa impressão."

"É melhor tocar bem também."

Mike olhou para o papel que foi empurrado para a sua mão. Ele era o último da sequência.

A mulher com a faixa bateu palmas para chamar a atenção deles. "Vamos começar. Cada um de vocês vai para o salão de recepção adjacente quando seu nome for chamado. O júri está posicionado lá. Vocês tocarão a música determinada seguida de sua música eletiva. Depois saiam pela porta do outro lado daquele salão. Seus familiares os encontrarão no corredor principal. Os juízes só vão deliberar na segunda-feira. Os ganhadores serão notificados por correio na semana seguinte e os resultados sairão no jornal no sábado subsequente."

Ela olhou para suas anotações. "Mais uma coisa. O concerto é amanhã à noite. Se tiverem gaitas antigas que queiram doar para a caixa de coleta, tragam-nas para o concerto."

Mike encontrou uma cadeira e apalpou o bolso da camisa onde a gaita ficava. A essa altura ela já era como uma velha amiga. De uma maneira estranha, foi ela que tornou possível seu plano para salvar Frankie. E o aproximara, mesmo que apenas por um período, de tia Eunie. Tudo isso por meio de um pequeno instrumento. Que milagre havia feito Mike e essa gaita se encontrarem? Talvez o sr. Wilkenson, que a vendeu para ele, estivesse certo. Talvez tivesse sido a gaita que o escolhera.

A porta do salão de recepção do prefeito se abriu. Outra voluntária da Legião Feminina sorriu para eles e chamou o primeiro nome.

A sala ficou em silêncio. O menino se levantou, atravessou a porta e desapareceu lá dentro.

Os meninos começaram a conversar de novo.

"O que é a caixa de coleta?"

"Eles pegam instrumentos usados, consertam e mandam para crianças pobres na Califórnia, que não têm nem um tostão furado."

"Hoxie está sempre fazendo coisas desse tipo. Ele se amolece com qualquer história triste."

"Ele se afeiçoa a órfãos. A banda está cheia deles. Se não tiver pais, é praticamente certo entrar. É uma pena que ainda tenha minha mãe e meu pai."

"Não diga isso", disse Mike, surpreendendo-se. Em seguida ele continuou mais baixo: "Tem sorte de ter uma família".

Mike aguardou e observou os finalistas serem chamados, um a um.

Quando a funcionária chamou seu nome, ele se sentiu como se fosse vomitar.

22

Mike entrou no salão com painéis que lhe lembrava a biblioteca da tia Eunie.

Na frente, sete jurados estavam sentados atrás de uma longa mesa, cada um com papel e lápis. A voluntária da Legião Feminina apresentou os jurados: o diretor da orquestra municipal, o diretor do coral comunitário, o crítico de música do *Philadelphia Inquirer*, um vereador, o proprietário de um teatro local, o prefeito da Filadélfia e Albert N. Hoxie.

Hoxie estava usando o uniforme da banda. Robusto, bochechudo, e com os cabelos ondulados penteados para trás, ele parecia um modelo de autoridade gentil.

"Você é Michael Flannery?"

"Sim senhor."

"Muito bem, filho, estamos ansiosos para ouvir o que pode fazer. Boa sorte. Pode começar quando estiver pronto."

Mike pegou a gaita e começou a música preestabelecida. Ele a tocou exatamente como tia Eunie lhe ensinara, sem improvisos e o mais tecnicamente perfeito possível. Quando terminou, ele parou por um momento, olhou para cada jurado e, em seguida, começou "América, a Bela".

Ele tocou a primeira estrofe de maneira delicada e lenta, como uma canção de ninar. A segunda estrofe foi a versão blues, com os trinados, acordes e notas curvas. Não foi difícil para Mike entrar na música e testemunhar a jornada da qual havia feito parte. Ele fechou os olhos e viajou no tempo: a chegada na via Amaryllis, o passeio na carroça com Rato, deitado em sua cama no dormitório e olhando para a tinta rachada do teto, parado na janela de Vovó, esperando e ouvindo sua mãe cantar para ele e Frankie.

Ele tocou a terceira estrofe como ele e Frankie costumavam tocar, o estribilho soando como uma tempestade que estourava até a parte do *mar ao reluzente mar*, onde diminuía o ritmo, com as notas calmas e simples, claras e doces.

Quando ele enfim abaixou a gaita e levantou a cabeça, os jurados estavam olhando fixamente para ele. Sem jeito, Mike apoiou o peso em um pé, depois no outro. Será que havia tocado mal? Vários jurados pigarrearam. Todos eles começaram a rabiscar nos seus blocos.

O sr. Hoxie se levantou, deu a volta na mesa e apertou a mão de Mike. "Obrigado, Michael. Foi uma apresentação bastante impressionante. Pode pegar seus ingressos para o concerto de amanhã à noite na saída. E receberá uma carta com o resultado da competição semana que vem. Boa sorte para você. É um candidato *muito* promissor."

Mike corou, mas desta vez de orgulho. "Obrigado, senhor."

QUANDO CHEGARAM em casa, o sr. e a sra. Potter estavam esperando por eles na cozinha com um bolo.

"Para comemorar", disse tia Eunie.

"Mas nem sabemos se Mike entrou", disse Frankie.

"Quando eu era pequena", disse a tia Eunie, "meu pai insistia que comêssemos bolo depois de grandes testes e *antes* dos resultados. Ele dizia que o bolo era tanto pela tentativa quanto por qualquer outra coisa."

O sr. Howard olhou para ela e sorriu. "Se o bolo é pela tentativa, então você também merece, Eunie."

Ela sorriu de volta para ele.

O sr. Howard esfregou as mãos. "Vocês vão se surpreender, meninos. A sra. Potter faz um recheio de chocolate delicioso."

"Faz mesmo", disse o sr. Potter.

A sra. Potter pôs uma fatia na frente de Frankie.

"Nossa", disse ele. "O que Mike vai ganhar se entrar para a banda?"

Mike soltou: "Eu posso voltar a praticar. Certo, titia?".

Frankie riu. "Titia?"

Todos riram.

Mike sentiu suas bochechas arderem. A palavra havia escapado. Será que ela se importou? Ele olhou para ela e a mulher lhe sorriu e fez um aceno, como se tudo estivesse como deveria ser.

Entrando para a banda ou não, ele os deixaria em breve. Mike concentrou-se no bolo, mordendo um pedaço grande para que pudesse pensar em qualquer coisa além de seus sentimentos.

Olhou para cada um deles. O sr. Howard estendeu a mão e limpou migalhas de bolo da manga do vestido da tia Eunie. Ela pegou um guardanapo e limpou a bochecha de Frankie suja de cobertura. Frankie olhou para Mike e sorriu com os dentes cobertos de chocolate.

O sr. e a sra. Potter riram das palhaçadas do menino.

Mike absorveu tudo aquilo: a cozinha, as risadas, o cheiro do bolo de chocolate que foi feito pela tentativa.

Ele fechou os olhos na esperança de capturar tudo à sua volta, para que sempre se lembrasse do momento e do lugar ao qual havia pertencido uma vez.

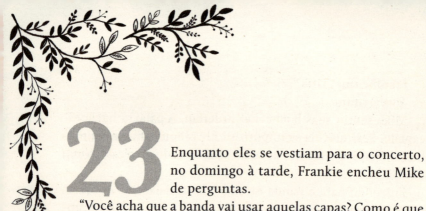

23

Enquanto eles se vestiam para o concerto, no domingo à tarde, Frankie encheu Mike de perguntas.

"Você acha que a banda vai usar aquelas capas? Como é que eles conseguem ficar com aqueles chapéus altos? Que músicas acha que vão tocar? Tem certeza de que vamos sentar bem na frente, nos melhores lugares?"

"Frankie", disse Mike, "você vai me cansar com essas perguntas, igual faz com a sra. Potter. Agora eu só consigo me concentrar em me vestir. Sim, vamos sentar na frente. E lembre-se de que não pode me fazer perguntas durante a apresentação. Precisa ter os melhores modos para o concerto."

"Eu sei. Mas, Mike, se você passar, vai entrar para banda?"

"Já falamos sobre isso mais de dez vezes. Se não passar, não faz mal, como você disse. Se passar, vou ter que pensar no assunto."

"A tia Eunie provavelmente deixaria, contanto que não passe muito tempo longe de casa."

Mike evitou os olhos dele. "É. Ela provavelmente deixaria. Mas não saberemos de nada até o meio da semana que vem, quando a carta chegar."

A sra. Potter entrou no aposento, trazendo duas camisas brancas passadas e engomadas. "Está na hora. A patroa está esperando vocês lá embaixo para amarrar as gravatas. O sr. Howard já está aqui. E o sr. Potter está trazendo o carro até a porta. Aproveite o concerto, Michael. Merece apenas escutar e curtir alguma coisa, depois de praticar tanto no último mês."

"Obrigado, sra. Potter."

Quando estavam todos saindo pela passarela até o carro, tia Eunie pôs a mão na cabeça. "Esqueci meu chapéu."

"Vou buscar", ofereceu-se Mike.

"Obrigado. Está na biblioteca, em cima da minha mesa. É um *cloche* de feltro. Mas cuidado com o alfinete."

Mike voltou correndo. Na mesa da tia Eunie, ele encontrou o chapéu em formato de sino e o alfinete com ponta de pérola atravessado no alto. Ele o pegou cuidadosamente de cima de uma pilha de papéis.

Embaixo havia uma carta do escritório do sr. Golding. Mas não conseguiu deixar de ver as letras grandes e vermelhas estampadas no alto.

RECURSO PROVIDO

Ele leu a primeira frase.

> *Seu recurso para a anulação das adoções de Michael Flannery e Franklin Flannery foi aceito e será finalizado após o recebimento e arquivamento da assinatura necessária, com reconhecimento em cartório, até o dia 15 de setembro de 1935.*

Ela estava se desfazendo da adoção? Mike teve a sensação de levar um chute no estômago.

Ela mentiu para eles?

Ele se segurou à mesa, com o corpo tremendo.

Como ele não percebeu? Eles não tinham um acordo? Ela não havia dito que tudo estava *resolvido*? E as lições ao piano, o bolo, as palavras gentis? E quanto a Frankie? Ela agia como se *gostasse* dele e estivesse começando a amá-lo.

Como ele pôde ter se enganado tanto a respeito dela?

Que idiota ele foi! Era tudo um embuste. Um embuste de três meses para que os advogados ganhassem tempo. Ela nunca teve a menor intenção de ficar com *nenhum* dos dois.

A buzina do carro soou.

A sra. Potter entrou na biblioteca.

"Michael, é melhor se apressar. Estão esperando. Está se sentindo bem? Está pálido."

Sem responder, ele pegou o chapéu e saiu apressado. Ao correr na direção do carro, seu coração estava disparado. Ele estava tão perplexo que simplesmente entrou no banco de trás e entregou o chapéu a ela como se não houvesse nada de errado. Ele tinha tomado cuidado com o alfinete do chapéu, mas ainda assim sentia uma dor aguda no peito.

O carro desceu a via Amaryllis. Quando passaram pelo parque, Mike olhou para o banco onde o sr. Howard lhe pedira para esperar o melhor — onde ele disse que tudo ficaria bem no final e que achava que não chegaria a este ponto. No entanto, *chegou* a este ponto. Ele olhou pela janela e se sentiu tonto.

"Mike? Você está muito calado", disse o sr. Howard.

Será que ele sabia também?

"Só cansado", disse Mike, mantendo o rosto virado para a janela e tentando fazer sentido de tudo aquilo. Se passasse no concurso, ele não poderia entrar para a banda, pois Frankie não teria para onde ir, a não ser o lar estadual. Se não passasse, eles seriam mandados de volta para o Bispo. Mas Mike também não podia deixar isso acontecer, pelos mesmos motivos.

O que ele poderia fazer?

A princípio, a solução que lhe veio à mente parecia absurda.

Porém, durante o trajeto até o teatro da prefeitura, onde se sentaram na frente com os vinte finalistas e seus familiares, a ideia se consolidou.

As portas se abriram nos fundos do teatro. A Banda de Gaita da Filadélfia marchou pelo corredor central, de dois em dois, com precisão e elegância. Tudo na banda era majestoso: os uniformes azuis com botões brilhantes, como se fossem cadetes, os chapéus, os sapatos polidos até ficarem lustrosos. Os integrantes da banda passaram pela plateia em direção ao palco, balançando os braços e as gaitas reluzentes na mão esquerda. Quando o grupo chegou à frente do teatro, as fileiras se dividiram, uma para a esquerda e outra para a direita. Os músicos subiram as escadas do palco pelos dois lados e tomaram as suas posições.

O sr. Albert N. Hoxie entrou no palco. Os aplausos foram estrondosos e a banda nem havia tocado uma nota sequer. Ele ergueu a batuta. O som, espetacular — como uma orquestra inteira como todos os tipos de instrumentos — encheu o teatro com uma marcha vibrante, aquela que John Philip Sousa compôs especialmente para eles.

Eles foram tão impressionantes e talentosos quanto todos diziam. Mike ouviu com um misto de pesar e de determinação, sabendo que jamais teria a chance de se unir a eles.

À medida que a música cresceu, seu plano fez o mesmo.

24

No meio da noite, Mike se vestiu e pôs as roupas dele e de Frankie em uma mala pequena.

Ele pegou alguns livros, a caixa de metal que havia trazido do Bispo e as gaitas. A dele ele pôs no bolso da camisa. Ele olhou para Frankie, dormindo tranquilamente do outro lado do quarto. Mike odiava ter que tirá-lo de um lugar onde era tão feliz. Mas que escolha tinha?

Ele esperou até quatro e meia da manhã para que Frankie pudesse descansar. Seria um dia longo, e ele não sabia quando nem onde dormiriam de novo. Ele sacudiu de leve o ombro do irmão e sussurrou: "Acorde".

Sem abrir os olhos, Frankie resmungou: "Estou cansado".

Mike o puxou delicadamente para se sentar. "Eu sei que é cedo, Frankie, mas precisa se vestir. Temos que ir embora."

Com as pálpebras pesadas, Frankie olhou para Mike. "Embora? Para onde? Quando vamos voltar?"

"Não vamos voltar. Temos que ir embora para sempre."

Frankie esfregou os olhos e se sentou mais reto. "Por quê? Eu gosto daqui. Não quero ir embora."

"Shhh. Eu gosto daqui também", sussurrou Mike. "Mas não faz diferença. Escute. Ontem à noite, antes do concerto, encontrei alguns papéis na mesa da tia Eunie. Ela vai nos mandar de volta para o Bispo."

Frankie balançou a cabeça. "Não. Ela não faria..."

Mike pôs o braço em volta do irmão. "Não estou mentindo para você."

"Mas... ela gosta da gente agora", choramingou Frankie. "Dá para ver, Mike. Ela gosta bastante da gente."

Mike abraçou Frankie. "Eu também achava. Mas ela não deve querer criança nenhuma, porque o papel do advogado dizia que ela vai reverter a nossa adoção."

"Eu não *quero* voltar para o Bispo."

"Não se preocupe. Não vamos para lá porque não devemos nos separar. Lembra? Vamos sair daqui antes que ela possa nos mandar de volta." Ele puxou o pijama de Frankie sobre a cabeça dele e lhe entregou algumas roupas. "Agora vamos. Vista-se."

Frankie atirou os braços ao redor do pescoço de Mike.

"Mas e o sr. e a sra. Potter? E o sr. Howard?" Ele estava chorando agora.

Mike o embalou, contendo as próprias lágrimas. "Eu... eu escrevi um bilhete, dizendo que íamos embora. E que foi o melhor verão das nossas vidas. Eles vão ter que entender. Talvez algum dia possamos voltar e fazer uma visita. Mas agora precisamos ir. Você e eu ficamos juntos, lembra?"

Frankie fez que sim com a cabeça no pescoço de Mike. Fungando, ele desceu da cama e começou a se vestir. "Para onde... para onde a gente vai?"

"Pegar um trem. Você sempre quis andar de trem, não é?"

Frankie concordou, com os olhos arregalados e úmidos. "Para onde?"

"Nova York."

Frankie soluçou e sua voz tremeu. "Vamos para o Carnegie Hall comer carne assada e sorvete?"

"Talvez", disse Mike. Ele foi até a janela lateral do quarto deles. "Não podemos nos arriscar pelas escadas. Muito barulho para destrancar e fechar as portas." Ele apontou para o elmo lá fora, ao lado da janela. "Acha que consigo descer?"

Frankie assentiu. "É fácil."

Mike abriu a janela e analisou a rota de descida, com o estômago embrulhado. Ele jogou a bolsa deles no gramado, voltou para dentro e fez sinal para Frankie ir.

Relutante, Frankie se aproximou. Ele subiu no parapeito e ficou montado ali, olhando para o quarto. "Eu gostava do nosso quarto." Ele esticou o braço para se segurar em um galho mais alto e saiu. "É firme. Observe como eu desço." Frankie deu um passo grande para outro galho e se sentou nele, deslizando o traseiro em direção ao tronco maior. Lá, ele se levantou e começou a descer de galho em galho.

Mike se forçou a assistir. Frankie abraçou o galho mais baixo, girou para o lado de baixo, pendurou as pernas e saltou na grama.

Mike se virou para olhar pela última vez e sussurrou: "Eu gostava do nosso quarto também, garoto". Ele pôs a perna por cima do parapeito e agarrou o galho acima. Em seguida, pisou no galho de baixo, assim como Frankie tinha feito, abaixando-se até se sentar e se arrastar até o final. Quando chegou ao tronco, ele o abraçou bem firme, de olhos fechados.

Frankie cochichou: "Não olhe para o chão, senão vai ficar tonto. Apenas estique a perna até o próximo galho".

Mike respirou fundo e abriu os olhos, olhando para a casca da árvore. Seu coração estava disparado. Ele esticou uma perna até sentir o galho de baixo. Desceu os braços pelo tronco, esticando a outra perna. Um vento agitou as folhas. Sua perna se balançou e ele não conseguiu encontrar o galho.

Sem pensar, Mike olhou para baixo. Ele estava bem mais alto do que pensava. Tonto, tombou de lado, agarrando-se a um galho próximo. A gaita escorregou do seu bolso e caiu na bifurcação de um galho menor. Ele achou que conseguia alcançá-la, então se endireitou e se inclinou, esticando os dedos até pegá-la. Mas cambaleou.

E caiu.

Nos segundos antes de seu corpo colidir com a terra, o vento soprou um acorde na gaita agarrada à sua mão.

O chão lhe tirou o ar.

Deitado de costas durante os momentos intermináveis de falta de ar, ele olhou para a noite. Ele não conseguia se levantar. Nem falar. Ele só podia esperar e rezar para respirar de novo.

Acima dele, os galhos escuros e retorcidos do elmo estendiam-se aos céus como os dedos tortos de uma bruxa. No entanto, mesmo neste estranho limbo, Mike viu estrelas lá no alto, minúsculos pontos de luz aparecendo e sumindo atrás das folhas agitadas.

Seu peito se comprimiu.

Frankie apareceu em cima dele, com os olhos arregalados, chamando seu nome. No entanto, a voz de Frankie sumiu com o som de alguém tocando o Acalanto de Brahms no violoncelo.

E, em seguida, isso sumiu também...

Até que tudo que Mike podia ouvir era o canto dos pássaros, um riacho correndo sobre pedras lisas e o barulho do vento através de troncos ocos.

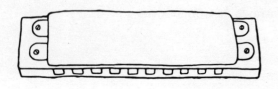

Três

dezembro de 1942

SUL DA CALIFÓRNIA
ESTADOS UNIDOS

Valsa da Despedida

letra de — ROBERT BURNS
versão de — BRAGUINHA E ALBERTO RIBEIRO

6 7 7 7   8 -8 7 -8
Adeus amor, eu vou partir

8 7 7   8 9 -10
Ouço ao longe um clarim

-10 9 8 8 7-8 7-8
Mas onde eu for irei sentir

8   7 -6 -6   6 7
Os teus passos junto a mim

-10 9 8 8   7 -8   7 -8
Estando em luta, estando a sós

-10 9 8 8 9 -10
Ouvirei a tua voz

-10 9 8 8   7 -8   7 -8
No céu, na terra, onde for

8-8 7 -6-6 6   7
Viverá o nosso amor

01

Em La Colonia, um bairro de bangalôs caiados nos arredores do condado de Fresno, Ivy Maria Lopez e sua mãe caminhavam até os correios, esperando por uma carta.

Com uma das mãos, Mama apertava seu suéter pesado contra o pescoço e, com a outra, segurava um cesto de roupas vazio.

Ivy foi ficando para trás, tocando sua gaita. Ela estava longe o bastante para que Mama não pudesse ouvir a música, mas, de qualquer modo, ela sempre tocava baixinho. Na próxima semana, ela se apresentaria no rádio com sua turma. Ela ainda não contara a surpresa aos seus pais. Sua professora, a srta. Delgado, a escolheu para tocar um solo.

"Venha, Ivy!", chamou Mama. "Precisamos pegar a correspondência *e* as roupas antes de escurecer." Ela olhou para cima. "E antes da chuva."

Ivy correu para alcançá-la, acompanhando os olhos de Mama. Nuvens cor de carvão manchavam o céu, sorumbáticas. Ela pôs a gaita dentro do casaco. O casaco *dele*, de lã cinza com o bolso escondido por um zíper, para que as moedas não caíssem.

"Mama, é possível entrar em uma música?"

"Ivy, que bobagem é essa?"

"Quando toco a gaita, eu me sinto como se estivesse viajando nas notas. Para lugares distantes."

Ao longe, um caminhão buzinou cinco vezes.

Mama resmungou. "Ah, Ivy, não temos tempo para essas bobeiras. O correio está chegando agora. Vamos ter que esperar o funcionário chamar os nomes. Vá você para o correio que eu vou buscar as roupas."

"Posso encontrar Araceli depois?", perguntou Ivy. "Eu prometi a ela."

"Você tem lição de casa? Sabe o que seu pai acha de..."

Ivy balançou a cabeça. "A srta. Delgado disse que nosso único dever era treinar as músicas da apresentação semana que vem." Ela abriu bem os braços. "Apresentando a turma do quinto ano da srta. Delgado na *Hora da Família Colgate*."

Mama sorriu, porém desanimada. "Sim, eu sei."

"Acha que todos em La Colonia vão escutar? E até gente mais longe que Fresno? Acha que a rádio vai nos chamar de novo para outras apresentações?"

Mama franziu as sobrancelhas. "Ivy, sempre com tantas perguntas sobre futilidades. É por isso que seu pai diz que você tem a cabeça nas nuvens. Você precisa voltar à realidade." Os olhos dela vagaram pelo bairro na direção da agência dos correios. Ivy percebeu que ela estava preocupada demais para lhe fazer as vontades.

Mesmo assim, as palavras de Mama magoaram. Ivy não podia evitar fazer perguntas. E tocar gaita no rádio não era mais fútil do que o basquete que seu irmão mais velho, Fernando, jogava no colégio. Mama e Papa nunca disseram que *aquilo* era fútil. Eles iam a todos os jogos.

Ivy engoliu seus sentimentos feridos. Ela tinha certeza de que, quando a ouvissem solando no rádio, veriam o que a srta. Delgado já sabia: que havia algo notável em Ivy também.

"Se houver correspondência, traga-a para nós *antes* de se encontrar com Araceli."

"Pode deixar." Ivy ficou na ponta dos pés para beijar o rosto de Mama. Enquanto a observava se afastando, rebolando em direção aos varais comunitários com o cesto apoiado no quadril, Ivy percebeu o quanto ela mesma e Fernando se pareciam com a mãe: altos, magros e de olhos grandes com cabelos grossos e escuros. Papa era o oposto: baixo, redondo, careca e, quando sorria, apertava os olhos. Ivy tocou uma de suas longas tranças. Será que Fernando se parecia mais com Papa, agora que estava de cabeça raspada?

Ali perto, alguém tocou "Noite Feliz" ao violão. Ao caminhar, Ivy pegou a gaita e acompanhou a música. Luzes de Natal brilhavam nas janelas dos bangalôs. As nuvens escuras lá no alto se deslocaram. Um vento soprou. A imaginação de Ivy se encheu com a mistura das luzes coloridas, a música suave e o cheiro de terra molhada no ar. Ela fechou os olhos e se sentiu vagar pelo tempo. Era uma nômade de robe enfeitado, seguindo uma caravana que atravessava as areias infinitas sob o céu estrelado.

... ó Senhor... Deus de amor...

Quando a música terminou, ela levantou a cabeça e viu seus vizinhos, a sra. Perez e sua nora, escutando e mexendo a cabeça. As pessoas prestavam atenção quando ela tocava gaita. Eles a levavam a sério e apreciavam seu talento. Quando Mama e Papa ouvissem a apresentação dela no rádio, Ivy esperava que eles fizessem o mesmo.

Dentro dos correios, ela se enfiou entre as pessoas para chegar ao balcão e esperou o funcionário abrir o malote de correspondências. Pôsteres de recrutamento cobriam todas as paredes: UNA-SE AOS ENFERMEIROS DO EXÉRCITO! AERONÁUTICA ATÉ O FIM! HOMENS ÀS ARMAS, ENTRE PARA A MARINHA! AVANCE SEMPRE COM OS FUZILEIROS NAVAIS! Parecia que as Forças Armadas dos Estados Unidos queriam todas as pessoas acima de dezoito anos para alguma coisa. Fernando, porém, não precisou de um pôster para convencê-lo.

Enquanto o funcionário chamava os nomes, Ivy observou os olhos ávidos das mães e das jovens esposas. "Alberto Moreno. Martina Alvarado. Maria Peña. José Hernandez. Elena Guzman. Victor Lopez...."

O coração de Ivy saltou. "Aqui!" Ela levantou a mão e pegou o envelope grande e grosso endereçado a Papa, com uma fileira de selos de três centavos afixada a ele. Ela examinou o endereço do remetente e ficou um pouco decepcionada.

Não era de Fernando. Já fazia bem mais de um mês desde as últimas notícias dele e, a cada dia, Mama e Papa ficavam mais preocupados.

Ela esperou até o funcionário chacoalhar o malote e dizer: "Por hoje é tudo, meus amigos. Se não foi hoje, talvez amanhã".

Ivy correu de volta até o bangalô, onde encontrou Papa sentado à mesa da cozinha. Seus olhos brilharam quando viu o envelope. "Uma carta?"

Ivy a pôs sobre a mesa. "Sinto muito, Papa. Não é de Nando." Ela foi em direção à porta.

"Espere. Aonde vai com tanta pressa? Já é quase de noite."

Ela se virou. "Encontrar Araceli. Mama disse que eu podia."

"Volte logo." Ele acenou, abriu o envelope e começou a ler.

Antes que Ivy chegasse à porta da frente, ela ouviu Papa chamando Mama pelo nome. "Luz! Luz!"

Mama saiu correndo do quarto. "Victor, o que foi?"

Ivy parou, com a mão na maçaneta.

"É do meu primo, Guillermo. É o milagre que estávamos esperando! Uma fazenda no condado de Orange, perto de Los Angeles. Guillermo já tomou as providências e enviou os documentos."

O coração de Ivy disparou e ela sussurrou: "Não".

A voz de Papa se propagou. "O proprietário precisa de alguém que tenha conhecimentos de supervisão *e* de irrigação. Sou eu! Há uma carta para você também. Da mulher dele, Bertina. E os papéis para matricular Ivy na escola. E todas as instruções do proprietário. Ivy Maria! Temos novidades!"

Ivy não esperou para saber mais.

Ela abriu a porta e correu.

02

Onde estava Araceli?

Ivy andou com os punhos cerrados debaixo das árvores onde elas sempre se encontravam, cujos galhos agora estavam pelados pelo inverno. Chuviscos gelados pinicavam seu rosto. Ela sussurrou: "Venha logo...".

Araceli era sua primeira melhor amiga. Era difícil fazer amizades de qualquer tipo quando se mudava tanto: Buttonwillow, Modesto, Selma, Shafter e outras cidades de cujos nomes ela já se esquecera. Tudo isso acabou quando eles foram para Fresno. Pela primeira vez na vida, Papa trabalhou no mesmo lugar durante um ano. Um ano *inteiro*.

Ela e Araceli chegaram a La Colonia na mesma semana. Apesar de Araceli estar um ano à frente na escola, as duas se pareciam tanto, com aqueles cílios pretos, longas tranças castanhas e sorrisos largos, que as pessoas achavam que eram irmãs. Elas logo descobriram que tinham ainda mais coisas em comum. Araceli também havia morado em vários lugares da Califórnia central, até em alguns dos mesmos lugares de Ivy, porém em épocas diferentes. Ambas amavam ler, jogar cinco-marias e conseguiam pular cem vezes com duas cordas sem errar.

Ivy soprou a gaita, fazendo um uivo solitário.

"Ivy!"

Ela se virou.

Araceli correu na direção dela, usando um chapéu de crochê roxo que cobria suas orelhas. Ela deu um beijo na bochecha de Ivy, mantendo um dos braços atrás das costas. "Desculpe pelo atraso. Tive que ir ao mercado para minha mãe."

Ivy tentou soar feliz. "Chapéu novo?"

"Minha mãe que fez. E..." Ela sorriu e revelou o que estava segurando nas costas. "Pedi a ela que fizesse um igual para você."

Ela exibiu um chapéu de crochê roxo idêntico.

Ivy o colocou. "Como estou?"

"Igual a mim!", Araceli riu. "Agora ninguém vai conseguir nos distinguir."

Ivy riu também, mas sua felicidade ficou misturada à sua tristeza, e ela começou a chorar.

"O que foi?"

"Eu... estou indo embora."

A expressão de Araceli desmoronou, incrédula. "Não... Quando? Para onde?"

"Em breve, acho. Algum lugar perto de Los Angeles." Ivy olhou para baixo. Folhas secas passaram voando pelo chão, sussurrando seu adeus. Ela chutou algumas retardatárias.

Araceli a abraçou. "Não chore. Seremos amigas para sempre. Além do mais, se não fosse você, provavelmente seria eu e minha família a ir embora. Meu pai diz que todo mundo se muda de La Colonia mais cedo ou mais tarde, se quiserem progredir neste mundo."

Ivy fungou e tentou sorrir. Por que tinha que ser mais cedo, em vez de mais tarde?

"Vamos prometer nos escrever toda semana", disse Araceli. "Duas vezes por semana. Três vezes!" Seus olhos baixaram. "Não vai me esquecer, não é?"

Ivy sacudiu a cabeça. "Nunca."

Grossos pingos de chuva caíram na terra à medida que o céu se abriu.

"Corra!", gritou Araceli.

Com gritos agudos, elas se atiraram para baixo do beiral de um bangalô na esquina, de onde precisariam se separar. Elas se encararam e ficaram de mãos dadas. Mas Ivy não conseguiu pular para cima e para baixo nem rir, como costumavam fazer.

Araceli se aproximou e beijou o rosto de Ivy. "Até amanhã!" E saiu em disparada pelo caminho de casa, abriu a porta e ficou na entrada, iluminada pela luz lá de dentro.

Ivy tentou gravar aquela imagem na mente: sua melhor amiga, usando um chapéu roxo igual ao seu, acenando e lhe mandando beijos. Ela jogou beijos de volta e fingiu que eles não eram o início da despedida.

Ao disparar de volta ao seu bangalô, a chuva a bombardeou.

IVY BATEU a porta contra a tempestade.

Suas mãos e seus pés doíam conforme mudavam de gelados para quentes. Ela tirou o chapéu e o casaco e ouviu Papa conversando com Mama na cozinha.

"Mas e Nando?", disse Mama.

"Vou escrever para ele hoje à noite", disse Papa. "Quando esta guerra terminar, ele vai voltar para um lar *de verdade*. Uma casa. *Finalmente!* Uma casa, Luz. Não podemos perder essa oportunidade. Lamento termos que sair tão rápido."

Ivy franziu o rosto e entrou na cozinha. "Quando?"

Mama olhou para Ivy, como se pedisse desculpas com os olhos. "De manhã."

Ivy se retesou. "De manhã? Mas... e os meus amigos? E a srta. Delgado?" A decepção foi como um tapa na cara, à medida que ela absorveu a novidade. Acabou soltando seu segredo: "E a apresentação na rádio? Vou tocar um solo! Era uma surpresa para vocês!".

Papa esfregou as duas mãos acima da cabeça. "Ivy, essa é uma oportunidade única para nossa família. Haverá outras chances de você se apresentar, talvez na nova escola." Ele estendeu os braços para ela, como se suplicasse por sua compreensão.

Os olhos de Ivy arderam e ela piscou para conter as lágrimas. Ela tinha certeza de que, se Fernando estivesse ali e *ele* tivesse um jogo de basquete, Papa esperaria para partir depois. Por mais que Ivy quisesse dizer o que achava, ela se conteve. Mama acharia inadequado usar Fernando como exemplo quando ele estava longe, lutando em uma guerra. E Papa era Papa. Quando ele dizia que era hora de ir embora, eles iam. Ele não mudaria de ideia, a não ser que ela pensasse em um motivo prático.

"Preciso dizer à srta. Delgado que não posso fazer o solo. Ela está contando comigo. E Araceli acha que vamos nos encontrar amanhã."

Os olhos de Mama se encheram de remorso, mas sua voz foi firme: "Não temos como evitar. Guillermo e Bertina tiveram que deixar a fazenda. Todos os irmãos de Bertina estão na guerra, e o pai dela adoeceu. Eles precisaram se mudar para o Texas para ajudar a família. Não podemos deixar a propriedade abandonada por muito mais tempo. Portanto, dá para entender a urgência".

"Pode escrever bilhetes para a srta. Delgado e para Araceli, e podemos deixá-los no correio no caminho."

Ivy choramingou. "Não é o *mesmo* que pessoalmente. Araceli é minha melhor amiga. E a srta. Delgado é minha professora favorita. A melhor professora que já tive."

"Eu sei", disse Mama, passando o braço em volta de Ivy. "Mas haverá outras professoras e outras amigas. E nós teremos uma casa e um quintal onde poderemos plantar flores, ter um jardim. Tem uma máquina de lavar. Já pensou? Não teremos mais que carregar roupas para lá e para cá. Vou assumir o trabalho de Bertina, ajudando uma vizinha com a lavanderia. Já está tudo arranjado."

"E eu serei responsável por 24 hectares", disse Papa. Ele ergueu o envelope. "Temos sorte por Guillermo ter me recomendado. Muita sorte."

Ivy ficou olhando para Papa, sentindo-se paralisada.

"Ivy, existe a possibilidade dessa situação ser *permanente*", disse Papa. "É o que sempre quisemos. Você vai para uma escola nova — uma escolha melhor, com ótimos professores! E o clima não dá nem para comparar. Prometo a você, tudo será melhor."

"Eu ia tocar o solo! Estou praticando há um tempão!"

Papa abriu os braços. "Ivy! Existem assuntos muito mais sérios em jogo do que essa... essa sua vontade."

As palavras de Papa a apunhalaram. Por que ele desprezava tanto o fato de ela tocar gaita? E por que não podia mudar de ideia uma vez na vida? Ivy olhou para o chão e mordeu o lábio para não chorar.

Em La Colonia, ela finalmente sentia que pertencia — a Araceli, à srta. Delgado, aos vizinhos. Nenhum deles a achava fútil nem mimada. Agora tudo aquilo estava sendo relegado, como lixo na estrada. E para quê? Será que esta mudança seria mesmo diferente das outras?

Papa suspirou. "Ivy, você quer que fiquemos aqui mais seis dias, quando há plantas a serem regadas, uma casa esperando por nós e a chance de uma situação permanente, só para você tocar uma música de dois minutos na gaita?"

Seus pensamentos rodaram. Ela sabia como queria responder, mas se lembrou da promessa que fizera a Fernando, de ser um bom soldado e ajudar Mama e Papa enquanto ele estivesse fora. Será que isso significava fazer qualquer coisa para deixar Mama e Papa felizes, mesmo que isso a deixasse infeliz?

"Não", sussurrou ela.

"Mama e eu precisamos conversar com nossos chefes e fazer algumas despedidas. Voltaremos em uma hora para arrumar nossas coisas." Ele pôs a mão no ombro dela antes de sair. Ivy foi até o quarto que dividia com Fernando até ele ir embora. Várias caixas vazias já estavam em cima de uma das camas. Sua mala estava aberta em cima da outra. Ela atirou roupas dentro dela. No fim da próxima semana começavam as férias de Natal. Outros pais esperavam até seus filhos terminarem as aulas, mas não Papa. Eles tinham que partir *imediatamente*. Ivy se jogou na cama, deixando as lágrimas rolarem.

Melhor. Papa estava sempre procurando por um lugar chamado Melhor. Antes, esse lugar, Fresno, era melhor. Agora era igual ao último lugar em que eles viveram.

Ela sabia como seria depois que eles partissem. Durante alguns dias, as notícias arderiam nos lábios de todo mundo, como óleo de chili serrano. Depois, após algumas semanas, a lembrança de Ivy Maria Lopez se dissolveria como se ela nunca tivesse morado ali... como se nunca tivesse pertencido a um mesmo lugar por um ano inteiro.

03

O dia estava nascendo, cinzento, quando Papa espremeu a pança atrás do volante da picape. Mama se sentou ao lado dele, no meio, e Ivy se apoiou na janela do carona.

Eles pararam na frente dos correios.

Ivy tentou não chorar quando desceu do carro e pôs as cartas para a srta. Delgado e Araceli na caixa de coleta. Algumas lágrimas rolaram mesmo assim. Antes de entrar no carro de novo, ela deu uma última olhada em La Colonia, agora um leve borrão na neblina densa.

Papa avançou o carro na direção da rodovia 99, apertando os olhos para o pouco que conseguia enxergar à frente. "Em dezembro do ano passado nós viemos para Fresno. Tinha neblina naquela época. Tem neblina agora. Nada mudou."

Ivy continuou olhando para a frente. Embora Papa estivesse falando sobre o tempo, como podia dizer uma coisa dessas? Tudo havia mudado, inclusive ela. Ela podia até apontar o dia exato, três meses atrás, quando sua vida ficou diferente.

O DIA 8 de setembro havia começado como tantos outros primeiros dias de aula: um professor novo, uma sala nova e um frio na barriga.

Como sempre, Fernando insistiu em levá-la até a escola, segurando a mão dela enquanto caminhavam pela estrada rural, com plantações de uva de um lado e amendoeiras do outro. "Quero que todos vejam que tem um irmão mais velho e protetor", disse ele. "Além disso, preciso lhe contar uma coisa. Pode guardar segredo?"

Ivy fez que sim. "Adoro segredos."

"Hoje é um dia importante. Sabe por quê?"

"Porque é o seu aniversário. E é o meu primeiro dia no quinto ano."

"Tem outra coisa. Você se lembra do que aconteceu em dezembro passado, no dia que chegamos a Fresno?"

"Ninguém consegue esquecer", disse ela. "Pearl Harbor." Era domingo, e eles tinham acabado de sair da Igreja de Nossa Senhora dos Milagres quando um homem veio correndo na direção deles, agitando os braços e gritando. Os Estados Unidos tinham sido atacados por bombas japonesas no Havaí. Papa apressou a família para voltar para casa. A tarde toda eles ficaram em volta do rádio.

Fernando apertou a mão dela. "Você se lembra que o presidente Roosevelt declarou guerra no dia seguinte, e eu disse que queria me alistar?"

Ela fez que sim. Ele e Papa ouviam as notícias todas as noites. Até naquele momento Fernando tinha de volta uma expressão característica nos olhos: uma ansiedade, uma frustração, uma vontade de *fazer* alguma coisa. "Sim. Mas Mama disse que a guerra vai acabar antes de você ter idade suficiente para..." Quando ela percebeu o que tudo aquilo significava, ela parou e olhou para ele. Era seu aniversário de *dezoito* anos. "Nando?"

Ele se ajoelhou na frente dela e segurou suas mãos, olhando bem nos olhos dela. "Vou hoje à tarde com dois amigos me alistar no Exército. Mas preciso da sua ajuda. Não sei quanto tempo vai levar e não quero que Mama e Papa se preocupem. Se eles perguntarem onde estou esta tarde, você pode dizer a eles que fui levar alguém até o trem? Não é mentira. Vamos deixar alguém na estação no caminho. E diga a eles que estarei em casa para jantar. Pode fazer isso?"

Ivy não gostou deste segredo. Tinha um gosto estranho. Mas ela concordou. "Em quanto tempo você acha que vai embora?"

"Cerca de três semanas, acho." Ele a abraçou e eles continuaram andando. "Eu contarei a eles hoje à noite. Então não diga *uma palavra* até lá."

No restante do trajeto até a escola, Ivy ficou quieta, tentando compreender o que aquilo significaria para sua família.

Fernando e seus amigos não disseram que conheciam pessoas que tentaram se alistar, mas foram recusadas por não estarem aptas para o serviço militar? Talvez acontecesse o mesmo com Fernando. Afinal de contas, guerra era um negócio para homens — para *soldados* —, não para um garoto implicante, que puxava as tranças dela e brincava de esconde-esconde. Fernando era calado e delicado. Ele desmontava coisas e as montava de volta para ver como funcionavam. Ele consertava coisas quebradas e muitas vezes pedia a Ivy para ser sua assistente e lhe entregar as ferramentas. Ele era um *curioso*, não um *lutador*. Ivy tinha certeza de que o Exército logo veria que ele não servia para guerrear.

Mesmo assim, o segredo a importunou o dia inteiro.

Sua nova professora, a srta. Delgado, tinha o rosto redondo com bochechas rosadas e cabelos curtos e encaracolados. Durante o tempo em que ela demarcou as carteiras, revisou as regras da sala e deu as aulas, Ivy ficou preocupada com a reação que Mama e Papa teriam com as notícias de Fernando. Será que ficariam com raiva? Decepcionados? Será que poderiam proibi-lo de ir?

Uma hora antes do último sinal, Ivy olhou pela janela, vendo três esquilos subindo e descendo de uma árvore ao lado da sala, ainda pensando em Fernando. A srta. Delgado bateu palmas para despertar a atenção de todos e os chamou para se sentarem no chão.

A professora segurava uma caixa no colo. "Tenho uma surpresa para vocês. Nossa estação local de rádio está fazendo uma promoção para arrecadar dinheiro para o esforço de guerra *e* para ajudar a nossa escola." Ela ergueu um livreto de selos. "Quando juntarmos selos de guerra suficientes para encher este livro, nossa turma será convidada para se apresentar *no rádio*.

Todos os olhos se arregalaram.

"Vocês podem comprar selos de guerra por dez centavos em muitas lojas", explicou a srta. Delgado. "Depois que o livro tiver pouco mais de dezoito dólares no total, ele pode ser trocado por um título de capitalização que, em dez anos, valerá 25 dólares para nossa escola."

"O que iremos cantar?", perguntou alguém.

A srta. Delgado balançou a cabeça. "Outras turmas vão cantar. Nossa turma fará uma coisa mais especial." Ela abriu a caixa e tirou de dentro uma gaita brilhante. "Estas foram doadas a mim. Estão restauradas como se fossem novas, e há uma para cada um de vocês de presente. Vou ensiná-los a tocar. Espero que possamos fazer um belo som juntos."

Todos aplaudiram e gritaram.

Um a um, a srta. Delgado chamou os nomes para que cada aluno pudesse escolher uma gaita na caixa. Quando chegou sua vez, Ivy olhou lá dentro. O sol da tarde que entrava pelas janelas refletiu em uma das gaitas, fazendo-a brilhar mais forte. Os desenhos complexos gravados na placa de cobertura pareciam diferentes dos outros, como se fossem mais fundos e, de alguma maneira, mais sofisticados. Ivy pôs os dedos em volta dela.

Ao voltar para seu lugar, ela examinou a gaita e passou o dedo sobre o pequeno **M** vermelho pintado em uma borda. Será que as outras gaitas tinham letras? Será que o antigo dono desta gaita tinha um nome que começava com a letra M?

A srta. Delgado lhes ensinou a soprar e a inspirar pela gaita para fazer sons com as diferentes notas. Ela deu a cada um deles um livreto, *A Gaita Facilitada*, e lhes ensinou a acompanhar a tablatura para gaita de "Brilha, Brilha, Estrelinha". A sala logo foi tomada por uma confusão sonora. A srta. Delgado deu batidinhas com a vareta do quadro-negro para aquietá-los. "Vamos tentar juntos."

Ivy se concentrou, seguindo as notas acima das palavras. Desde a primeira frase, sua gaita se destacava das outras... *lá em cima flutuar...* límpida e ressoante, de timbre espantoso e sedoso... *com diamantes a brilhar...* Ela fechou os olhos e se sentiu flutuar na noite mais escura, entre os cristais cintilantes... Uma a uma, as crianças pararam de tocar para escutar, até Ivy ser a única que continuou tocando. Ela abriu os olhos. Quando percebeu que a turma inteira estava olhando para ela, parou.

"Ivy, você toca algum instrumento musical?", perguntou a srta. Delgado.

Ela balançou a cabeça, constrangida.

"Isso foi *lindo*. Você tem um dom, um verdadeiro talento para a música. Imagino que consiga aprender qualquer instrumento se tentar."

Ivy sentiu as bochechas corarem de orgulho.

A srta. Delgado se virou para a turma. "Quero que todos pratiquem em casa. E comecem a economizar moedas para os selos de guerra."

No entanto, Ivy só conseguia ouvir o que ela dissera antes, repetindo em sua mente: *Você tem um dom, um verdadeiro talento para a música.*

A srta. Delgado podia não saber, mas havia plantado uma semente que não pararia de crescer. Mama tinha talento para costura e para jardinagem. Papa tinha talento para irrigação e supervisão. Fernando tinha talento para saber como as coisas funcionavam e consertá-las. Agora Ivy também tinha um talento. Será que estava dentro dela esse tempo todo, apenas esperando para ser descoberto?

Após a escola, ela estava agradecida por ter a gaita para mostrar à Mama e ao Papa e o programa de rádio e os livros de selos para discutir, para distraí-la do segredo de Fernando enquanto Mama preparava o jantar de aniversário dele.

Quando finalmente chegou em casa, ele pareceu até mais alto ao anunciar: "Entrei para o Exército. Quero proteger nosso país contra a Alemanha, a Itália e o Japão. É o meu *dever* como americano".

Papa lhe deu um tapinha nas costas, parecendo orgulhoso e resignado. Mama chorou. Mesmo depois que Fernando a abraçou e a tranquilizou, ela não conseguiu parar. Então ele pediu a Ivy que tocasse a música que aprendera na gaita para amenizar o clima. Mais uma vez, aquele som caloroso e puro pareceu assustar todos eles. As lágrimas de Mama até pararam.

DURANTE AS três semanas seguintes, Fernando implorou para ouvir músicas todas as noites.

"Por favor, Ivy. Pago um centavo por concerto e não puxarei suas tranças."

Ivy ficava feliz em acatar o pedido, surpreendendo até a si mesma pela rapidez com que aprendia. Ela mal precisava olhar para o livreto. Em todos os momentos livres ela praticava. Quanto mais tocava, mais a gaita parecia preenchê-la com uma coragem e uma confiança que jamais sentira antes.

Aquelas foram noites felizes, cheias de lembranças doces — todos eles em volta da mesa de jantar, Fernando deleitando-se com a música e cantando junto, Mama e Papa tomando seu café demoradamente, rindo e, às vezes, batendo palmas e cantando também, todos eles apegados àquela união.

Uma noite antes de Fernando e seus dois amigos partirem para o treinamento básico, ele trouxe o casaco para Ivy. "Pode usá-lo até eu voltar."

"Mas Nando, está fazendo 27 graus lá fora."

Ele o colocou sobre os ombros dela. "Vai me agradecer no inverno, quando estiver congelando até os ossos. Lembra-se do que você faz quando está frio e seus cobertores caem no inverno?"

Ela fez que sim. "Eu sempre chamo você. E você sempre se levanta da cama e me cobre de novo."

"Pois é, não vou mais estar aqui para fazer isso. Então vou ter que aquecê-la com o meu casaco. Se usá-lo para dormir ele não vai sair."

Ela riu. "É capaz de eu usá-lo. Mas não para dormir."

Fernando pôs o braço em volta dela. "Não importa, quero que saiba que ainda estou cuidando de você e mantendo-a aquecida e protegida, mesmo de longe."

O peso da partida dele se abateu sobre os dois.

"Quem vai consertar coisas quando estiver fora?", indagou ela.

"*Você* vai ter que consertar as coisas agora. Ivy, quando eu estiver fora, você precisa ser um bom soldado para Mama e Papa."

"Mas eu não sei consertar coisas. Não tenho ferramentas."

"Existem outras maneiras de consertar coisas. Quando eu estiver longe, nossa família vai estar um pouco fragilizada. Estou contando com você para mantê-la unida. Você é inteligente. Continue se saindo bem na escola. Será uma coisa a menos para Mama e Papa se preocuparem enquanto eu estiver na guerra. Você é talentosa. *De verdade.* Você viu como sua gaita nos trouxe alegria nessas últimas semanas. Continue tocando. Mais do que nunca, Mama e Papa vão precisar de um pouco de alegria em suas vidas. Você é carinhosa. E Mama e Papa vão precisar desse tipo de apoio também, especialmente se minhas cartas demorarem a chegar. Ou se acontecer alguma coisa comigo. Então você tem, sim, as ferramentas. Vai fazer isso por mim, não vai? Consertar as coisas enquanto eu estiver fora e manter nossa família unida?" Ele ergueu o dedinho para que ela selasse a promessa.

Ela enganchou o dedinho no dele. "Mas não vai acontecer nada com você, certo?"

"Não se eu puder evitar." Fernando abriu a outra mão e lhe ofereceu um centavo. "Mais uma música antes de eu partir?"

Ela pegou a moeda, pôs no bolso do casaco com zíper e começou a melodia da letra que dizia: *Sobre o monte, sobre o vale, até chegar à estrada de terra. E as carretas vão passando.* Em sua mente, ela viu uma floresta escura, onde Fernando corria entre espinheiros e cardos, sozinho e assustado, com dificuldade para encontrar a saída. Uma sombra ameaçadora o perseguia. O medo fez sua respiração se acelerar. Ela largou a gaita, deixando-a cair com um barulho. "Tenha cuidado, Nando", disse ela, enfiando a cabeça nos braços dele.

Após o treinamento básico, os amigos de Fernando voltaram para casa, com a cabeça raspada, os braços musculosos e os rostos cansados. Suas famílias os encheram de comida caseira e afeto. Fernando, porém, nunca voltou. Ele foi direto para o treinamento avançado. O Exército achou que ele servia perfeitamente para a guerra, no fim das contas.

Ivy e sua família aprenderam a viver como tantas outras — de carta em carta.

Sua turma encheu o livro de selos e foi convidada a se apresentar na *Hora da Família Colgate*. Juntos, eles tocariam "Auld Lang Syne". Em seguida haveria um solo de "América, a Bela". Quando a srta. Delgado escolheu Ivy para o solo, ela chorou de entusiasmo com tudo aquilo e na mesma hora escreveu a Fernando para lhe contar.

POR MAIS DE três horas, a caminhonete se arrastou pela rodovia 99, atrás das lanternas vermelhas e enevoadas dos carros à frente deles, pois a neblina ainda estava espessa como uma sopa.

Papa diminuiu a marcha e o motor gemeu quando a picape começou a subir a montanha devagar.

"Quanto tempo falta?", perguntou Ivy.

"Mais algumas horas. Primeiro, precisamos atravessar as montanhas e passar por Los Angeles. Vamos parar em breve para esticar as pernas."

A caminhonete continuou subindo. A neblina diminuiu e o mundo se iluminou.

Em um instante mágico — como se alguém tivesse tirado um véu cinza de cima de suas cabeças —, o céu azul os assustou e as pontas das montanhas se projetaram, radiantes e úmidas com o clarão do sol.

Papa estava certo a respeito de uma coisa.

O clima era melhor.

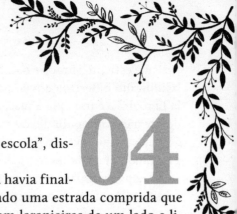

04

"Olhe, Ivy. Deve ser sua nova escola", disse Mama.

Já era o fim da tarde e Papa havia finalmente saído da rodovia e pegado uma estrada comprida que se estendia até o horizonte, com laranjeiras de um lado e limoeiros do outro. Ele diminuiu a velocidade ao passar por uma cidadezinha e parou em frente a um prédio térreo de estuque branco, com uma placa que dizia: ESCOLA LINCOLN.

Um grupo de palmeiras demarcava os cantos da frente do terreno. Gramados bem cuidados rodeavam o prédio. Gerânios enchiam as floreiras sob as janelas, e roseiras, algumas florindo, ladeavam a passarela que dava nos degraus da frente.

"É mais verde e bonito aqui, não é?", disse Papa, abaixando o vidro e apoiando o cotovelo para fora. Um cheiro cítrico perfumou o interior do carro. "Não é tão marrom e cinza como o vale no inverno. Uma terra de sol e flores, até em dezembro."

Ivy não tinha argumentos contra isso.

Ela leu a faixa afixada a duas janelas de sala de aula: QUINTO E SEXTO ANO, ENTREM PARA A ORQUESTRA LINCOLN. COMEÇA EM JANEIRO!

"Orquestra?", disse Ivy. Nenhuma de suas outras escolas tinha orquestra. Até mesmo a palavra, assim como a escola, parecia linda e bem cuidada. Ela imaginou que a maioria dos alunos que se inscrevia já devia fazer aulas de música e tinha um instrumento. Ainda assim, uma orquestra!

À medida que Papa continuou dirigindo, Ivy esticou o pescoço para olhar para o parquinho lá atrás: uma área asfaltada pintada com quatro quadrados grandes, amarelinha e uma cesta de basquete. Do outro lado havia um campo de grama com telas para beisebol e kickball.

"Tem *certeza* de que esta é minha escola?"

Papa esticou o braço e bateu no envelope grande no painel. "Guillermo e Bertina enviaram a documentação para a escola Lincoln, e é isso que a placa diz." Ele a cutucou, sorrindo.

Ivy não conseguiu deixar de sorrir também.

Papa dirigiu mais alguns quilômetros e virou em uma longa estrada de terra no meio de um laranjal. "Ali!"

Ele apontou para uma área sem árvores onde havia uma casa feita de tábuas no centro. Ela tinha uma varanda frontal, do tamanho exato para as duas velhas cadeiras de balanço que esperavam para ser ocupadas. As portas de celeiro da garagem não se encontravam totalmente no meio. E tanto a casa quanto a garagem precisavam de uma nova demão de tinta, mas eram maiores e mais acolhedoras do que o bangalô em Fresno.

Eles desceram da picape, esticaram-se e caminharam em volta da propriedade. O quintal tinha uma cerca antiga cujas estacas não se decidiam para qual lado pender. Em uma faixa ensolarada do lado da casa, dois grandes postes em formato de T ficavam um de frente para o outro, com cordas de varal amarradas entre eles. Os canteiros de flores estavam cheios de íris, com as folhas amareladas e marrons.

Papa pegou um mapa feito à mão no envelope e o estudou. Ao levantar a cabeça, ele apontou para o meio das fileiras de laranjeiras, no mesmo lado da estrada. "Através do laranjal, dá para ver a casa do proprietário ao longe."

"Ele tem filhos?", perguntou Ivy.

"Um rapaz um pouco mais velho que Fernando. Está na Marinha. E duas meninas perto da sua idade. Mas elas não estão aqui agora..."

Ivy sentiu o coração pular. Pelo menos havia meninas da sua idade. Ela esperou que pudessem ser amigas. Ela sabia que nunca mais seria tão amiga de ninguém quanto de Araceli, mas pelo menos teria alguém. "Elas vão voltar logo, Papa? Estão de férias? Vamos para a escola juntas?"

Papa olhou para Mama, mas não respondeu. Ele estava ocupado desamarrando a mala de Ivy. Quando a entregou para ela, a menina sentiu que havia algo que não estavam lhe contando. Mas o quê?

Antes que ela pudesse fazer outra pergunta, Mama pegou sua mão e a levou até a casa. Elas entraram pela varanda dos fundos, fechada por uma tela. Havia uma lavadora com uma bacia redonda em um canto. Dela saía um fio pela lateral que se ligava ao espremedor acima dela, como dois rolos de massa gigantes, um em cima do outro, por onde a roupa molhada passava. Mama sorriu. "Não teremos que esfregar as roupas em uma tina de metal. Que luxo!"

Elas entraram na casa, passando de cômodo em cômodo. "Tem o necessário: mesa e cadeiras, camas, um sofá na sala", disse Mama. "E temos o resto na caminhonete. É simples, mas limpinha. Tem a sensação de casa."

Era verdade. E não dava para não perceber a alegria na voz de Mama. Talvez vir para cá fosse deixá-la feliz, e ela não se preocuparia tanto com Fernando. Ao continuar a visita pela casa, espiando cada cômodo, Ivy sentiu os próprios ânimos se elevarem.

Elas chegaram ao menor dos três quartos, que tinha uma cama de solteiro com cabeceira de metal e colchão. As paredes estavam cobertas com papel de parede desbotado com estampa de videiras verdes e minúsculos botões cor-de-rosa.

Mama disse: "E este é o seu quarto".

Ivy olhou para Mama. "Meu *próprio* quarto?" Ela sempre teve que dividir com Fernando. Tentou imaginar um quarto só seu, sem duas camas de solteiros lado a lado, ou uma penteadeira cheia de troféus de basquete de Fernando, sem ter que compartilhar as gavetas e o armário. "Mas Mama, você não precisa de um quarto para costurar?"

Mama sorriu. "Vou montar a máquina no quarto de Fernando até ele voltar da guerra. Acho que vou gostar de costurar ao lado das coisas dele."

Papa apareceu, carregando a pequena cômoda de três gavetas. Ele a colocou encostada a uma parede e tocou o ombro de Ivy. Antes de sair para continuar a descarregar, ele sorriu e disse: "Não falei que tudo seria melhor?".

Ivy caminhou pelo quarto. Ela se balançou no colchão, olhou dentro do armário e para fora da janela, para as muitas fileiras de laranjeiras que rodeavam a casa. Ela pensou em sua nova escola e ficou tentada a acreditar em Papa, principalmente com Mama cantarolando na cozinha e ele assoviando enquanto carregava caixas, parecendo mais felizes do que ficavam em meses. Ivy deixou um pouquinho de felicidade entrar no seu coração também. Nunca na vida, de todos os lugares que já tinham morado, ela teve seu próprio quarto.

Ela tirou a gaita do bolso e tocou a melodia de *A navegar, a navegar, pelo oceano ondeante...* E, em sua cabeça, ela viajou para sua própria ilha particular, rodeada por um oceano verde-claro com peixes dourados e gorduchos balançando-se nas ondas.

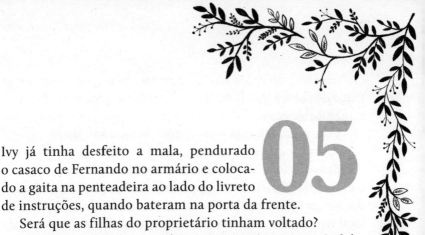

05

Ivy já tinha desfeito a mala, pendurado o casaco de Fernando no armário e colocado a gaita na penteadeira ao lado do livreto de instruções, quando bateram na porta da frente.

Será que as filhas do proprietário tinham voltado?

Ivy correu até a porta e a abriu, e Mama apareceu atrás dela.

Uma mulher e uma menina estavam nos degraus. A mulher estava com o vestido de domingo, apesar de ser quinta-feira, um chapéu que parecia um bote de cabeça para baixo e um casaco de lã. Ela estava segurando uma pilha de tecidos pretos nos braços. A menina parecia ter a idade de Ivy! Ela estava de casaco e vestido do mesmo tom de azul, e seu cabelo estava penteado de lado e preso com um laço azul. Com seus cabelos pretos, pele clara e olhos da cor de folhas verde-escuras, ela se parecia com uma boneca de porcelana na vitrine de uma loja de brinquedos.

Atrás delas, um Buick enorme estava estacionado na entrada. Um homem corpulento de cabelos claros e curtos ficou de pé ao lado da porta do motorista. Suas mãos estavam para trás, com os cotovelos para fora, e seus pés plantados e separados, como um soldado ficava.

"Olá", disse Mama.

"Boa tarde. Sou Joyce Ward", disse a mulher. "E esta é minha filha, Susan. A senhora é...", ela olhou para um pedaço de papel na mão, "a sra. Lopez?"

"Sim, sou Luz Lopez", disse Mama.

"Bertina disse que chegaria logo. Estávamos passando, vindo da cidade para casa, vimos sua caminhonete e paramos. Ela lhe escreveu? Sobre lavar e passar?"

"Ah, sim", disse Mama. "Às quartas, eu pego as roupas e as trago de volta para cá. Às sextas, eu as levo para sua casa e terminamos de passar."

"Isso mesmo. E está de acordo?", disse a sra. Ward.

Mama fez que sim. "É claro. Qual o endereço?"

"Estamos logo ali, descendo a estrada e virando a esquina na alameda Blanchard. É a casa alta, branca com telhado verde. Na parte de trás, nossos campos são colados, mas é mais fácil dar a volta de carro. Estou tão aliviada. Estava perdida sem Bertina. É que eu tenho artrite e é difícil levantar o ferro. E as roupas estão acumulando."

"Posso passar lá e pegar algumas coisas antes de quarta--feira, se quiser."

"Pode mesmo?", disse a sra. Ward. "Seria uma bela ajuda."

Mama sorriu. "Sim, claro. Amanhã à tarde..."

Ivy pigarreou.

Mama pôs a mão no ombro dela. "Esta é minha filha, Ivy. Nosso filho, Fernando, está no Exército."

Ivy percebeu o rosto da sra. Ward enrijecer. "Vamos rezar pela proteção dele."

"Obrigada", disse Mama. "Tenho uma pergunta. Ivy vai entrar na escola Lincoln, quinto ano. Preciso entregar a papelada dela para que possa começar. Sabe onde ela vai pegar o ônibus?"

"No final da sua rua", disse a sra. Ward. "Eles pegam a Susan às oito horas e sua parada é a próxima. Se entregar os documentos dela na secretaria amanhã, imagino que ela já possa começar na segunda. Só tem mais uma semana de aula antes das férias de Natal, mas pelo menos ela pode ir se adaptando. Vocês provavelmente viram a escola no caminho para cá."

Susan se aproximou de Ivy e sorriu. "Estou no quinto ano também. Vamos nos ver todos os dias."

Ivy sorriu de volta e acenou com a cabeça, aliviada por ter um rosto familiar no seu primeiro dia. Ela nunca havia começado em uma escola nova sem Fernando ao seu lado.

"Vou guardar lugar para você no ônibus", disse Susan.

A sra. Ward passou a pilha de tecido preto para Mama. "Isso é para a senhora. Meu marido é militar aposentado e presidente da osc da região, Organização de Segurança Civil. São cortinas de blecaute para suas janelas. Todos precisam usá-las depois que escurece."

"Para que os japoneses não vejam a costa Oeste dos Estados Unidos e nos bombardeiem", disse Susan. "Com um pontinho de luz que seja, os aviões deles conseguem ver a Califórnia."

Ivy pegou a mão de Mama e a apertou. Será que estavam em perigo?

Susan deve ter sentido o nervosismo dela. "Ah, não se preocupe", disse ela. "Meu pai diz que estamos em perfeita segurança, contanto que todos usem as cortinas."

"Se tiver interesse", disse a sra. Ward, "sou voluntária da Cruz Vermelha nos domingos à tarde, enfaixando e fazendo curativos nas tropas. Estamos sempre precisando de voluntárias."

Mama concordou. "Acho que gostaria muito disso."

A sra. Ward olhou para o carro lá atrás e abaixou a voz. "E pode trazer Ivy sempre que for lá em casa. Seria uma companhia para Susan."

Os olhos de Susan se arregalaram. "Promete vir amanhã com sua mãe?"

Ivy assentiu. "Está bem."

A sra. Ward olhou novamente para trás. O sr. Ward começou a andar para lá e para cá perto do carro. Por que ele não veio até a porta se apresentar?

A sra. Ward pegou a mão de Susan. "É melhor a gente ir."

Ivy as observou caminhando até o carro.

O sr. Ward deu a volta na frente do carro para abrir a porta do carona para a esposa, e depois a porta de trás para Susan. Após elas entrarem, ele fechou as portas, pôs as mãos nos quadris e fez um breve aceno na direção de Mama e Ivy, franzindo o rosto.

Quando o carro se afastou, Ivy disse: "Mama, o sr. Ward não parece muito simpático".

"Não", concordou Mama. "Muito pelo contrário. Mas as aparências enganam. Quando alguém faz uma cara dessas, muitas vezes está escondendo um motivo que não conseguimos enxergar."

Ivy observou o carro até desaparecer. O que o sr. Ward poderia estar escondendo?

06

"Por que não pude ir com Mama até a escola?", Ivy perguntou a Papa na manhã seguinte, enquanto caminhavam pelo laranjal.

"Ivy Maria, já conversamos sobre isso", disse Papa.

"Mas *por que* eu preciso ir com você até a casa do proprietário? Você disse que as filhas dele nem vão estar lá para eu me apresentar. Não é mais importante eu conhecer a minha professora nova?"

"Mama vai apenas deixar os documentos na secretaria e confirmar se você pode começar na segunda-feira. Os alunos e professores estão em aula. E, depois, ela tem coisas para fazer e não sabemos quanto tempo isso vai levar. Quis trazer você comigo para poder explicar algumas coisas..."

Ivy pegou a gaita no bolso do casaco de Fernando e começou a tocar "My Country, 'Tis of Thee". Antes de terminar, ela parou e disse: "Papa, você acha que a minha professora nova vai ser tão encantadora quando a srta. Delgado? A srta. Delgado era como uma rainha que vivia em um castelo. Nós éramos seus súditos e todos os dias ela abria uma caixa de tesouros e nos dava joias..."

Papa fez uma careta para ela. "Ivy, chega desse faz de conta. Está ficando bem grandinha para isso. E você me interrompeu. Não me ouviu dizer que precisava lhe explicar algumas coisas? Agora guarde esse brinquedo."

Ivy sentiu a aguilhoada daquelas palavras e pôs a gaita de volta no bolso. "Desculpe, Papa. O que queria explicar?"

Papa continuou caminhando até eles saírem das árvores, e, em seguida, abriu o braço na direção de uma casa dilapidada. A grama estava marrom pela falta d'água. As plantas dos canteiros murcharam e o chão estava cheio de ervas daninhas. Tábuas foram pregadas por cima da porta da frente e de todas as janelas. A varanda e o parapeito de madeira que cercavam a frente e um dos lados da casa estavam cobertos de poeira e sujeira.

"Papa, o que aconteceu?"

"Você se lembra da primavera passada, quando todas as crianças japonesas saíram da sua escola em Fresno?"

Ivy fez que sim. "A srta. Delgado disse que eles tiveram que ir para um acampamento especial, porque estávamos em guerra com o Japão." Num dia, sua sala estava cheia e todas as carteiras ocupadas. No outro, a turma tinha metade do tamanho.

"Foi isso que aconteceu com o dono e sua família", disse Papa. "Os Yamamoto são japoneses. O governo os chama de 'inimigos dos Estados Unidos'. Há centenas de fazendas como esta na Califórnia, cujos donos foram confinados em um acampamento. Se as contas não forem pagas todo mês, os donos vão perder tudo. É por isso que estou aqui."

"Está aqui para salvar a fazenda deles?", perguntou Ivy.

Papa assentiu. "Vou cuidar dela enquanto o sr. Yamamoto estiver fora. Pagarei as contas, tirarei um salário para mim e guardarei os lucros para ele. Em troca, quando a guerra terminar, ele vai me manter aqui como supervisor e me transferir a casa e o terreno onde ela está. *Para o meu nome*." Papa disse as palavras como se estivesse rezando.

Para o nome dele. Isso significava *ficar* e não ir embora, nem mesmo depois de um ano. E havia motivos para ficar: uma escola com orquestra, seu próprio quarto, Fernando voltando para uma casa de verdade, talvez até amigas.

"Em algumas semanas, o filho do sr. Yamamoto, Kenneth, terá permissão de me trazer os documentos", disse Papa. "Se ele gostar de mim e da maneira que estou cuidando da propriedade, assinaremos um acordo que dá esperanças às duas famílias. Isso quer dizer que o nosso futuro está atrelado ao futuro deles."

"Se o filho pode sair do campo dos japoneses para vir aqui, por que eles todos não vêm?"

Papa balançou a cabeça. "Kenneth não está no acampamento. Ele é oficial da Marinha americana. Tradutor. Só vai tirar uma rápida licença para cuidar dos negócios do pai."

"Os pais e as irmãs dele são inimigos, mas ele não é?"

Papa sacudiu a cabeça. "Não consigo entender como nenhum deles seria inimigo. A fazenda é da família há quarenta anos. O sr. Yamamoto lutou pelos Estados Unidos na Primeira Guerra."

"Então por que mandaram eles embora?"

"São ótimas perguntas, Ivy, mas, para algumas perguntas, não há respostas boas." Ele foi em direção ao quintal.

Ivy foi atrás, com a cabeça se enchendo de outras dúvidas. "E se as outras famílias japonesas não encontrarem alguém como você para cuidar das fazendas delas?"

"O banco as venderá por muito menos do que valem. E tem muita gente que quer comprar os terrenos. O sr. Ward, o vizinho, é um desses. Ele já comprou três fazendas da região. Ele fez uma oferta ao sr. Yamamoto, que recusou."

Será que era isso que o sr. Ward estava escondendo? Que ele queria a fazenda Yamamoto e não podia tê-la? Será que estava com raiva de Papa por ter vindo salvá-la?

Eles caminharam até a lateral da casa, onde antes havia uma grande horta. Treliças de arame seguravam tomateiros murchos com frutas podres. Atrás da horta havia um galpão de madeira com uma janela.

Do bolso interno do casaco, Papa tirou o envelope que Guillermo enviara e o virou. Um grande chaveiro com uma dúzia de chaves caiu em sua mão, junto com outros dois chaveiros menores, cada um com uma única chave. "Cópias do galpão e da casa." Ele experimentou diversas chaves no cadeado do galpão, até que a chave certa o destrancou. Quando abriu o portão, uma das dobradiças caiu. "Amanhã eu conserto", disse Papa.

Ivy olhou o interior enquanto Papa fazia o inventário de pás, ancinhos e enxadas. Chapéus de palha com abas largas estavam pendurados em pregos. Uma caixa de madeira guardava pacotes de sementes. Porém, foi o carrinho de mão de tamanho infantil que apertou o coração de Ivy. Ele estava cheio de pequenas espátulas, chapéus de sol e panelinhas de barro, uma dentro da outra. Ela imaginou as duas meninas acompanhando o pai, plantando sementinhas na horta. Plantas que talvez elas nunca vissem crescer.

Quando Papa terminou de inspecionar as ferramentas, ele fechou o galpão o melhor que pôde e eles foram em direção à casa. Ivy se assustou ao chegar à porta dos fundos. Alguém tinha pintado as palavras:

JAPAS! INIMIGOS AMARELOS!

"Papa, que horror!"

Papa sugou o ar entre os dentes cerrados. "Não gosto dessas palavras."

"Papa, o filho deles ficará magoado se vir isto. Ele não ficaria satisfeito. Devemos pintar por cima."

"Que bom que pensa assim. É exatamente o que devemos fazer. Precisamos olhar dentro da casa também, mas vai demorar um pouco para conferir as coisas deles. Talvez Mama possa fazer isso semana que vem."

"Procurando o quê?"

"Quando uma casa fica fechada muito tempo, é sempre bom verificar se há vazamentos ou ninhos de roedores, e certificar-se que todas as janelas estão bem fechadas para que não entrem esquilos ou pássaros." O homem balançou a cabeça para o que fizeram com a porta.

Ivy estendeu o braço e tocou nas palavras raivosas. "Papa, quem seria capaz de fazer uma coisa dessas?"

"Acho que muita gente. Li no jornal que alguém ateou fogo no prédio onde ficava a igreja japonesa. E alguém quebrou todas as janelas da lavanderia japonesa. É uma questão de registro esses prédios ainda serem propriedade dos japoneses.

A mesma coisa com esta fazenda. As pessoas sabem que o sr. Yamamoto não vendeu."

Ivy ficou preocupada. "Isso é seguro para você, Papa? As pessoas não vão ficar aborrecidas por estar trabalhando aqui?"

"Acho que não. Fazendeiros estão em falta. Sabe como o governo nos chama agora? Soldados dos alimentos. Nós precisamos plantar comida não só para o país, mas também para os soldados. É por isso que o governo quer que as famílias façam hortas de guerra. Para aliviar a carga dos fazendeiros. Durante a guerra, cada americano é uma espécie de soldado. O governo faz até os nipo-americanos dos acampamentos plantarem nos terrenos ao redor."

"Mas Papa, os Yamamoto não podiam ser soldados dos alimentos em seus próprios campos?"

Ele suspirou, mas não respondeu. Apenas retirou uma fotografia do envelope e a examinou.

Ivy chegou mais perto para ver melhor. Era um retrato do sr. e da sra. Yamamoto e sua família. Eles estavam em frente a uma igreja. Ele tinha óculos de aro escuro. Ela usava um vestido com gola de renda branca. Kenneth já era um pouco mais alto que seu pai. As duas meninas, de cabelos curtos estilo pajem e franjas lisas, usavam vestidos de domingo e sapatos boneca. A mais nova estava com a cabeça inclinada para sua irmã, sorrindo e segurando uma boneca adorável. Ivy não sabia bem que aparência tinham os inimigos, mas imaginava que não se pareciam com aquela família.

Ela apontou para a boneca. "Acha que a deixaram levar com ela?"

Papa fez que sim. "Provavelmente. Eles podiam levar o que conseguissem carregar nos braços, mas nada além. Agora é nosso trabalho proteger o que deixaram para trás, até eles voltarem."

De repente, Ivy se sentiu culpada por reclamar a respeito de arrumar as coisas e sair de Fresno tão de repente. Pelo menos ela pôde ir para aquele lugar — para uma casa que um dia poderia ser deles — enquanto as meninas Yamamoto estavam em um campo apenas com o que puderam carregar.

Ivy foi atrás de Papa, voltando pelo caminho por onde vieram, e parou em frente a uma parte da casa, coberta do chão ao beiral com uma estrutura de madeira pregada por cima de tábuas. Trepadeiras verdes subiam em profusão confusa, com pontas caídas para os lados.

Ivy franziu o rosto. "Precisa de uma poda, Papa."

Ele analisou a treliça. "Concordo. No entanto, o sr. Yamamoto pediu na carta que eu a deixasse crescer e preencher os espaços. Ele é bem específico, sem dúvida. Mas dá para ver que ele ama sua fazenda. Vou fazer como ele pediu."

"Com as janelas todas tapadas, a casa parece constrangida e triste, Papa. Igual a um cachorro quando fica envergonhado."

"Sim", disse Papa. "A casa está muito triste."

Eles desceram em direção a uma estrutura de madeira de três lados, perto da estrada. Um banco bambo estava apoiado na parede dos fundos com uma mesa empenada na frente.

"Esse é o ponto de ônibus?", perguntou Ivy.

Papa balançou a cabeça. "É a banquinha da sra. Yamamoto. Ela vende laranjas na primavera e verduras no verão."

Enquanto Papa a inspecionava, Ivy tirou a gaita do bolso e tocou "Skip to My Lou". Ela olhou para a casa lá atrás e, em sua cabeça, viu um lugar diferente em uma época diferente: uma casa recém-pintada com cortinas de renda nas janelas. Um gramado verde e bem cuidado, onde havia um piquenique montado sobre uma toalha antiga. E as meninas Yamamoto, de mãos dadas, dançavam em roda com a boneca. *Skip, skip, skip to my Lou. Skip to my Lou, my darling*. Elas dançaram até ficarem tontas e caírem na grama, às gargalhadas.

Ivy baixou a gaita, sabendo que as filhas dos Yamamoto seriam suas amigas... se não tivessem sido mandadas embora.

07

A casa dos Ward parecia ter saído de um livro de história, em vez de pertencer a um laranjal.

Ela era grande e branca, com telhado bem íngreme, e tinha dois andares. Cercas verdes envolviam a varanda e contornos rebuscados circundavam os beirais e as janelas. Formal e limpa, a casa ficava num terreno gramado, onde os canteiros foram arados e floridos com gerânios. Ao contrário da casa dos Yamamoto, não havia uma única folha morta, erva daninha ou botão murcho maculando o quintal. Duas pequenas bandeiras ficavam penduradas lado a lado na janela da frente. Ambas tinham o centro branco, borda vermelha e uma estrela no centro; uma com estrela azul e a outra dourada.

"Mama, a casa... é linda", disse Ivy ao saírem da caminhonete naquela tarde para pegar as roupas para passar.

"É uma graça, não é?", disse Mama.

Elas caminharam pela entrada até a porta. Ivy cochichou. "E se o sr. Ward estiver aqui?"

"Seja educada. E lembre-se de que nem tudo é o que parece. Tenho certeza de que ele não é tão hostil por dentro quanto aparenta ser por fora."

Ivy tocou a campainha.

Elas ouviram as badaladas e em seguida passos. A porta se abriu e Susan apareceu na frente delas, sorrindo. Seus cabelos estavam trançados e ela usava um suéter verde por cima de uma blusa branca com gola rendada. Ivy passou as mãos sobre o casaco de Fernando e a jardineira que estava usando e sentiu que deveria ter vestido algo melhor.

"Entrem!", disse Susan. "Minha mãe me pediu para dizer que ela já vem. Está na garagem. Ivy, olhe o meu cabelo. Fiz igual ao seu."

Ivy tentou não ficar boquiaberta com aquela suntuosidade ao acompanhar Mama até o hall de entrada. Uma escadaria de carvalho levava ao segundo andar. À esquerda, ficava uma sala com sofás cor de vinho de pés de garra. Uma árvore de Natal ia até o teto, decorada com enfeites de vidro e um anjo de cabelos loiros no topo.

A menina nunca tinha visto tanto luxo. Susan tinha tudo: uma casa chique, roupas lindas e um rosto bonito.

"Quer ver o meu quarto?", perguntou ela a Ivy.

Ivy olhou para Mama e fez um aceno.

"Talvez seja melhor ficar comigo", disse Mama.

"Está tudo bem, sra. Lopez", disse Susan. "A filha de Bertina sempre ia até o meu quarto, e ela só tinha cinco anos."

Mama cedeu. "Só alguns minutinhos."

Ivy subiu as escadas atrás de Susan até um quarto três vezes maior que o dela. Havia uma cômoda e uma penteadeira brancas, um criado-mudo combinando e uma cama com dossel e colcha branca de chenile. Uma das portas duplas do armário estava aberta, revelando uma fileira de vestidos. O quarto parecia uma imagem do catálogo da Sears, aquele que Ivy e Fernando ficavam olhando e sonhando com o que comprariam se tivessem dinheiro. De repente, a empolgação de Ivy com seu novo quarto começou a murchar.

Será que Susan *sabia* quanta sorte tinha? De alguma maneira não parecia justo, depois de ver a casa dos Yamamoto naquela manhã e pensar no próprio quartinho com o papel de parede desbotado, que Susan tivesse tanto.

Susan apontou para a gaita que despontava do bolso do casaco de Ivy. "Pode tocar alguma coisa?"

Engolindo sua inveja, Ivy disse: "Claro". Ela pegou a gaita e tocou "Jingle Bells".

Susan aplaudiu quando ela terminou. "Foi ótimo!"

"Obrigada. Eu ia tocar no rádio e fazer um solo antes de precisarmos nos mudar para cá." A menina sentiu uma pontada de ressentimento.

"No rádio! Nossa! Você deveria entrar na orquestra", disse Susan. "Todos que estão no quinto ou sexto ano podem entrar, se quiserem. Vai haver uma reunião de orientação na quinta que vem depois da escola, e as aulas começam em janeiro, quando as férias terminam. Aposto que seria boa na flauta. É o que vou tocar."

"Gostaria de poder, mas não tenho flauta. E nunca tive aula."

"Não precisa ter flauta", disse Susan. "O sr. Daniels, o diretor da orquestra, empresta uma para você e lhe ensina a tocar. Nós fazemos aulas durante três meses e, depois disso, todos da orquestra praticam juntos. Há um recital e tudo, em junho. Eu sei porque meus irmãos tocavam clarinete." Susan sorriu. "Se entrar, podemos ficar juntas toda quinta após a escola."

A srta. Delgado havia dito que ela podia aprender praticamente qualquer instrumento, se tentasse. E Ivy queria tentar. "Vou pedir para os meus pais."

"Se eles deixarem, minha mãe pode lhe dar uma carona até em casa depois da reunião na quinta, já que temos que ficar depois do horário do ônibus." Susan acenou na direção da gaita de Ivy. "Nunca toquei uma antes. É difícil?"

"Se tiver uma, posso lhe ensinar."

"No quarto dos meus irmãos. Venha." Ela fez sinal para Ivy a seguir.

Descendo o corredor, elas entraram em um quarto ainda maior. Todos os móveis, as camas de solteiro, cômodas e escrivaninhas eram feitos de pinho nodoso. Havia uma grande fotografia emoldurada de um soldado uniformizado sobre cada cômoda, um deles coberto de medalhas.

Susan vasculhou a primeira gaveta de uma das escrivaninhas. Ela acenou para as fotos. "Estes são meus irmãos, Donald e Tom. Tom está no Exército e dirige um tanque, e Donald..." Franzindo o rosto, ela fechou a gaveta e abriu a de baixo. Ela ergueu a gaita. "*Sabia* que estava aqui em algum lugar."

Ivy sorriu. "Tenho um livreto em casa que ensina a tocar, passo a passo. Posso trazer para você..."

As vozes de Mama e da sra. Ward surgiram lá de baixo.

"Melhor eu ir", disse Ivy.

"Quer me encontrar amanhã entre os laranjais? É só atravessar o que fica atrás da sua casa até o fim, para chegar na estrada divisória. Tem uma carroça velha lá." Ela levantou a gaita. "Pode me dar a primeira aula. Às duas horas?"

Ivy assentiu. "Está bem."

"Promete?", disse Susan, parecendo não acreditar nela.

"Prometo." Ivy desceu apressada.

Susan foi atrás dela e não parou de dar tchau da varanda, enquanto Ivy e Mama entraram na picape e deram ré lentamente pela estradinha.

"Susan parece legal", disse Mama.

"Mama, você precisava ver o quarto dela! Parece que uma princesa dorme lá. O armário é lotado de vestidos. Queria ter só a metade dos vestidos dela. Ela tem *tudo*."

"Ivy, não gosto de ouvi-la parecendo tão invejosa. Sim, ela tem coisas. Mas são só isso. *Coisas*. Ela é uma menina como você. E é bom para você conhecer alguém da sua idade que more perto."

"Não sei por que ela quer ser minha amiga. Ela deve ter um monte. É claro que ela nunca poderia ser minha *melhor* amiga por causa de Araceli."

"Talvez ela quer ser sua amiga porque *precise* de uma", disse Mama. "E Ivy, você pode ter mais de uma melhor amiga."

"Ah, não, Mama. Esse é o lugar de Araceli no meu coração."

Mama sorriu. "Seu coração é maior do que você pensa."

Ivy observou Susan e a casa com as bandeiras na janela da frente ficando cada vez menores. "Mama, para que são aquelas bandeiras?"

"Cada estrela é para um soldado, uma para cada filho deles na guerra."

"Devíamos ter uma em nossa casa", disse Ivy. "Para Fernando. Mas talvez uma dourada. São mais bonitas."

"Ivy Maria, *nunca* diga uma coisa dessas." Mama manteve uma das mãos no volante e fez o sinal da cruz com a outra.

"Por que não?", perguntou Ivy.

"A estrela dourada é para os soldados que já morreram."

08

Embora o sol estivesse quente e claro no sábado à tarde, Ivy ainda assim usava o casaco de Fernando e o chapéu roxo de Araceli.

Ela havia escrito para os dois na noite passada, contando tudo a respeito da casa e do seu quarto, sobre os Yamamoto e os Ward.

Quando chegou à estrada de terra que dividia as duas propriedades, Ivy viu Susan acenando do outro lado, em cima da comprida carroça de madeira parada entre duas fileiras de árvores.

Ela correu até lá. "Oi", disse ela, subindo e se sentando no banco em frente a Susan. "Para que serve esta carroça?"

"Muito tempo atrás, meu avô costumava atrelar cavalos nela e transportar coisas pela fazenda. Mas agora ela só serve para brincar. Meu pai fez os bancos."

Ivy apontou para os três nomes entalhados nas tábuas do lado de dentro:

DONALD TOM KENNY

"Seus irmãos que fizeram isso?"

Susan fez que sim. "Eles traziam caixotes de laranja para cá e construíam fortalezas, e, quando brincavam de esconde-esconde no laranjal, a carroça era o pique."

"Quem é Kenny?"

"Kenneth Yamamoto", disse Susan. "Sempre o chamamos de Kenny." Ela se levantou e apontou para a casa amarela ao longe, do outro lado dos campos. "Daqui dá para ver os telhados das três casas: a sua, a minha e a dos Yamamoto. É um triângulo. Kenny foi o melhor amigo de Donald a vida inteira. Foi ele quem convenceu Donald a entrar para a Marinha. Meu pai não gostou *nem um pouco* disso porque ele é totalmente do Exército, e queria que seus filhos escolhessem o mesmo. Aí Donald... ele morreu no bombardeio de Pearl Harbor."

Ivy sentiu um peso no estômago. Passou o dedo sobre o nome dele na madeira. "É por isso que tem uma bandeira com estrela dourada na sua janela?"

Susan fez que sim. "Minha mãe e algumas outras mulheres as fazem na máquina de costura. Como recordação. Minha mãe está fazendo uma para a sua casa por causa do seu irmão. Espero... espero que ele não morra."

Ivy se estremeceu. Apesar de não estar frio e ela estar usando o casaco de Fernando, seus braços se arrepiaram. Quando Fernando foi para a guerra, ela sabia que seria perigoso. Mas o perigo parecia tão distante. "Também espero que ele não morra." Ela respirou fundo. "Kenny Yamamoto se machucou com as bombas?"

Susan chegou mais perto. "Não. E meu pai diz que não é milagre nenhum ele ter escapado, porque provavelmente sabia sobre o bombardeio de antemão. Ele acha que Kenny deveria ser trancafiado com o restante dos japoneses. Ele diz que, se Donald não tivesse dado ouvidos àquele espião japa, hoje estaria vivo."

Ivy sentiu seu corpo se retesar. "Espião?"

Os olhos de Susan se arregalaram e ela assentiu. "Meu pai diz que, até onde ele sabe, Kenny só está *fingindo* ser um americano leal para obter informações e entregá-las aos japoneses. A *família inteira* pode ser espiã. Ele acha que os Yamamoto estão escondendo alguma coisa. E se estiverem, e ele conseguir provar, todos serão mandados para a cadeia. Aí a fazenda vai ser tomada pelo banco e vendida."

"Como ele provaria isso?"

"Revirando a casa deles pelo avesso."

Os sentimentos de Ivy se confundiram. Ela nem conhecia os Yamamoto, mas depois de estar naquela casa triste deles, ver o quintal abandonado e saber onde estavam agora, ela queria protegê-los. Além do mais, eles já não estavam em uma espécie de prisão?

Ela se endireitou. "Meu pai não trabalharia para espiões, então eu tenho certeza de que não são. E ele não gosta da palavra *japa*. Alguém escreveu isso na casa deles, mas vamos pintar por cima."

Susan prosseguiu. "Meu pai sabe dessas coisas porque era da inteligência do Exército e agora é responsável pela osc. Eles sempre fazem reuniões. Ele diz que todo americano precisa ficar de olho em atividades suspeitas e denunciá-las para a polícia. Até as crianças. É o nosso *dever*. Você já viu alguma coisa suspeita lá?"

"Suspeita? Tipo o quê?"

"Não sei. Documentos secretos. Qualquer coisa que ajude os japas, quer dizer, os japoneses, a ganhar a guerra."

Ivy deu de ombros. "Não entrei na casa. Apenas no galpão, mas só tinha coisas de jardinagem."

"Se entrar na casa tenha cuidado, porque ela pode ter armadilhas ou estar equipada com bombas para proteger as coisas de espionagem deles. Pode até ter passagens secretas. Meu pai diz que esse tipo é capaz de qualquer coisa."

Ivy balançou a cabeça e levantou as sobrancelhas. Será que Susan acreditava em todas as coisas que estava dizendo?

Susan deu de ombros. "É *bem capaz* de ser verdade." Seus ombros relaxaram um pouco e ela mordeu o lábio. "Eu brincava o tempo todo com as irmãs de Kenny, Karen e Annie." Ela olhou na direção da casa dos Yamamoto. "A mãe delas era a minha professora de piano. Mas tudo isso acabou depois que Donald..." Seus olhos se voltaram para a gaita em sua mão. "Você pode me ensinar?"

Ivy ficou mais do que feliz em deixar a conversa de espiões para trás. Ela não queria se preocupar com o que aconteceria aos Yamamoto se fossem mandados para a prisão, nem o que seria de sua família se o banco vendesse a fazenda deles. Já bastava a preocupação com Fernando.

Ela percorreu as primeiras páginas de *A Gaita Facilitada*, assim como a srta. Delgado fizera, explicando as tablaturas para Susan. "É simples. Existem dez buraquinhos na gaita. Começando pela nota mais baixa, cada buraco equivale a um número de um a dez. Você olha para a letra da música e os números acima dela. Um número normal significa para soprar o buraco daquela nota. Um sinal de menos antes do número quer dizer para puxar o ar naquela nota." Ela ensinou "Brilha, Brilha Estrelinha" para Susan e a escutou tocar inteira sozinha. "Você aprende rápido. É boa para música."

Susan deu um sorriso fraco para Ivy. "Pelo menos sou boa em alguma coisa." Ela se deitou no banco e olhou para o céu.

"Entendo o que quer dizer", disse Ivy, fazendo o mesmo. "Meu irmão Fernando é bom em *tudo*. Ele pode desmontar qualquer coisa e montar de volta, até mesmo uma máquina de costura. Agora ele está terminando o treinamento e vai ser enviado ao combate. Mama e Papa *só* falam disso."

"*Todo mundo* só fala disso", disse Susan. "Por que você usa esse casaco e esse chapéu o tempo todo?"

"O casaco é de Fernando. Ele me emprestou enquanto está na guerra, pois quer que eu saiba que ainda está cuidando de mim e me mantendo aquecida e protegida, mesmo estando longe. O chapéu veio da minha melhor amiga, Araceli. A mãe dela fez dois iguais para nós. Nós nos parecemos tanto que as pessoas pensam... pensavam que éramos irmãs." As palavras de Ivy continuaram fluindo, e Susan parecia tão interessada em escutar que Ivy acabou contando tudo sobre a srta. Delgado, o programa de rádio, que tinha ficado muito triste de ir embora de Fresno e que já estava adiantada nos livros de leitura e de matemática.

"Eu costumava ser adiantada na minha turma também", disse Susan. "Mas fiquei para trás. Não sei por quê. Antes...

meus pais sempre me ajudavam com as lições de casa. Agora eles estão cansados demais o tempo todo... e tristes."

Ivy tentou imaginar sua própria família sem Fernando, e como isso os desmantelaria. Se o pior acontecesse, ela não sabia se conseguiria manter a promessa que fizera a ele, de mantê-los juntos. Seu coração pesou só de imaginar. "Eu ajudo você com as lições."

Susan se sentou e olhou para ela com descrença. "Mesmo?"

"Claro", disse Ivy. "Vamos fazer os mesmos deveres, não é? Você nem precisa contar a ninguém. Pode ser o nosso segredo."

Os olhos de Susan se encheram de água e ela os esfregou. "Obrigada, Ivy. Estou feliz que se mudou para cá. Na verdade, eu não tenho... amigos."

Ivy rolou de lado e apoiou a cabeça com a mão. Era difícil acreditar que Susan, que tinha tanto, não tivesse amigos. "Por quê?"

"Não posso. Não posso convidar ninguém para a minha casa e nunca, *nunca*, posso ir à casa de ninguém, a não ser que minha mãe vá comigo. Você pode vir à minha casa porque sua mãe trabalha para nós. Se meu pai perguntasse o que estava fazendo lá, minha mãe diria que a sra. Lopez não tinha com quem deixar você enquanto trabalha. Minha mãe... faz com que fique tudo bem."

Ivy ficou intrigada. "Mas estamos juntas agora."

"Ainda estou na nossa propriedade. Eu brinco aqui sozinha toda hora. Minha mãe diz que meu pai fica doente de preocupação de perder outro filho, principalmente com Tom lutando em algum lugar da Europa. Não sei o que aconteceria conosco se Tom não voltar para casa são e salvo, principalmente depois de Donald." Ela sussurrou: "Às vezes, meu pai ainda chora por causa dele".

Ivy não sabia o que dizer. Era tudo tão triste. Mas, mesmo assim, ela não conseguia imaginar o impassível sr. Ward chorando.

Susan olhou para sua gaita e franziu o rosto. "Foi um telegrama, sabe. Foi assim que ficamos sabendo de Donald."

Ivy se sentou, estendeu o braço e apertou a mão de Susan. Elas ficaram assim por alguns momentos, perdidas nos próprios pensamentos, apenas com o som dos pássaros piando nas árvores próximas.

Ao longe, um tinido interrompeu o silêncio.

"É minha mãe, tocando o sino da varanda de trás. Preciso ir para casa." Susan desceu da carroça. "Vejo você segunda de manhã. O ônibus me pega primeiro. Lembre-se de que posso guardar lugar para você, se quiser."

Ivy assentiu. "Sim, por favor."

Susan continuou a falar enquanto se afastava de costas em direção ao laranjal. "Quer começar a se encontrar aqui aos sábados? No próximo não posso, porque vou para a casa da minha avó passar o Natal. Mas podemos depois que eu voltar. Pode ser o *nosso* lugar agora, em vez de pertencer aos meninos."

"Claro", disse Ivy.

"Jura?"

Ivy sorriu e enrugou a testa. "Por que sempre me faz jurar?"

Susan deu de ombros. "Acho... que, às vezes, as pessoas dizem que vão se encontrar outra vez... e aí isso não acontece."

Ivy olhou para os nomes entalhados na carroça e entendeu. Ela fez um X com o dedo em cima do peito. "Juro."

09

Enquanto Papa consertava a porta do galpão no domingo, Ivy pintou por cima das palavras na porta dos fundos da casa dos Yamamoto, tentando não pensar em espiões.

Papa disse que o futuro dos Yamamoto estava ligado ao da família deles. Portanto, se alguém provasse que os Yamamoto eram *realmente* espiões, Papa ficaria sem emprego e eles teriam que se mudar novamente, talvez para um lugar que não tivesse tantas possibilidades de fazer parte de uma orquestra ou ser dono de uma casa.

Mais tarde, enquanto separava as roupas para a escola, os espiões continuaram a aparecer em seus pensamentos. Como será que eles se vestiam? Com roupas pretas? Ou será que usavam roupas de pessoas comuns durante o dia e guardavam suas roupas de espião para a noite, quando faziam os seus trabalhos? Será que roupas pretas seriam uma prova?

Ivy teve um sono agitado e acordou cedo demais na segunda de manhã. Porém, nem de longe estava tão nervosa quanto em seus outros primeiros dias de aula. Pelo menos ela não teria que se preocupar em aprender os caminhos, onde se sentar no recreio ou com quem brincaria. Susan estaria lá.

Mama caminhou com Ivy até o fim da rua e esperou até o ônibus escolar parar, fazendo barulho.

Ivy se despediu com um beijo e subiu os degraus.

Susan se levantou sorrindo e acenou para ela ir até seu assento. Ivy passou pelo corredor e se sentou ao lado dela.

"Oi", disse Susan, apertando a mão de Ivy. "Está nervosa?"

"Empolgada", disse ela, "e feliz de estarmos juntas."

Enquanto o ônibus seguia pelas estradas pegando mais estudantes, Ivy e Susan conversaram sobre transformar a carroça em um clubinho, em vez de uma fortaleza. Por fim, o ônibus parou em frente à Escola Fundamental Lincoln. Alguns estudantes se levantaram para descer, mas Ivy percebeu que outros ficaram sentados. Ela se levantou quando Susan passou por ela no corredor. Ivy foi atrás.

Na frente do ônibus, o motorista deixou Susan passar e em seguida pôs o braço na frente de Ivy. "Mocinha, aonde está indo?"

Susan se virou e olhou para Ivy, com os olhos arregalados de surpresa. E então uma expressão de compreensão surgiu em seu rosto.

Ela se virou para o motorista. "Ah, ela só está se mudando para a frente do ônibus. Não é, Ivy?" Ela inclinou a cabeça na direção do banco da frente, indicando onde Ivy deveria se sentar. "Guarde lugar para mim no caminho de casa, está bem? O ônibus passa na *sua escola* primeiro, então vai entrar antes de mim." Susan desceu os degraus apressada, acenando e lançando um olhar de preocupação para Ivy.

Sua escola? O que Susan estava dizendo?

O motorista fechou a porta.

"Espere!", gritou Ivy, virando-se para ele. "Estou no quinto ano na Lincoln."

O motorista pegou uma prancheta e a examinou. "Ivy Lopez?"

"Sim."

"Esta é a Lincoln Principal. Você vai para a Lincoln Anexa, a escola de americanização. É a próxima parada."

Americanização? O que isso significava? Ivy já era americana. O motorista passou a marcha e o ônibus avançou.

Ivy cambaleou para o assento da frente.

Quando o ônibus se afastou, um grupo de garotos nos degraus da Lincoln Principal acenou e cantou: "Seu MacDonald tinha um sítio, ia-ia-ô".

Ivy sentiu seu coração apertar. Isso só podia ser um engano. Ela se virou para olhar para os outros estudantes que restaram. Eles não pareciam nem um pouco preocupados que o ônibus estava indo embora. Conversavam e riam uns com os outros, como se nada estranho tivesse acontecido.

Vários quilômetros depois, o motorista parou o ônibus e abriu as portas. "Lincoln Anexa!", gritou ele.

Pela janela, Ivy viu um prédio comprido e baixo com telhado ondulado de metal no meio de um descampado. Não havia canteiros. Nada de gerânios ou rosas. Nada de palmeiras. Essa era a escola dela? Parecia um galpão de equipamentos agrícolas. Foi aí que Ivy enfim percebeu que todos os estudantes dentro do ônibus e na frente da escola tinham a mesma aparência: olhos castanhos, cabelos escuros e pele morena, como ela.

Um menino do fundo do ônibus parou ao lado de Ivy e fez sinal na direção da porta, sorrindo.

Sem dizer uma palavra, ela saiu do seu assento e desceu.

A garota ficou parada na calçada, olhando para a escola, enquanto alunos e pais passavam em volta dela.

O menino apareceu ao seu lado. "Sou Ignacio. Primeiro dia? De onde?"

"Fresno", disse Ivy, ainda confusa.

"Então você não sabia que havia duas escolas?"

Ela balançou a cabeça e olhou para baixo, sentindo seu rosto corar de vergonha.

"Em que ano está?"

"Quinto", disse Ivy.

"Estou no sexto. Você vai gostar da professora, a srta. Carmelo. Estive na turma dela ano passado. Quer dizer, vai gostar dela se for boa aluna."

Ivy se empertigou um pouco. "Tinha as melhores notas da classe inteira na minha outra escola."

Ignacio estufou o peito. "E eu sou o corredor mais rápido em três condados. Sou o recordista da escola. Tenho medalhas e tudo mais."

Ivy cruzou os braços. "Eu ia me apresentar no rádio!"

Ele riu. "Venha, estrela do rádio, vou lhe mostrar a sua sala. E caso esteja se perguntando, sim, é tão ruim quanto parece. Mas podemos ir à Lincoln Principal depois das aulas, se fizermos esportes ou música."

Ela o acompanhou para entrar. "Mas... eu já sou americana e falo inglês."

"Eu também."

"Então... por que estamos aqui?"

Ele deu de ombros e apontou para o final do corredor. "Sala dezesseis. Vejo você por aí."

Ivy olhou dentro de cada sala de aula até chegar à sua. A srta. Carmelo, uma mulher franzina de coque preto, cumprimentou Ivy e encontrou uma carteira para ela perto das janelas.

Ignacio tinha razão. Ela era legal. No entanto, não deixava os alunos se adiantarem. A manhã toda, em todas as matérias, Ivy terminou antes dos outros e ficou sentada de mãos cruzadas sobre a carteira, olhando para o campo vazio. Por que Susan não lhe contara sobre as duas escolas? Ela agiu como se fossem ficar na mesma turma. Não foi isso? Ela disse que se encontrariam todos os dias. Será que quis dizer só no ônibus?

Nas mesas externas do almoço, Ivy se sentou sozinha, olhando para o que eles chamavam de pátio, um terreno cheio de ervas com um alambrado em volta. Não havia nenhuma área asfaltada com quadrados pintados e amarelinhas. Nenhum gramado. Nenhuma tela para beisebol e kickball. Do outro lado do "parquinho" havia um galinheiro. Galinhas ciscavam e cacarejavam embaixo de várias fileiras de gaiolas suspensas. Penas de galinha cobriam as duas áreas. Não é de se admirar que os meninos da Lincoln Principal cantaram "Seu MacDonald".

Ivy tirou a gaita do bolso na esperança de tocar e lembrar a si mesma que era alguém. Ela soprou um acorde e sentiu uma pitada de determinação, uma fagulha de coragem... até o vento mudar. O cheiro do galinheiro fez o seu estômago se revirar e ela achou que fosse vomitar. Guardou a gaita.

A tarde inteira a srta. Carmelo fez revisão de inglês para aqueles que não falavam bem. Ivy achou que fosse dormir de tédio. Contudo, ela respondeu todas as perguntas corretamente quando foi chamada e terminou as folhas de exercícios em minutos.

No fim do dia, a srta. Carmelo chamou Ivy à sua mesa. "Querida, você fala inglês muito bem. Acho que não precisa dessa revisão todas as tardes."

"Não, srta. Carmelo. Eu nasci nos Estados Unidos. Falo inglês perfeitamente."

"Sim, estou vendo. Acho que será melhor aproveitada em outro lugar."

Ivy se encheu de alívio e soltou, emocionada: "Obrigada, srta. Carmelo. *Sabia* que tinha acontecido um engano e que estava no lugar errado."

A srta. Carmelo assentiu. "Gostaria de ir até a turma do terceiro ano e ajudar as crianças mais novas de tarde? A srta. Alapisco precisa muito de uma tradutora."

Ivy franziu o rosto. "Tradutora? Achei que fosse me mandar para a Lincoln Principal."

"Ah, não, querida. Isso é impossível. Você ajudaria a ensinar inglês para os mais novos. Seria assistente da professora. Gostaria de fazer isso? Aqui parece ser redundante para você. Poderia começar amanhã depois do almoço."

Sentindo seu rosto enrubescer, Ivy concordou e voltou para sua carteira. Ela sentiu o tremor de lágrimas de raiva tentando brotar e as refreou.

Ela olhou para fora das janelas novamente, pensando em todas as coisas que poderia fazer de tarde se estivesse na Lincoln Principal — em tudo que estava perdendo. Ela não sabia que coisas eram essas, mas tinha certeza de que eram bem mais interessantes do que ajudar a turma do terceiro ano.

Depois da escola, enquanto Ivy saía do prédio, alguém lhe entregou um panfleto *Entre para a orquestra*, com informações sobre a reunião de orientação na quinta-feira. Ela enfiou o papel no bolso.

Na fila do ônibus, ela viu um rapaz passar de bicicleta, pedalando rápido. As mangas da sua camisa branca estavam dobradas e sua calça azul estava amarrada nos tornozelos, para não se prender nas rodas. Ele usava um boné azul com uma espécie de emblema e uma bolsa de couro pendurada sobre o peito. Se ao menos ela tivesse uma bicicleta, poderia pedalar até a escola para não sofrer a humilhação do ônibus e ouvir as gracinhas dos alunos da Lincoln Principal.

Quando embarcou, uma garotinha, talvez do jardim de infância, sentou-se ao seu lado. Ivy nem tentou guardar lugar para Susan. Na Lincoln Principal os alunos entraram em fila, segurando os mesmos panfletos. Ivy percebeu os olhos preocupados de Susan à sua procura, mas ela apenas fez um aceno para a menina ao seu lado e encolheu os ombros.

Durante todo o trajeto até a sua casa, Ivy ficou olhando pela janela. Por que ninguém — Susan, a sra. Ward, Bertina, Guillermo — contou a Ivy, a Mama ou a Papa sobre as duas escolas? Será que não sabiam que as coisas eram diferentes em outras partes da Califórnia? Eles não *sabiam* que isso era humilhante? Mais uma vez, ela conteve as lágrimas.

Quando Ivy passou pelo corredor para descer do ônibus, Susan disse: "Tchau, Ivy. Vejo você amanhã".

"Tchau", disse ela sem olhá-la nos olhos, envergonhada demais para ver a menina sentindo pena dela.

Ela desceu os degraus até a estrada. Nunca ficara tão grata por uma porta se fechar atrás de si, ou pelo som de um ônibus se afastando.

No momento em que ela viu Mama parada no meio do caminho, sorrindo de braços abertos para recebê-la, todas as emoções reprimidas de Ivy transbordaram. E ela explodiu.

10

Naquela noite durante o jantar, enquanto Ivy ouvia os brados de Papa, ela sentia como se tivesse passado pelos espremedores da máquina de lavar.

"Minha família vive aqui há mais de cem anos. Meu bisavô trabalhava em um rancho quando esta mesma terra pertencia ao México, e ainda não era a Califórnia! Você, Ivy, já é americana, assim como Mama e eu. E os nossos pais. E os pais deles, que Deus os tenha. Luz, eles não disseram nada sobre as duas escolas quando a matriculou?"

"Nada", disse Mama. "Eles pegaram os papéis, me agradeceram, disseram que ela poderia começar hoje e que o ônibus a pegaria. Bertina não comentou nada na carta. A sra. Ward não disse nada quando perguntei a ela sobre o ônibus. Todo mundo aqui age como se essa fosse a maneira acordada."

"E a sua amiga não disse nada?", perguntou Papa, olhando para Ivy.

Ivy sacudiu a cabeça.

Durante todo o jantar, Papa ficava em silêncio por alguns minutos e, em seguida, irrompia novamente. "Por que as coisas são diferentes aqui? Em Fresno, muitas crianças frequentavam a mesma escola: japonesas, filipinas, mexicanas, anglo-saxônicas. Não estamos todos no mesmo estado da Califórnia?"

Ele se serviu da sopa de *albondigas* de Mama e continuou a falar, com uma almôndega equilibrada na colher. "Então está tudo bem nos misturarmos a eles para música e esportes? Mas só *depois* da escola! Tudo bem se nos misturarmos a eles em uma *guerra*. Meu próprio filho está lutando pelo *nosso país*! Que maluquice é essa?" Papa sugou e mastigou. "Vou falar com os diretores das duas escolas e mandar transferirem você."

Ivy ficou olhando para a sua tigela, empurrando as almôndegas de um lado para outro. Algo lhe dizia que Papa não iria deixar aquilo passar. Ela estava agradecida por sua defesa, mas ao mesmo tempo ficou preocupada. Será que ele faria um escândalo com os diretores? E se Papa tivesse êxito e ela fosse transferida? Será que os professores a tratariam da mesma maneira que os outros alunos? Será que os pais da Lincoln Anexa reclamariam e criariam problemas? E se Papa *não* tivesse êxito? Será que ela seria ainda mais caçoada pelos meninos que cantaram "Seu MacDonald"? Será que os alunos da Lincoln Anexa diriam que Ivy tem o nariz em pé, que se acha boa demais para eles? Sua cabeça dava voltas.

"Ligarei de manhã para marcar as reuniões", disse Papa. "Até lá, você fica em casa!"

Uma vozinha em sua cabeça sussurrou *orquestra*.

Ivy entrou em pânico. "Papa, não quero perder a reunião sobre a orquestra na quinta-feira. Por favor?"

"Ivy, estamos falando sobre a sua *educação*, não sobre atividades extras que não têm propósito."

Ela se empertigou um pouco. "Mas tem propósito para mim. Música é importante para mim. E Fernando me disse para continuar tocando. Ele disse que trazia alegria para nossa família."

Mama deve ter visto o desespero no rosto de Ivy, porque disse a Papa: "Victor, não vá arrumar problemas. Pelo bem de Ivy".

"Não vou arrumar problemas", disse Papa. "Vou arrumar uma *solução*!"

QUANDO PAPA voltou para casa na quarta à noite, foi direto para a sala e se afundou em uma poltrona.

Ivy e Mama foram atrás e se sentaram de frente para ele no sofá.

"O que aconteceu, Papa?", perguntou Ivy.

Papa simplesmente balançou a cabeça, parecendo derrotado.

"Victor?", pressionou Mama.

Ele pigarreou. "Os dois diretores disseram a mesma coisa. Que isso era 'norma do distrito'. Eles concordaram que não faz sentido. Mas estão de mãos atadas." Ele olhou para Ivy. "Sinto muito."

Ivy nunca o ouvira tão cheio de ressentimento. Ela percebeu que ele achava que falhara com ela. "Papa, está tudo bem."

"Não, não está. Se as coisas permanecerem assim, nunca vai ficar tudo bem."

Ele olhou para Mama, perplexo. "Ele me disse que as crianças mexicanas são separadas por questões de língua e de saúde."

"Questões de saúde?", indagou Mama.

"Tipo o quê, Papa? Não estou doente", disse Ivy.

Ele franziu o rosto. "O diretor da Lincoln Principal me olhou bem nos olhos e disse que muitas crianças mexicanas são sujas e precisam tomar banho. E que elas têm piolhos e transmitem doenças."

"Sujas? Mas isso é um absurdo!", disse Mama. "E todas as crianças têm as mesmas doenças."

Agora a voz de Papa ficou tensa de frustração e raiva. "Luz, não tinha como dialogar com ele. Eu disse a ele que Ivy fala inglês perfeitamente e que está adiantada em todas as matérias da sua turma. E ele disse que, embora isso talvez seja verdade, ele não podia admiti-la na escola porque não seria justo com as outras crianças mexicanas. E também me disse que é ilegal mantê-la em casa e impedir que vá a escola se não estiver doente. Ilegal!"

"E o diretor da Lincoln Anexa?", perguntou Ivy.

Papa suspirou. "Ele concorda que você não deveria passar todas as tardes ajudando a professora do terceiro ano. Eles vão testar você no sexto ano depois das férias. Ele também falou que pais de várias partes do condado de Orange estão se reunindo e vão chamar um advogado para aconselhá-los. Vai haver uma reunião em breve."

"Victor, talvez este não seja o lugar certo para nós, no fim das contas. Talvez devêssemos voltar para Fresno. Você não conseguiria seu emprego de volta?"

Pasma, Ivy olhou para Mama. Ela estava disposta a abrir mão de tudo aquilo por ela?

"Mama, e a casa, seu jardim e a máquina de lavar?"

"A que preço, Ivy? Você não pode nem frequentar a escola pública comum. Papa sempre diz que educação é tudo."

O homem se levantou da poltrona e caminhou pela sala. "É uma possibilidade. Tenho certeza de que conseguiria meu emprego de volta." Ele olhou para o laranjal pela janela da frente. Porém, não estava mexendo a cabeça em concordância. Ele estava balançando a cabeça como se dissesse que não queria deixar tudo aquilo.

Se fossem embora, ele nunca conseguiria realizar aquela oportunidade única. Por mais que sentisse falta de Araceli e da srta. Delgado, Ivy no fundo sabia que, se voltassem para Fresno, seria um passo para trás. Era como o pai de Araceli falou. Todo mundo se muda de La Colonia mais cedo ou mais tarde, se quiserem se dar bem na vida. Ivy não queria pôr em risco todas as coisas que eles sempre quiseram. Além do mais, Fernando estava contando com ela.

Antes que Papa pudesse decidir, Ivy soltou: "Acho que devemos ficar. Posso aproveitar ao máximo a Lincoln Anexa. Minha professora é gentil. E... e posso pedir permissão para me adiantar, ou para passar para o sexto ano, como você disse. Além do mais, já escrevi para Fernando contando tudo sobre a nossa nova casa e que ele vai amar aqui. Posso viver em dois mundos. Vou para a Lincoln Anexa durante o dia e para a Lincoln Principal depois da escola".

Papa olhou para Ivy como se nunca a tivesse visto antes. Por fim, ele lhe deu um sorrisinho e acenou. "Concordo, Ivy. É mais inteligente ficar onde existem mais oportunidades para todos nós e lutar pelo que é certo. Prometo que farei isso. Vou a essa reunião ver o que pode ser feito sobre essa situação."

"Mas vai levar tempo para as coisas mudarem", disse Mama, colocando a mão no braço de Ivy.

"Sim", disse Papa. "Vai demorar. O distrito escolar não vai mudar de ideia em pouco tempo."

Ivy sabia o que eles estavam dizendo. A mudança talvez não viesse a tempo de ela se beneficiar. A menina poderia ter que frequentar a Lincoln Anexa pelos próximos dois anos, mesmo que isso fosse errado. Ela pensou nos Yamamoto, também colocados no lugar errado, e em como a humilhação deles devia ser dez vezes — cem vezes — pior.

"Eu entendo. Posso por favor ir à reunião da orquestra?"

Papa exalou longamente. "Sim, se é tão importante."

Ivy correu até Papa e lhe deu um abraço. "É sim, Papa. Você vai ver."

MAIS TARDE, ela estava deitada na cama, olhando para a escuridão e pensando se valeria mesmo a pena ficar. Ela não queria se sentir excluída nem pior do que ninguém. Queria pertencer, ser alguém que tivesse importância. Mesmo que entrasse para a orquestra da Lincoln Principal, ela nunca faria realmente parte dali. Não da maneira como Susan e os outros faziam.

Apesar de ter tomado banho mais cedo, de repente Ivy se sentiu suja. E, embora estivesse com saúde, ela se sentiu doente. Ela nunca teve piolho, mas agora ao erguer as mãos e tocar os cabelos, parecia que minúsculos insetos rastejavam em sua cabeça, mordiscando seu couro cabeludo.

Lágrimas quentes rolaram pelo seu rosto. Ela saiu da cama, pegou o casaco de Fernando no armário e o colocou. Pela primeira vez desde que o ganhara ela o usou para dormir.

Como manteria sua família unida, quando era ela quem estava um pouquinho despedaçada?

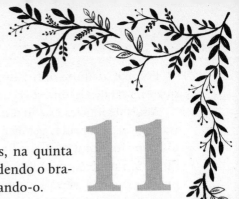

11

Quando Ivy entrou no ônibus, na quinta de manhã, ela viu Susan estendendo o braço sobre o assento dela, guardando-o.

Ivy deslizou para o lado dela.

"Você está bem? Faltou dois dias de aula."

"Não estava me sentindo bem", disse Ivy, o que não era totalmente mentira.

"Hoje é a reunião da orquestra. Minha mãe falou com a sua para lhe dar carona depois."

Ivy concordou. "Ela me contou."

"Não consegui me sentar do seu lado depois da aula na segunda-feira. Você sempre pode guardar lugar. O motorista deixa. Como foi o seu primeiro dia?" Susan parecia genuinamente preocupada com Ivy, então ela não sabia por que ainda se sentia traída.

"Tudo bem", disse Ivy, tentando parecer animada. "Minha professora é legal. Estou muito à frente dos outros, no entanto. Talvez eu vá para o sexto ano."

Susan resmungou. "Tivemos prova de matemática. Estou tão mal." Ela parecia desesperada e sobrecarregada.

Ivy sentiu pena dela mais uma vez. "Posso ajudá-la, se quiser. Eu disse que faria isso, lembra?"

O ônibus parou na Lincoln Principal. "Seria ótimo!", disse Susan, abraçando-a antes de levantar e sair pelo corredor.

Quando o ônibus deu a partida, Ivy escutou os meninos cantando: "E nesse sítio ele tinha um porco...".

Ela mordeu o interior do lábio com tanta força para não chorar que acabou sentindo gosto de sangue.

DEPOIS DA ESCOLA, Ivy foi a única a descer do ônibus na Lincoln Principal para a orquestra.

Por que nenhum outro aluno da Lincoln Anexa veio? Será que sabiam de alguma coisa que Ivy não sabia?

A sala de música era do tamanho de duas salas de aula. Várias mesas compridas estavam dispostas na frente, exibindo diversos instrumentos em seus estojos: metais, flautas, violinos, um oboé e um violoncelo. Na parede lateral havia um piano e o que parecia ser uma bateria escondida debaixo de uma capa acolchoada.

Cerca de vinte alunos estavam sentados na frente do sr. Daniels, um homem rechonchudo de barba e bigode grisalhos.

Susan acenou e apontou para a cadeira ao lado da dela na primeira fileira. Ivy foi até lá e se sentou.

O sr. Daniels juntou as mãos. "Se estão aqui hoje, é porque estão interessados em embarcar em uma aventura incrível na orquestra."

Todas as cabeças assentiram.

O sr. Daniels passou folhetos de informação e o calendário dos ensaios. "Seus pais vão precisar assinar um termo de permissão e vocês serão responsáveis pelo seu precioso instrumento. O governo proibiu por decreto a fabricação de novos instrumentos, porque os fabricantes agora são obrigados a fazer produtos para os esforços de guerra. Infelizmente, não sabemos quanto tempo isso durará."

Uma das meninas levantou a mão. "Minha mãe falou que talvez nem haja orquestra no ano que vem. É verdade?"

O sr. Daniels pigarreou. "Alguns pais estão questionando por que o distrito escolar está pagando um professor de música durante uma guerra. Ora! Eu acho que a oportunidade de fazer música é um presente que todos devem receber pelo menos uma vez na vida, mesmo que não o desembrulhem por completo. Para muitos de vocês, esta pode ser sua única experiência musical. Se for esse o caso, quero que ela seja magnífica. Além do mais, todos precisam da beleza e da leveza da música, *principalmente* durante as piores épocas. Portanto, é mais um motivo para fazer uma apresentação majestosa este ano e levar um pouco de brilho a um mundo sombrio. Talvez assim possamos convencer nossa oposição de que o programa de música é importante o suficiente para continuar. Espero que concordem."

Ivy já gostou do sr. Daniels.

"Agora vamos nos conhecer. Um de cada vez se apresente e diga qual instrumento gostaria de aprender ou se já toca alguma coisa."

Ivy escutou os alunos compartilharem suas preferências e o sr. Daniels as anotava em uma prancheta. Alguns tiveram aulas de piano. Um menino tocava violoncelo fazia quatro anos. Outro tocava bateria.

Quando chegou a sua vez, ela disse: "Meu nome é Ivy Maria Lopez".

Atrás dela, ela ouviu um dos meninos cochichar: "Ia-ia-ô...". Risadas se seguiram.

O estômago dela deu uma cambalhota. Ela olhou para o chão. Será que era por isso que os alunos da Lincoln Anexa não vieram para a orquestra?

O sr. Daniels bateu palmas três vezes. "Chega! Espero comportamento de concerto nesta turma. E isso significa respeitar todos os músicos. Todos nesta sala são bem-vindos. Continue, Ivy. Sua amiga Susan me contou que viria se juntar a nós da outra escola. É verdade que iria tocar um solo no rádio?"

Susan falou com ele sobre ela? Ela levantou a cabeça e fez que sim. "Quando morava em Fresno. Não sei direito que instrumento tenho interesse em aprender. Talvez flauta. Por enquanto eu só toco gaita."

Mais risadas eclodiram. Alguém debochou: "Isso não é instrumento".

O sr. Daniels cruzou os braços. "Alguns de vocês vão se surpreender ao saber que existe um gaitista clássico, Larry Adler, que se apresenta com orquestras sinfônicas no mundo inteiro. Eu o ouvi tocar *Rhapsody in Blue* no rádio e foi sublime. Ivy, está com a sua gaita aí?"

Ela fez que sim.

"Pode tocar alguma coisinha para nós?"

Ao se levantar e tirar a gaita do bolso, Ivy olhou em volta. Alguns alunos estavam escondendo risadinhas com as mãos. E se ela não tocasse bem? Eles ririam ainda mais.

A menina soprou um acorde para aquecer e, em sua cabeça, ouviu a srta. Delgado e Fernando lhe dizendo que ela tinha um dom. E, naquele momento, soube que tinha tanto direito de estar ali quanto os alunos da Lincoln Principal. Ela começou a tocar "When Johnny Comes Marching Home".

Quando Johnny voltar para casa marchando,
Viva! Viva!
Vamos recebê-lo de braços abertos,
Viva! Viva!

Ela fechou os olhos e se deixou levar pelas emoções da música. Ela conhecia a dor da falta de alguém que estava longe, e imaginou a alegria de reencontrá-lo. Tocou a primeira estrofe como uma marcha, vibrante e determinada. A segunda, lenta e melancólica. A sala havia sido projetada para a música, e os sons se amplificaram. Ela tocou para o teto, para que as notas viajassem para o alto e batessem de volta.

Quando chegou à última estrofe, ela a imbuiu de tanta energia e saudade quanto cabia no seu coração. Após a última nota, houve um momento de expectativa silenciosa, e o único barulho era dos pés se mexendo. Ivy se preparou para as risadas, mas só ouviu aplausos.

"Ivy, muito obrigado!", disse o sr. Daniels. "Isso foi inquestionavelmente brilhante. Você tem *futuro*. E eu tenho a impressão", ele balançou o dedo para ela e sorriu, "de que vai se apaixonar pela flauta."

Ela sorriu para o sr. Daniels e se sentou. Ainda corada da apresentação, Ivy desejou que Fernando pudesse tê-la escutado. Ele lhe daria mais que um centavo por aquele concerto!

"Agora, se não houver outros comentários sobre Ivy ou a gaita, e estou vendo que não há *nenhum*, então vamos falar sobre o calendário. Vou ensinar cordas às segundas, percussão às terças, metais às quartas e sopros às quintas. Vou distribuir os instrumentos na semana seguinte ao retorno das férias de vocês. Na semana de 11 de janeiro vamos começar para valer!"

Ivy ficou sentada escutando com atenção. As palavras do Sr. Daniels — *aventura incrível, beleza e leveza, inquestionavelmente brilhante, começar para valer* — a encheram de otimismo.

"VOCÊ FOI muito boa hoje", disse Susan enquanto elas esperavam pela sra. Ward na escada da frente.

Ivy poliu a gaita na barra de seu vestido. "Obrigada por dizer ao sr. Daniels que eu viria da outra escola. Foi legal."

Susan sussurrou: "Sinto muito, Ivy. Achei que você *soubesse* sobre as duas escolas. Me senti péssima que não sabia. Depois que a minha mãe conversou com a sua, ela se sentiu horrível também. Ela disse que jamais lhe ocorreu comentar. E disse que deve ter sido um choque enorme para todos vocês".

"Eu nunca fiquei separada antes. *Nunca.*"

"Aqui é assim", disse Susan.

"Mas os filipinos frequentam a sua escola. E os japoneses também, antes de serem mandados embora. Então por que não os mexicanos?"

"Eu não sei. É assim desde que me entendo por gente."

"Eles chamam a Lincoln Anexa de Escola do Seu MacDonald."

Susan abaixou a cabeça. "Eu sei."

"Meu pai conversou com os diretores ontem, mas..." Ela sentiu seus olhos se encherem de lágrimas.

"É", disse Susan. "Todo ano uma das famílias mexicanas tenta transferir um filho..." A frase dela murchou.

Ivy sabia o que vinha em seguida... *mas nunca adianta de nada.* "Minha mãe ficou tão chateada com a coisa toda que disse que deveríamos voltar para Fresno."

O rosto de Susan se enrugou. "Você não vai, né?"

Ivy viu o pânico nos olhos dela. "Não. Vamos ficar e lutar. E eu vou ficar na orquestra."

Susan soltou um suspiro. "Estou tão contente."

"Eu também", disse Ivy.

"Amanhã vamos para a casa da minha avó para as festas", disse Susan. "Meu pai vai voltar logo após o Natal, mas minha mãe e eu ficamos até o Ano-Novo. Quer me encontrar na carroça depois que eu voltar para casa? Mesmo horário?" Ela mostrou os dedos cruzados, com expressão esperançosa.

Susan parecia ter tudo, exceto uma amiga. E ela queria tanto ser amiga de Ivy. Talvez Ivy não tivesse importância para os outros alunos da Lincoln Principal, mas tinha para Susan. Como é que Ivy poderia recusá-la?

Ela concordou. "Prometo."

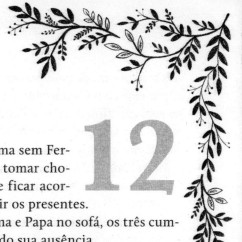

12

A noite de Natal não foi a mesma sem Fernando, que sempre pedia para tomar chocolate quente, comer cookies e ficar acordado até a meia-noite para abrir os presentes.

Ivy ficou sentada entre Mama e Papa no sofá, os três cumprindo a tradição dele e sentindo sua ausência.

Papa ergueu sua caneca de chocolate. "Feliz Natal."

Mama e Ivy ergueram as suas e repetiram: "Feliz Natal".

Mama se esticou e ajeitou a fotografia do colegial do filho um pouquinho para a esquerda. E de volta à direita. "E para Nando também", disse ela. "Estamos com tanta saudade."

"Ele está conosco em espírito", disse Papa. "E... eu tenho uma surpresa para vocês." Ele tirou dois envelopes das costas.

"Cartas?", perguntou Ivy.

"Chegaram hoje de manhã", disse Papa. "Por acaso eu estava lá fora quando o carteiro chegou. Guardei-as para fazer uma surpresa."

Ivy pegou a carta destinada a ela.

Mama apertou a outra contra o peito. Mesmo à meia-luz, Ivy viu os olhos de Mama brilhando ao abri-la e desdobrar o papel. Ela segurou o papel perto da luminária e leu em voz alta.

Queridos Mama e Papa,

Desculpem-me por demorar tanto para escrever. No treinamento avançado, nós não conseguimos enviar correspondência, só receber. Acho que não querem que nossos segredos de rádio vazem. Línguas soltas afundam navios. Isso significa que, se falarmos sem censurarmos nossas palavras, a informação pode cair nas mãos do inimigo e botar em perigo os outros soldados. Recebi a carta de Papa ontem. Uma casa no condado de Orange! Nossa, que barato. Parece que foi bom para todo mundo. Será legal voltar para casa de uma vez por todas. Quero fincar minhas raízes. Aqui vai a novidade. Agora eu sou operador de rádio de campo com certificação. Posso desmontar e montar um rádio mais rápido que qualquer um da minha unidade, e consigo receber sinal mesmo quando os outros não conseguem. Meu novo apelido é "Marte" Lopez. Meus camaradas brincam que posso atingir outro planeta com o rádio, se quiser.

Papa riu. "Marte Lopez. É a cara dele!"

A outra notícia é que finalmente recebi os meus comandos. Vou partir em breve por transporte aéreo militar.

"Partir... para onde?", perguntou Ivy.

"Ele não tem permissão para contar", disse Papa. "Prossiga, Luz."

Sabem aqueles aviões barrigudos? Vou estar dentro de um deles. Não sei o dia exato. Só que vai ser dentro de algumas semanas. O que dizem por aqui é que essa guerra não deve durar mais muito tempo. Até os oficiais falam isso.

Mama levantou a cabeça. "Até *os oficiais* dizem que a guerra vai acabar em breve."

Papa sorriu e apertou a mão dela enquanto continuou a ler.

Eles nos mostram o noticiário toda semana e vemos que os americanos do país inteiro estão fazendo a sua parte, não importa de que tamanho, para contribuir. Sinto orgulho de estar fazendo a minha parte.

Com muito amor do seu filho, Fernando.

"Se a guerra terminar logo, no próximo Natal ele vai estar conosco", disse Mama.

Papa pigarreou. "Sim. Prevejo que o ano que vem será ainda melhor. Em duas semanas, o filho do sr. Yamamoto virá para assinar os documentos. Vou frequentar as reuniões para ver o que pode ser feito a respeito da escola de Ivy. Quando esta guerra terminar, teremos", a voz de Papa falhou, "nossa própria *casa* para Fernando voltar. Sim, o ano que vem será promissor."

Enquanto Mama e Papa se aconchegaram para reler a carta, Ivy abriu a dela e leu em silêncio.

Querida Ivy,

Acabei de receber a sua carta. Lamento muito que teve que perder sua apresentação no rádio. Espero que toque o seu solo para mim quando eu voltar para casa. Mas parece que coisas boas estão por vir para todos nós, depois que esta guerra terminar.

Cada batalhão tem seu lema: Coragem nas Dificuldades. O Nosso Melhor Para Sempre. A Postos na Paz e na Guerra. O lema do meu batalhão é Avante para Defender a Verdade. Vamos fazer isso na nossa família também. Conto com você para ser um bom soldado e marchar adiante.

Espero que ainda esteja tocando gaita. Eu daria tudo por um dos seus concertos agora! Câmbio. No jargão do rádio isso quer dizer que terminei de falar e estou esperando para ouvir o que a pessoa do outro lado tem a dizer. E essa pessoa é você!

Com amor, Nando.

P.S. Lembra que estava juntando selos de guerra em Fresno? Meu sargento disse que um selo de guerra de dez centavos dá para comprar cinco balas, e que cada bala detém um nazista. A verdade é que, quanto antes os detivermos, mais cedo a guerra vai terminar e eu voltarei para casa.

Na parte de baixo do papel, Fernando prendeu com fita uma moeda de um centavo. Ivy ergueu a carta para mostrar a Mama e Papa e sorriu. "Para um concerto."

Era logo depois da meia-noite. Ela beijou Mama e Papa e deixou a carta com eles para poderem ler também.

Ela foi até seu quarto e ficou na janela, olhando para as sombras no laranjal.

Ela pegou a gaita e tocou "The Battle Hymn of the Republic" para Fernando, cuja letra ressoava com seu orgulho, amor e dedicação.

Glória, glória, aleluia!
Glória, glória, aleluia!
Glória, glória, aleluia!
Vencendo vem Jesus.

"Está bem, Nando", sussurrou ela. "Avante para Defender a Verdade."

Ela se sentou na cama e escreveu uma carta para ele. Contou sobre a Lincoln Principal e a Lincoln Anexa, a decisão de ficarem em Orange em vez de voltarem para Fresno, a orquestra, o sr. Daniels, as aulas de flauta e que ela esperava que tudo desse certo para ele poder voltar para casa e fincar raízes. Ela lhe garantiu que estava sendo uma boa soldado e que ele podia continuar contando com ela.

Assinou a carta sem mencionar os dois obstáculos ao futuro de sua família: o primeiro era que Kenny Yamamoto e Papa ainda tinham que assinar os documentos. Se Kenny não gostasse do que visse quando chegasse em casa, ele poderia não assinar.

Isso era uma coisa que Ivy podia consertar.

O outro obstáculo era como uma farpa em seu dedo que nunca parava de latejar. Se os Yamamoto fossem espiões, eles iriam para a prisão e a fazenda seria vendida. Neste caso, o que aconteceria com a sua própria família?

Susan tinha dito que a única maneira de provar que os Yamamoto não eram espiões era inspecionando a casa deles. Papa não havia comentado que precisavam fazer exatamente isso? Se Ivy pudesse entrar lá e confirmar que não havia nada suspeito, ela poderia contar a Susan, que contaria ao pai dela. E isso acabaria com toda essa conversa de espiões.

No entanto, como e quando ela conseguiria entrar?

13

Um dia após o Natal, Ivy percebeu que tinha a oportunidade perfeita.

Ela e Mama estavam ajoelhadas lado a lado em um cobertor dobrado, em frente a um canteiro de flores muito cheio, pegando brotos de íris. Com uma espátula, a menina cavava um bulbo encoberto de terra e jogava em cima de um saco de juta. "De que cor são as flores?"

Mama analisou um deles. "Elas terão que desabrochar para a gente saber. Espero que sejam roxas com riscos amarelos. São as minhas favoritas."

"O que vai fazer com as mudas que estamos tirando?", indagou Ivy.

"Elas são fáceis de transplantar. Vou guardar algumas para a lateral da casa e dar um pouco para a sra. Ward. As outras, não sei."

"Mama, quero plantar algumas na casa dos proprietários. Tudo lá parece tão sem graça."

"Ivy, que boa ideia. Queria ter pensado nisso. Talvez, depois que criarem raízes e derem flores, a família possa voltar para apreciá-las."

"Podemos levar essas aqui e guardá-las no galpão até que eu possa plantá-las." E em seguida, como quem não quer nada, Ivy continuou: "Ah, e Papa disse que precisamos verificar dentro da casa. Podemos fazer isso enquanto estivermos lá".

"Sim", disse Mama. "Prometi a Papa que faria isso, mas ainda não tive oportunidade. Já que agora à tarde ele está na cidade comprando mantimentos, nós podemos muito bem ir até lá." Ela se levantou e passou a mão sobre o avental. "Vou pegar as chaves do galpão e da casa."

Antes de começarem a atravessar o laranjal, Mama pegou um punhado de pregadores do varal. "Para prender as cortinas de blecaute e deixar um pouco de luz entrar. A energia não está ligada."

Ivy ouviu os avisos de Susan. *Se entrar, tenha cuidado, porque a casa pode ter armadilhas ou estar equipada com bombas para proteger as coisas de espiões deles.*

Ivy não acreditava nisso e estava pronta para provar que os Yamamoto não eram espiões. Ainda assim, será que deveria contar a Mama o que Susan disse, só para garantir?

Quando Ivy terminou de amarrar as mudas de íris no saco, Mama já estava na metade do laranjal. Ivy correu atrás dela até o quintal dos Yamamoto. Quando a alcançou, ela já tinha aberto o galpão e estava indo em direção à porta dos fundos da casa. Ivy pôs o saco no chão de terra do galpão e rapidamente saiu para a casa, decidida a alertar Mama sobre as armadilhas. Mas ela não foi rápida o bastante. Mama já havia destrancado a porta e agora estava parada em uma cozinha perfeitamente normal, que não parecia nem um pouco pertencer a espiões. Ivy respirou fundo, aliviada.

"Agora", disse Mama, prendendo uma ponta do blecaute na janela da cozinha, "precisamos olhar dentro de todos os guarda-roupas e armários."

"Procurando cocô de rato, vazamentos de água ou ninhos de pássaros e esquilos", disse Ivy. "Papa me contou."

Mama pôs as mãos nos quadris. "É triste, não é? A última vez que Kenneth Yamamoto deixou esta casa, a família dele estava aqui." Ela balançou a cabeça. "Imagine como será difícil para ele voltar e ver isso."

A mesa da cozinha parecia fria e solitária sem uma fruteira no centro e com as cadeiras bem encostadas na beirada. Será que o sr. e a sra. Yamamoto se sentavam cada um em uma ponta, com os filhos entre eles? Quais lugares eram de Karen e Annie?

Ivy ajudou Mama a prender as cortinas da sala. Pregadas com tábuas pelo lado de fora, as janelas deixavam entrar apenas fachos de luz. Os móveis tinham sido empurrados para o centro e cobertos com lençóis, e as formas montanhosas pareciam icebergs. O ar tinha cheiro de velho.

"Por que eles ainda estão com os blecautes se não há energia?", perguntou Ivy.

"As cortinas provavelmente eram necessárias antes de serem mandados embora. Eles estavam sendo bons cidadãos. Agora, pelo menos, se alguém arrancar as tábuas do lado de fora não vai conseguir enxergar aqui dentro. Quando as casas são abandonadas, as pessoas fazem coisas estranhas. Elas acham que é um convite para roubar."

Mama examinou cada janela e passou para os quartos. O primeiro estava praticamente vazio, a não ser pela cama e o colchão de casal. Mama abriu uma porta do guarda-roupa. Estava cheio de roupas de adulto penduradas. No chão, havia um rádio encostado em um canto, rodeado por fileiras de caixas de papelão com palavras escritas na frente: *lençóis, fronhas, toalhas de mesa*. Uma fileira de botas pesadas delimitava o espaço. Devia ser o quarto do sr. e da sra. Yamamoto.

Mama pegou algumas caixas e olhou com cuidado dentro delas.

O quarto seguinte foi praticamente a mesma coisa, com caixas no chão do armário, mas a prateleira tinha tacos de beisebol e bolas murchas que provavelmente pertenciam a Kenny. No terceiro quarto, havia duas camas onde Karen e Annie deviam dormir. Ivy as imaginou lá, dando risadas e sussurrando segredos no escuro antes de pegar no sono, com a mais nova segurando a boneca.

Mama abriu o armário e uma caixa sem tampa tombou. Fotos saíram deslizando pelo chão.

"Ai, que bagunça!"

"Deixe que eu pego, Mama", disse Ivy, curiosa para olhar as fotos.

"Obrigada. Vou ver os armários da cozinha." O som dos passos de Mama foi diminuindo à medida que se afastou.

Uma a uma, Ivy empilhou as fotos de volta na caixa. Havia uma da orquestra da Escola Lincoln com as meninas Yamamoto fazendo um dueto na flauta. Elas também tocavam flauta! Ivy virou a foto. Os nomes delas estavam escritos atrás, em uma letra perfeita. Outra foto mostrava as duas irmãs sentadas ao piano com vestidos iguais. Havia muitas fotos de bebê. Uma de Kenny pequeno, tocando violino, com as palavras *Concerto de Primavera da Lincoln* escritas na borda branca. O sr. e a sra. Yamamoto parados nos degraus da frente da casa, segurando um bebê. Kenny, Donald e Tom, um com o braço em volta do outro, sorrindo e segurando tacos e luvas de beisebol. Kenny e Donald com seus uniformes de Fuzileiros Navais, apertando as mãos. Kenny deve ter ficado muito triste quando seu melhor amigo morreu no bombardeio.

A cada foto, Ivy se sentiu atraída pela vida dos Yamamoto e triste por tudo que eles perderam. Ela levantou a caixa e a pôs de volta no guarda-roupa. Procurou a tampa, empurrando as roupas penduradas para o lado.

Foi aí que ela viu uma porta no fundo do armário. Por que haveria uma porta em um armário? A imaginação de Ivy disparou. Será que era a entrada de uma passagem secreta? Será que era essa a prova que o pai de Susan queria encontrar? Será que os Yamamoto estavam *mesmo* escondendo alguma coisa?

Ivy olhou para cima. No alto da porta havia um trinco com cadeado. Ela empurrou ainda mais as roupas, arrastou caixas para a frente e encontrou outro trinco com cadeado na parte de baixo da porta.

Ela respirou fundo. Provavelmente era um depósito, argumentou ela. Para coisas especiais que não queriam correr o risco de deixar na casa, coisas quebráveis ou valiosas. Os japoneses não tinham uns quimonos chiques? Fazia sentido deixá-los trancados. Afinal, Papa disse que eles só podiam levar para o campo o que conseguissem carregar nos braços. E Mama falou que as pessoas roubavam casas abandonadas. Fazia sentido trancar objetos de valor.

De repente, Ivy sentiu o peso da responsabilidade de saber sobre esse armário escondido. Será que deveria contar a Mama e a Papa?

Ela pensou ter escutado um acorde, como um longo suspiro. Pôs a mão no bolso da jardineira e sentiu a gaita. Será que ela tocou sozinha? Ou foi Ivy que suspirou? Será que estava imaginando coisas, como Papa sempre dizia?

Seus pensamentos se confundiram. Sua família e a dos Yamamoto estavam ligadas. Se houvesse alguma coisa suspeita no armário e essa coisa fosse descoberta, ambas as famílias correriam perigo. Ivy provavelmente era a única, além dos Yamamoto, que sabia que aquela porta existia. E ela era boa em guardar segredos. Não era preciso contar.

Seria a maneira dela de ajudar, de dar à família a chance de marchar unida adiante.

Ivy reorganizou as roupas penduradas e empilhou as caixas no lugar.

"Ivy", gritou Mama, "vá soltando as cortinas quando passar pela casa e feche a porta dos fundos bem fechada. Vou trancar o galpão e encontro você lá na frente."

"Está bem, Mama!" Ela fechou a porta do armário e saiu da casa, agindo como se nada de anormal tivesse acontecido.

Porém, quando virou a esquina do jardim decrépito, parou e ficou paralisada.

O carro do sr. Ward estava estacionado na rua, no fim da entrada dos Yamamoto. Ivy viu o sr. Ward abaixado no banco do motorista e espiando pela janela do carona, como se estivesse observando e aguardando.

O coração de Ivy disparou. Ele não poderia saber o que ela havia acabado de descobrir. Ou poderia? A menina tentou agir de maneira inocente e casual ao caminhar pela entrada acenando.

Contudo, o sr. Ward acelerou o motor e saiu em disparada.

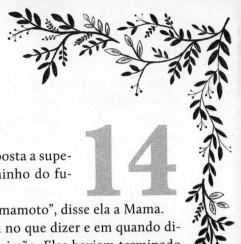

No dia seguinte, Ivy estava disposta a superar um dos obstáculos no caminho do futuro de sua família.

"Quero voltar à casa dos Yamamoto", disse ela a Mama.

A manhã inteira ela pensou no que dizer e em quando diria, para que Mama desse permissão. Elas haviam terminado o almoço, e Mama estava colocando seu casaco para ir fazer curativos com as mulheres da Cruz Vermelha. "Acabamos de ir lá ontem."

"Sim, mas quero plantar as flores, remexer os canteiros e também consertar a horta para quando Kenny Yamamoto vier. Já ajudei você antes, sei o que fazer. Papa disse que, se Kenny Yamamoto gostar de como estamos cuidando da propriedade, vai assinar o acordo. E você disse que seria triste para ele voltar para casa do jeito que ela está. Além disso, eu estava pensando que, quando as laranjas e verduras estiverem maduras, posso vendê-las na banca da sra. Yamamoto e comprar selos de guerra com o dinheiro. Talvez Susan possa me ajudar. Fernando disse que quanto antes detivermos os nazistas, mais cedo a guerra vai terminar. Posso dizer a Kenny Yamamoto que minha intenção é trocar os selos por um título de capitalização e dar ao pai dele quando a guerra acabar."

Mama olhou admirada para Ivy. "Que ideia generosa e sensata. Desde que chegamos aqui, Ivy, fico cada vez mais orgulhosa de você. Você está se tornando uma menina muito madura e responsável, com os pés no chão. Agora à tarde Papa está trabalhando no laranjal ao norte da casa, se precisar dele. A chave sobressalente do galpão está na gaveta perto da porta de trás. Não fique até tarde, e leve o seu casaco."

Empolgada e aliviada, Ivy enfiou a chave do galpão no bolso da jardineira e correu até a casa dos Yamamoto.

Ela pegou uma espátula, um ancinho pequeno e alguns pacotes de sementes no galpão. Tirou as ervas daninhas dos canteiros na frente da casa e cavou buraquinhos para os brotos de íris, jogando-os lá dentro e deixando só as pontas saindo do chão. Alisou a terra em torno deles para sua longa soneca no solo.

Enquanto trabalhava, ela se pegou olhando várias vezes para a casa e pensando no armário. Ivy tentou afastar sua curiosidade.

Ela caminhou até o jardim, removeu as treliças de arame e as colocou de lado. Ela arrancou a plantação velha de tomate e capinou a terra em dois longos sulcos. Em uma fileira plantou sementes de cenoura. Na outra, rabanetes. O resto da horta teria que esperar pelo clima mais quente.

No galpão, Ivy enfileirou as panelinhas de barro embaixo da janela e plantou sementes de ervilha-de-cheiro, molhando-as com um minúsculo regador.

Quando voltou para o jardim da frente, olhou para a estrada e avistou o garoto da bicicleta, o mesmo que tinha visto enquanto esperava o ônibus da escola. Ele estava encurvado sobre o guidom, pedalando o mais rápido que podia estrada abaixo. Ivy acenou, mas ele não acenou de volta. Aonde estava indo? Por que estava sempre tão apressado?

Ivy ficou feliz por não estar com pressa. Ela varreu lentamente a varanda da frente e, em seguida, se sentou nos degraus, satisfeita com seu serviço. Havia algo de reconfortante em estar ao pé da casa adormecida, sentindo o cheiro da terra remexida e olhando para o acolhedor leito de íris esperando para acordar.

Ivy pegou a gaita e tocou "Glória a Deus nas Alturas". Fechou os olhos. Quando chegou ao refrão, ela imaginou um campo de anjos que estavam dormindo em um lugar muito longínquo e antigo — anjos roxos com línguas amarelas, irrompendo pelo solo, cantando *Gloria... in excelsis Deo*.

A música a encheu de contentamento e de uma sensação de que tudo poderia, de uma vez por todas, ser melhor.

15

No sábado, Ivy estava tão animada para encontrar Susan e lhe contar tudo que havia acontecido — quase tudo — que chegou cedo demais.

Ela ficou sentada na velha carroça, tocando "Auld Lang Syne" na gaita, a música que a sua turma tocaria na *Hora da Família Colgate*. Na noite anterior ela ouvira no rádio a orquestra de Guy Lombardo tocando e as pessoas cantando. Ela não se lembrava da letra toda, só de uma pergunta que se repetia: *Devem os velhos conhecidos ser esquecidos?*

Já fazia mais de três semanas que Ivy se mudara, e ela havia escrito para Araceli quatro vezes. Mas não recebeu uma única carta de volta. Mama disse que os correios ficavam lentos no fim do ano. Papa falou que a família de Araceli podia ter se mudado de La Colonia também. Se era esse o caso, por que ela não mandou o endereço novo? Será que a amiga se esquecera dela?

Ivy ficou feliz de ter seus pensamentos interrompidos por Susan, que veio correndo pelo laranjal, carregando papéis e gritando o nome dela. Ela subiu na carroça e se sentou ao lado de Ivy. "Feliz Ano-Novo!"

"Para você também!"

Elas se abraçaram e conversaram sobre os presentes de Natal e como passaram as férias.

Ivy explicou por que estava arrumando o quintal dos Yamamoto e plantando a horta de guerra. "Kenny Yamamoto virá para casa no próximo fim de semana. Se ele gostar de Papa e de como está cuidando da casa e da fazenda, os dois vão assinar documentos dizendo que podemos ficar aqui para sempre."

"Está dizendo que talvez tenha que *ir embora* se Kenny Yamamoto não gostar da maneira que seu pai está fazendo as coisas?"

Ivy fez que sim. "É por isso que estou deixando tudo bonito. E", ela sorriu, "vou vender laranjas e legumes na banquinha da sra. Yamamoto para comprar títulos de capitalização com o dinheiro. Quer vir comigo? Estaremos ajudando o país."

"*Querer*, eu quero. E não quero que vá embora! Mas não sei se os meus pais deixariam... porque é a propriedade dos Yamamoto, sabe?"

"Não se preocupe", disse Ivy. "Pode dizer ao seu pai que minha mãe e eu inspecionamos o interior todinho da casa. Não vi nenhum documento secreto, nem nada que pudesse ajudar o Japão a ganhar a guerra." Não era mentira, mas o armário secreto ainda a importunava.

Susan mordeu o lábio, pensativa. "Já que é pela guerra e pelos nossos soldados... talvez eles deixem." Ela sorriu. "Nossa própria banquinha! Mas primeiro..." Ela levantou os papéis. "Folhas de exercícios. Preciso me recuperar em matemática, ou minha mãe não vai deixar eu fazer *nenhuma* atividade extra, nem a orquestra."

Esquentou. Ivy tirou o casaco de Fernando, estendeu-o na carroça e se sentou sobre ele. Ela deixou Susan usar o chapéu roxo enquanto olhavam para a lição da amiga.

Depois, Ivy pegou sua gaita e tocou "Auld Lang Syne".

"Queria saber o que significa essa letra", disse ela quando terminou.

"Meu pai me contou que significa 'tempos que se foram'. Ele disse que é sobre as boas lembranças de velhos amigos. E que, mesmo que fiquem separados por muito, muito tempo ou nunca mais os veja, você ainda pensa neles com amor e bons sentimentos."

Ivy inclinou a cabeça. O sr. Ward disse isso? Não parecia que ele queria que ninguém da família dele se lembrasse dos Yamamoto dessa maneira. Será que a guerra havia arrancado todas as lembranças boas do coração dele?

O sino tocou ao longe.

Susan recolheu suas coisas, entregou o chapéu a Ivy e lhe deu um abraço. "Vou contar aos meus pais sobre a banca de laranjas e legumes hoje à noite. E que você examinou a casa e os Yamamoto não são espiões, então é perfeitamente seguro. Faça figa para eles deixarem."

Ivy deu tchau.

Antes de Susan desaparecer entre as árvores, ela se virou e levantou a mão para o alto, com os dedos cruzados.

Ivy fez o mesmo.

16

"Você acha que ele vai assinar?", perguntou Ivy, seguindo Papa para cima e para baixo, fileira após fileira de laranjeiras.

Ele estava marcando cada tronco com fitas de tecido de diversas cores: amarela se precisassem ser podadas, verde se estivessem com as folhas enrugadas e precisassem ser tratadas, vermelha se tivessem que ser completamente removidas.

"Vamos descobrir daqui a uma semana, no domingo", disse Papa. "Ele só tem uma licença de três dias. Primeiro, vai viajar até o campo no Arizona para se encontrar com o pai. Depois ele pega o ônibus para cá para se encontrar comigo. Vai chegar de manhã, passar algumas horas e eu o levarei de volta ao ônibus de tarde."

Papa e Ivy entraram na caminhonete e dirigiram até os laranjais mais afastados, onde ele verificou as bombas de irrigação e os fossos e as tubulações que iam até os campos. O homem puxava laranjas das árvores, descascava-as, dava uma mordida e, em seguida, as entregava para Ivy provar, enquanto fazia anotações sobre a doçura e a suculência delas. "Vão estar prontas para colher em poucos meses."

"Aí eu posso vendê-las!" Ela estava empolgada para começar, e estava esperando que os pais de Susan dissessem que ela poderia ajudar. Ivy olhou em volta para os milhares de árvores. "Quem vai ajudar quando chegar a hora da colheita?"

"Isso é um problema. Vou conversar com Kenneth a esse respeito. Conheço um fazendeiro em San Bernardino que pode me emprestar alguns trabalhadores. Há tantos homens na guerra e tantas mulheres trabalhando nas fábricas que não há gente suficiente para colher. Os Estados Unidos estão implorando pelos *braceros* do México, porque não restaram 'braços fortes' bastantes aqui."

"Mas se eles não tivessem botado o sr. Yamamoto e todos os trabalhadores japoneses no campo..."

"Sim, Ivy. Você está pensando a mesma coisa que eu. Aí não precisaríamos implorar por *braceros*."

Eles voltaram para a picape e atravessaram os laranjais até a estrada. "Papa, você pode me deixar nos Yamamoto para eu molhar as plantas? Eu posso lhe mostrar os rabanetes. Eles já apontaram."

Papa virou a caminhonete na banca e começou a entrar na estradinha. Mais perto da casa, ele se inclinou para a frente, olhando através do para-brisa empoeirado.

"O que foi?", perguntou ela.

Ele desligou o motor, pegou a mão de Ivy e a puxou sobre o banco. "Não sei direito. Fique perto de mim."

Eles deram alguns passos em direção à casa e Ivy prendeu a respiração.

Os canteiros de flores da frente haviam sido pisoteados, os íris arrancados da terra e atirados na casa, deixando manchas de sujeira. A varanda agora estava cheia de torrões de terra e plantas mortas. Ivy piscou para se certificar de que aquilo era real.

Ela se soltou da mão de Papa e correu até a lateral da casa. Alguém havia devastado sua horta de guerra com uma pá. Os brotos de rabanete estavam partidos e espalhados aos montes sobre o quintal. Os sulcos estavam achatados.

Ela sentiu a garganta se apertar. "Papa, todo o meu trabalho..."

Ele chegou por trás dela e pôs a mão no seu ombro. "Ivy Maria, eu sinto muito."

Ela correu até o galpão. A janela estava quebrada, e as mudas não estavam mais no parapeito. Papa abriu a porta. Lá dentro, os potes de barro estavam estilhaçados no chão, em meio aos cacos de vidro.

Ivy teve a sensação de levar um soco no estômago. Todo seu trabalho árduo foi arruinado.

Quando Papa a levou em direção à caminhonete, ela viu o que tinha sido pichado de vermelho na porta dos fundos recém-pintada:

JAPAS ESPIÕES
NÃO VOLTEM!

Quem faria uma coisa dessas? O sr. Ward?

"Não quero mais que venha aqui sozinha", disse Papa. "Para a sua segurança, Ivy Maria."

"Mas... preciso limpar tudo isso. Para Kenny." Se ele visse aquela destruição toda, com certeza não assinaria o acordo com Papa.

"Não, Ivy. Hoje não. Vamos esperar até pouco antes de Kenneth Yamamoto chegar. Para que a pessoa que fez isso não tenha tempo de fazer de novo."

"Mas... as mudas... os rabanetes..."

"Eu sei", disse Papa. "Vou explicar tudo para ele."

Algo grande e feroz cresceu dentro de Ivy. "O que há de errado com as pessoas, Papa? Por que alguém está fazendo isso? E por que ninguém os impede?"

"Os corações estão feridos. Indivíduos que costumavam ser amigos não são mais. Vizinhos não são vizinhos. Durante uma guerra, as pessoas acham que precisam escolher um lado e jogar a culpa no outro. Os corações ficam menores."

"Mama diz que os corações são maiores do que pensamos!" Lágrimas de raiva escorreram por suas bochechas.

Papa pôs o braço em volta dela. "Ivy Maria, como foi que ficou tão sábia assim tão rápido? Onde está aquela menina com a cabeça nas nuvens? Acho que sinto um pouco de saudade dela." Ele apertou o ombro dela. "Toque alguma coisa na gaita para mim? A música que ia tocar no rádio, talvez? Seu solo." Ele pôs a mão no bolso, tirou algumas moedas, examinou-as e lhe entregou um centavo.

Ela pegou a moeda e abraçou Papa. No caminho de volta à caminhonete e durante todo o trajeto até sua casa, Ivy sentiu dificuldade de recuperar o fôlego, ainda sufocada de indignação, enquanto tocava uma versão hesitante de "América, a Bela".

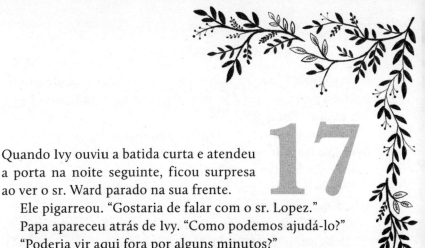

Quando Ivy ouviu a batida curta e atendeu a porta na noite seguinte, ficou surpresa ao ver o sr. Ward parado na sua frente.

Ele pigarreou. "Gostaria de falar com o sr. Lopez."

Papa apareceu atrás de Ivy. "Como podemos ajudá-lo?"

"Poderia vir aqui fora por alguns minutos?"

Papa pegou o casaco e fechou a porta atrás de si.

Ivy os observou pela janela da frente, frustrada por não conseguir ouvir. Papa se recostou na caminhonete de braços cruzados, escutando. O sr. Ward ficou parado na posição de costume, com as mãos para trás e os cotovelos para fora.

Após o sr. Ward andar até o carro e ir embora, Papa entrou, com o rosto franzido.

"O que foi, Victor?", perguntou Mama.

"Ele viu o vandalismo na casa dos Yamamoto e acha que tem uma solução para acabar com tudo isso. Ele gostaria de se encontrar com Kenneth Yamamoto quando ele chegar. Quer comprar a propriedade. Disse que, da primeira vez que fez uma oferta, os Yamamoto se sentiram insultados por ter sido baixa demais. Agora ele compreende isso. Falei a ele que o sr. Yamamoto me escreveu dizendo que não quer vender em nenhuma circunstância, mas..."

"Mas o quê?", indagou Ivy.

"O sr. Ward disse que todo homem tem seu preço. E ele está certo, Ivy. Se os Yamamoto concordarem com a venda, ele disse que vai considerar me contratar como supervisor de campo. Mas não me deu nenhuma garantia. Eu disse que combinaria o encontro, porque não cabe a mim dizer não. A decisão é do sr. Yamamoto. O sr. Ward quer inspecionar a propriedade por dentro e por fora: a casa, o galpão, a garagem. *Antes* de Kenneth Yamamoto chegar."

Ivy sentiu o sangue correr para o seu rosto. E se ele descobrisse a porta nos fundos do armário? A menina tentou parecer casual. "Por quê?"

"Ele disse que é para preparar uma oferta digna. Ele vai trazer seu advogado junto, para aconselhá-lo. Mas tenho a sensação de que há algo mais."

"Acho que sei o que é, Papa. Susan me disse que o sr. Ward pensa que os Yamamoto são espiões do Japão."

"O quê?", disse Mama. "Espiões? Ivy, que bobagem é essa?"

"Não estou inventando, Mama. Susan disse que o pai dela acha que dentro da casa há mapas e documentos secretos que ajudaram o Japão a bombardear Pearl Harbor, e que, se isso for comprovado, os Yamamoto podem ser presos. E eles vão perder a fazenda, porque o banco pode vendê-la a qualquer pessoa que tenha dinheiro para comprá-la."

Mama olhou para Papa. "Victor?"

Papa esfregou o queixo. "Faz sentido. Se o sr. Yamamoto não quer vender e o sr. Ward conseguir provar alguma coisa assim, é outra maneira de ficar com a propriedade. Ele me perguntou se eu havia entrado e o que eles deixaram para trás. Eu lhe disse que você e Ivy abriram todos os armários e portas, e não encontraram nada além dos objetos pessoais da família."

"Isso é verdade", disse Mama. "Certo, Ivy?"

Ivy fez que sim. Porém, se contorceu com seu segredo.

"Ele disse, no entanto, que consideraria um favor se ele pudesse dar uma olhada, porque não quer comprar se houver evidência de ter ocorrido alguma coisa antiamericana ali. Isso seria ruim para a reputação da propriedade, um problema que dificultaria vendê-la de novo um dia. Acho que o que Susan contou a Ivy é verdade. O sr. Ward quer encontrar alguma prova que possa comprometer os Yamamoto para que consiga o que quer. E vai trazer o advogado dele como testemunha."

"Victor, não pode estar falando sério! Guillermo trabalhou anos para o sr. Yamamoto. Com certeza ele teria comentado..."

"Luz. Estou falando sério. Eu vejo isso nos olhos do sr. Ward", disse Papa. "Ele acredita que ao comprar a casa e se livrar dos Yamamoto, está protegendo a vizinhança e sua família. É uma questão pessoal para ele."

"O sr. Ward acha que Kenny é responsável pela morte do filho dele", disse Ivy.

A testa de Mama se enrugou. "O quê? Mas como pode ser? A sra. Ward me contou que o filho dela morreu em Pearl Harbor."

"O sr. Ward não queria que Donald entrasse para a Marinha, mas Kenny o convenceu porque os dois eram melhores amigos", disse Ivy.

"Isso é um equívoco. Que homem triste, coitado", disse Mama. "Victor, você vai concordar em deixá-lo entrar na casa?"

"O que posso dizer? Se eu não o deixar entrar na casa e o sr. Ward de alguma maneira convencer os Yamamoto a vender, ele usará esse fato contra mim. Sabe o que isso significa? Que ele não me contrataria e que teríamos que nos mudar mais uma vez."

"Eu não quero me mudar", disse Ivy.

"Ninguém quer", respondeu Mama.

Papa pigarreou. "Luz, ele gostaria que você e Ivy fossem também, já que estiveram na casa."

"Quando?", perguntou Mama.

"Sexta à tarde, às quatro horas."

Mama respirou fundo. "Vamos ser práticos. Não devemos nos preocupar. Não há mal nenhum em olhar. Quando eles virem que não vão encontrar nada, tudo será resolvido."

IVY FOI PARA O quarto e deitou-se na cama, preocupada. Quando eles inspecionassem a casa, com certeza encontrariam a porta nos fundos do armário. E se houvesse *mesmo* alguma coisa antiamericana atrás dela?

Como ela poderia descobrir?

Uma ideia voltava sempre aos pensamentos da garota. Embora a descartasse por ser desobediente e perigosa, ela se lembrou de uma pergunta que fizera a Fernando. *Quem vai consertar as coisas enquanto estiver fora?*

E a resposta dele: *Você.*

Ela esfregou a testa, sabendo como faria isso. Hoje era segunda, e ela tinha até sexta à tarde. O problema maior era *quando*.

O pensamento que cruzou a sua mente em seguida foi o mais avassalador. Se ela descobrisse algo suspeito, o que faria com aquilo?

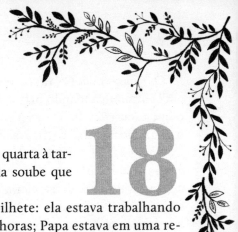

18

Quando Ivy chegou da escola na quarta à tarde e encontrou a casa vazia, ela soube que era a sua chance.

Mama tinha deixado um bilhete: ela estava trabalhando na casa dos Ward até as cinco horas; Papa estava em uma reunião com os pais da Lincoln Anexa e só chegaria em casa na hora do jantar.

Ivy correu até a gaveta da cozinha perto da porta dos fundos, esperando que Papa tivesse deixado o molho de chaves. Para alívio dela, ele deixou. Ela o colocou no bolso do casaco de Fernando e saiu correndo de casa. Enquanto corria pelo laranjal, as chaves batiam nela a cada passo.

Na porta dos fundos da casa dos Yamamoto, Ivy olhou sobre os dois ombros para se certificar de que não havia ninguém por perto. Ela entrou rapidamente, ainda recuperando o fôlego.

Era estranho estar sozinha na casa, apenas com o silêncio lhe fazendo companhia. Ela foi direto para o terceiro quarto, onde prendeu as cortinas para deixar o máximo possível de luz entrar no cômodo. Com o coração acelerado, abriu o guarda-roupas. Uma a uma, arrastou as caixas para fora. Quando só restavam duas, ela as empurrou mais perto da porta e subiu nelas para alcançar o cadeado do alto.

Suas mãos tremiam conforme tentava várias chaves. Finalmente uma estalou e ela retirou o cadeado.

Ela arrastou as duas caixas até o quarto, e agora o caminho para a porta nos fundos do armário estava livre. O cadeado de baixo se abriu com a primeira chave que tentou.

Sua respiração se acelerou.

Ela abriu com facilidade a porta escondida. Cheiro de mofo e sombras ameaçadoras a envolveram. Ela deu um passo para entrar, piscando os olhos para se ajustar à escuridão.

Os vultos maiores no recinto tomaram forma. Incrédula, ela continuou andando pelo ambiente sem saber, a princípio, o que estava vendo. E então começou aos poucos a entender o que tudo aquilo significava.

A parede dos fundos — a que dava para o lado externo — estava coberta por um biombo japonês, pintado com galhos delicados e flores de cerejeira. Ela foi olhar atrás dele e viu uma parede com portas duplas no meio. Ela se deu conta do que estava do outro lado: a treliça de madeira e as trepadeiras. Era *por isso* que o Sr. Yamamoto não queria que Papa as podasse. Fazer isso teria revelado as portas.

Ivy passou o dedo sobre uma pilha de papéis em uma mesa. Eram aqueles os documentos que ajudaram o Japão a bombardear Pearl Harbor? Ela olhou para uma fileira de livros. Será que aquilo era a prova que mandaria os Yamamoto para a prisão?

Olhou em volta. Como eles conseguiram aquilo? Como transportaram tudo que estava ali? Estava claro que havia muito mais gente envolvida do que só os Yamamoto. Será que havia festas e reuniões de trabalho? E entregas secretas de madrugada? Parecia que sim. Todos eles eram culpados da mesma coisa.

Os olhos de Ivy arderam de lágrimas. Era tudo tão triste. Parecia tão errado.

O sr. Ward estava certo. Os Yamamoto estavam escondendo alguma coisa. Uma coisa grande.

Ela deixou tudo como havia encontrado, trancou a sala com os cadeados e reorganizou o armário como estava.

Fernando disse que americanos de todo o país estavam fazendo a parte deles, não importa de que tamanho, em contribuição para a guerra.

"Vou fazer minha parte", sussurrou ela.

Na sexta à tarde, ela mostraria a Papa, a Mama, ao advogado e ao sr. Ward... a verdade.

Era seu dever como americana.

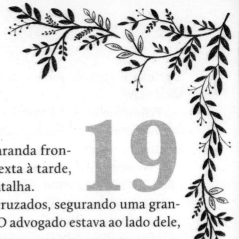

O sr. Ward estava parado na varanda frontal da casa dos Yamamoto na sexta à tarde, parecendo pronto para uma batalha.

Ele estava ereto, de braços cruzados, segurando uma grande lanterna em uma das mãos. O advogado estava ao lado dele, segurando uma maleta.

Quando Mama, Papa e Ivy subiram os degraus, o sr. Ward caminhou na direção deles e estendeu a mão livre. "Sr. Lopez, este é o meu advogado, o sr. Pauling."

Papa apertou as mãos de ambos os homens. "Esta é minha esposa, Luz, e minha filha, Ivy."

O sr. Pauling fez um aceno. "Agradecemos pela cooperação, sr. Lopez. Quero ressaltar que, legalmente, o senhor não tem obrigação de nos deixar entrar, já que não é o proprietário do imóvel. E para confirmar, como caseiro, o senhor está fazendo isso como um favor ao sr. Ward, correto?"

"Sim", disse Papa, apontando a mão para a porta da frente pregada com tábuas. "Precisamos entrar pelos fundos."

O sr. Ward fez um aceno para Papa. "Eu o acompanho."

Em poucos minutos, todos eles estavam na cozinha dos Yamamoto.

Mama caminhou na frente deles e prendeu as cortinas. O sr. Ward examinou a cozinha como um comprador em potencial, abrindo gavetas, iluminando os armários e debaixo da pia com a lanterna, batendo nas paredes.

O sr. Pauling o acompanhou de perto.

"Como podem ver", disse Papa, "está tudo em bom estado."

O sr. Ward não disse nada e foi para a sala. Levantou os lençóis e semicerrou os olhos para a mobília. Pegou uma vassoura que estava largada em um canto e bateu no teto. Ele pisou com força no piso de madeira. Quando passou para o primeiro quarto, abriu o armário. "A senhora revistou essas coisas?"

"Não olhamos dentro das caixas. Ivy e eu só procuramos por roedores e infiltrações", disse Mama. "E garantimos que as janelas estavam bem fechadas."

"Preciso perguntar, sra. Lopez", disse o sr. Pauling. "Só para constar, a senhora tirou alguma coisa da casa?"

Mama balançou a cabeça. "Eu nunca faria uma coisa dessas."

O sr. Pauling olhou para Ivy.

"Não, senhor. Não tirei nada da casa."

"Mas passa bastante tempo aqui, trabalhando no jardim", disse o sr. Ward.

Ivy assentiu. "Sim. Para deixar tudo bonito para Kenny Yamamoto quando ele vier visitar no domingo."

O sr. Ward se ajoelhou na frente de Ivy. "Mocinha, você sabe que o nosso país está em *guerra* com o Japão e com os japoneses?"

"Todo mundo sabe", disse Ivy. "Desde Pearl Harbor."

Papa se eriçou. "Claro que ela sabe. Nosso filho, o irmão dela, está lutando no Exército americano."

O sr. Ward se levantou. "Sr. Lopez, o senhor compreende que os japoneses que moravam aqui estão *confinados* por serem uma ameaça à nossa segurança?"

"Uma ameaça?"

"Quando os Yamamoto moravam aqui, havia gente entrando e saindo da casa o tempo todo", disse o sr. Ward. "Principalmente depois do bombardeio de Pearl Harbor. E não eram só outros fazendeiros japoneses. Eram japoneses com *maletas*. E, às vezes, as luzes ficavam acesas de madrugada. Caminhões chegando a qualquer momento."

"Mas isso não significa...", disse Papa.

"Como podemos saber que não era munição? Em tempos de guerra, todo cuidado é pouco", disse o sr. Ward. "Há simpatizantes japoneses que vigiavam nossos céus antes de Pearl Harbor. Eles descreviam os nossos aviões que passavam lá no alto e relatavam para o governo japonês."

Papa sacudiu a cabeça. "Eu não acho que os Yamamoto..."

O rosto do sr. Ward ficou vermelho. "Eu fui *treinado* para este tipo de trabalho. Se não permitir que eu continue inspecionando, vou denunciar minhas preocupações à polícia. É isso que o senhor prefere?"

Todas as vozes exaltadas deixaram Ivy ansiosa. Ela se apoiou em Mama.

O sr. Pauling pôs a mão no braço do sr. Ward. "Vamos com calma. É preciso ter provas antes de ir à polícia."

Papa olhou para o sr. Ward e para o sr. Pauling. "Não estou entendendo. Achei que queria olhar a casa porque estava interessado em comprá-la."

O sr. Ward fungou. "Tenho duas preocupações. Denunciar ameaças à nossa segurança e comprar a casa para que as ameaças nunca mais voltem."

"Sr. Lopez, se fizer a vontade dele, acabamos logo com isso", disse o sr. Pauling.

Papa apontou para o armário.

O sr. Ward arrastou caixa atrás de caixa até o meio do quarto, abrindo e verificando cada uma delas.

Ele resmungou: "Nada além de pratos, roupas de cama e panos".

O sr. Ward fungou mais uma vez, foi até o segundo quarto e repetiu a mesma inspeção. Quando encontrou apenas caixas de roupas infantis, ele se ajoelhou na frente da menina. "Ivy, quando você e sua mãe entraram na casa, você viu *alguma coisa* que parecia fora de ordem? Você viu alguma coisa no galpão, na garagem ou na casa que não parecia... normal?"

Ela olhou para o sr. Ward, para o sr. Pauling, para Mama e para Papa. Seu coração estava explodindo de ansiedade. Ela respirou fundo e tentou parecer calma.

"Ivy? Responda ao sr. Ward, por favor", disse Papa.

"O senhor diz algo como uma porta secreta?"

"Eu sabia!", disse o sr. Ward.

Papa se aproximou. "Ivy! Do que está falando? Agora não é hora de faz de conta!"

Ela balançou a cabeça. "Não estou inventando, Papa! Quando viemos conferir a casa, uma caixa de fotografias caiu no outro quarto. Lembra, Mama? Você me deixou para arrumá-las, e quando coloquei a caixa em cima das outras, vi uma porta nos fundos do armário, com cadeados. Posso mostrar a vocês."

O rosto de Mama ficou pálido. "Por que não me contou?"

"Desculpe, Mama. Achei que fosse só mais um armário para guardar coisas." Ela odiou ter que enganar Mama, mesmo que por poucos minutos, mas logo isso acabaria.

"Temos que chamar a polícia!", disse o sr. Ward.

O sr. Pauling ergueu a mão. "Vamos ter certeza primeiro de que não é só mais um armário, não é?"

"Ivy, mostre para a gente", disse Papa, estendendo a mão.

Ela o levou até o terceiro quarto.

Mama afastou as cortinas para deixar a luz entrar.

Ivy abriu a porta do quarto, empurrou as roupas para o lado e apontou para a porta oculta.

Ela observou o sr. Ward e o sr. Pauling puxarem as caixas até o centro do quarto e retirarem as roupas penduradas.

Com o armário vazio, Papa tentou chaves diferentes até os dois cadeados se destravarem. Ele abriu a porta.

O sr. Ward e o sr. Pauling seguiram o feixe da lanterna e entraram no recinto, com Ivy, Mama e Papa logo atrás.

A luz iluminou a sala e o seu conteúdo. Todos os vultos se iluminaram.

"Oh!", sobressaltou-se Mama.

"Como?", perguntou Papa.

Ivy observou com satisfação o sr. Pauling contendo um sorriso e os olhos do sr. Ward passando rapidamente de um canto a outro.

Ivy andou pelo recinto, destrancando e abrindo os estojos.

Dentro do espaço de um quarto havia não um, mas três pianos, inclusive um de cauda. Instrumentos musicais variados estavam espalhados: quatro violoncelos, vários baixos, flautas, clarinetes. Ivy abriu pelo menos uma dúzia de estojos de violinos, com os instrumentos e os arcos repousando nos seus leitos de veludo.

Papa andou pelos arredores do cômodo. Não demorou muito para ele olhar por trás do biombo pintado e ver as portas, como Ivy fizera ontem. "Portas duplas. Lá fora, elas estão cobertas com trepadeiras e não podem ser vistas. Agora faz sentido, não é?", disse Papa. "Eles podiam levar tão pouco consigo para os acampamentos. E o sr. Yamamoto foi um dos poucos da região que conseguiu manter sua propriedade. Ele está armazenando e protegendo os pertences mais queridos dos amigos. Os homens que viu entrando e saindo da casa com as maletas..." Papa deu de ombros. "Estavam carregando instrumentos. Eram músicos..." Ele olhou para Ivy e sorriu. "Como minha filha."

"Acho que vimos o bastante", disse o sr. Pauling, virando-se para ir embora.

"Não, espere!", disse o sr. Ward. Confuso, ele pôs as mãos nos quadris. "E dentro dos bancos dos pianos? E nas pilhas de partituras? Pode haver códigos secretos!"

O sr. Pauling levantou as sobrancelhas e balançou a cabeça.

Papa levantou a tampa de cada banco de piano e ficou parado enquanto o sr. Ward vasculhava pelos Chopins, Beethovens e Brahms.

Do terceiro banco de piano, Papa tirou a única coisa de dentro: uma caixa fina com desenho rebuscado de marchetaria e verniz brilhante. Ele a pôs sobre a mesa.

O sr. Ward se aproximou.

Papa levantou a tampa.

Havia uma carta por cima do conteúdo. Papa a abriu.

"O que é, Papa?", indagou Ivy.

Papa se virou e ergueu o papel, apontando para o timbrado. "Este é o selo oficial do Presidente dos Estados Unidos. A carta é uma comenda de bravura." Ele apontou para a caixa. "E estas são as medalhas do sr. Yamamoto por seu serviço aos Estados Unidos da América durante a Primeira Guerra Mundial."

O sr. Pauling pigarreou e se virou para o sr. Ward. "Não estou vendo nenhum documento do governo, diagramas do litoral da Califórnia nem fotos de aviões e navios. Está satisfeito?"

O sr. Ward pareceu confuso enquanto seus olhos vagavam pelo recinto. Ele respirou fundo e se empertigou. "É sempre melhor prevenir do que remediar. Cada homem, mulher e criança precisa ser diligente..." Sua voz falhou e seus olhos se encheram de lágrimas. "Tantos dos nossos meninos morreram... tantos meninos nossos... o meu menino..." A tristeza se apossou dele e seu corpo tremeu.

Ivy caminhou ao lado dele. Ele não parecia mais hostil. Ele se parecia com um pai que perdeu um filho na guerra.

Ela olhou para ele e pegou a sua mão.

Os olhos de Mama ficaram marejados quando apareceu do outro lado dele e segurou delicadamente seu braço.

E, juntas, elas o levaram embora da casa.

20

Papa pintou a porta dos fundos da casa dos Yamamoto mais uma vez.

Enquanto Mama embalava novamente todas as caixas que o sr. Ward tinha inspecionado na tarde anterior, Ivy jogava água com a mangueira na frente da casa e na varanda.

Elas replantaram os íris, araram a horta e salvaram algumas mudas dos potes de barro do galpão

O último gesto de Ivy antes da chegada de Kenny Yamamoto foi pendurar uma pequena bandeira com borda vermelha e área branca nas tábuas da janela da frente — com uma estrela azul.

NA MANHÃ SEGUINTE, a cozinha estava tomada pelo cheiro de carne assando no forno e sopa ferventando no fogão.

Antes de Papa sair para a rodoviária, ele parou na cozinha, pôs as mãos nos quadris e disse: "Luz, nem o Exército inteiro dos Estados Unidos da América conseguiria comer essa comida toda".

Mama abanou a mão para ele. "Se Fernando estivesse voltando para casa e nós não estivéssemos aqui, eu gostaria que a mãe de outro soldado cozinhasse para ele."

"Mas Kenneth Yamamoto só vai fazer uma refeição conosco", disse Papa, balançando a cabeça.

Ela olhou para Papa.

"Vou mandar ele levar um pouco... para a viagem. Mas usei muitos dos nossos cupons de racionamento."

Papa piscou para Ivy e apontou para o bolo na bancada. "Para nós está bom, não é?"

Ivy sorriu e assentiu.

QUANDO KENNY CHEGOU com seu uniforme cáqui, ele pôs o quepe de soldado em uma mesa perto da porta.

Sua cabeça estava raspada, e isso fazia suas orelhas parecerem grandes demais para a cabeça. Ele falava baixo e com educação, chamando Papa de "senhor" e Mama de "senhora". Ele era bem mais sério do que Ivy esperava, parecendo muito mais velho que Fernando, embora os dois só tivessem dois anos de diferença.

A princípio Ivy se sentiu tímida na presença dele, mas acabou puxando a cadeira mais perto da dele, prestando atenção a tudo que dizia. Ele falou sobre o tempo que passou no Havaí e que havia sido transferido para outro navio.

"Meu irmão disse que vai partir em breve. Na barriga de um grande avião, mas não sabemos para onde", disse Ivy.

"Pode guardar segredo?"

Ivy sorriu e fez que sim. "Amo segredos... às vezes."

"Geralmente isso significa que vai para o Teatro de Operações Europeu", disse Kenny. "Então provavelmente vai para a Itália, França ou Alemanha. Serei enviado para a mesma área, mas ficarei em um navio."

Enquanto se reuniam em volta da mesa da cozinha, ele e Papa eram os que mais falavam. A princípio, a conversa foi sobre os acontecimentos recentes da fazenda, como Ivy havia descoberto a sala de música e o que aconteceu com o sr. Ward. Depois o assunto passou para a guerra, os rumos que estava tomando e quanto tempo poderia durar. Assunto sério. Porém, quando Papa se levantou para pegar mais café e Mama estava tirando os pratos, Kenny estendeu a mão e puxou a trança de Ivy, exatamente como Fernando costumava fazer. Ela não reclamou como se tivesse sido Fernando. Em vez disso, apenas riu.

Após o almoço, Kenny disse: "Gostaria de ver minha casa agora. Quer cortar caminho pelo laranjal comigo, Ivy? Seu pai me disse que tem grandes planos. Pode me mostrar".

Papa olhou para seu relógio. "Vou levar a caminhonete até a casa e encontro você e Ivy lá em trinta minutos. Aí já vai ser hora de levá-lo de volta à rodoviária, infelizmente."

Mama sorriu. "Vou fazer uns sanduíches com a carne que sobrou."

Kenny se levantou e pôs seu chapéu. "Adeus, sra. Lopez. Obrigado por tudo. Espero que algum dia possa conhecer Fernando."

Mama ficou com os olhos marejados e abriu os braços para abraçá-lo.

Kenny pareceu surpreso, mas a abraçou de volta.

Lá fora, enquanto caminhavam pelo laranjal, Kenny respirou fundo. "É engraçado do que sentimos saudade quando estamos longe de casa. Sinto falta do cheiro das laranjeiras, da comida da minha mãe, e das minhas irmãs discutindo de quem é a vez de fazer alguma coisa primeiro. E sinto falta de usar roupas civis, como o seu casaco. É do seu irmão?"

"Fernando me emprestou até voltar para casa... para eu me lembrar de que ele está me mantendo aquecida e protegida, mesmo longe."

Kenny sorriu. "Que bom que nossas famílias decidiram sobreviver a esta guerra juntas, Ivy. Acho que temos mais semelhanças do que diferenças. Seu pai me contou que se inscreveu na orquestra. Sabia que eu também fiz parte da orquestra? E minhas irmãs também? Elas tocam flauta. O sr. Daniels era o nosso professor. Eu tocava..."

"Violino!", disse Ivy. "Eu sei. Vi uma foto na sua casa."

"Gosta do sr. Daniels?"

"Ele é meu professor favorito", disse Ivy. "Gosto da maneira que ele fala. Ele nos disse para tocar *majestosamente*."

Kenny riu. "É a cara do sr. Daniels."

O rapaz era fácil de conversar e, quando deu por si, Ivy já estava lhe contando sobre o primeiro dia da orquestra e que os meninos riram dela por ser da Lincoln Anexa, e que o sr. Daniels logo deu fim àquilo. Ela contou que tocou "When

Johnny Comes Marching Home", que queria tocar flauta e que gostaria de frequentar a Lincoln Principal. "Alguns pais estão questionando por que o distrito escolar está pagando um professor de música durante a guerra. Mas o sr. Daniels diz que todo mundo precisa de um pouco de beleza e leveza na vida, principalmente nas piores épocas."

Kenny assentiu. "O sr. Daniels tem razão. Pode tocar gaita para mim? Eu sei que está com ela aí." Ele piscou. "Seu pai me contou que a leva a toda parte, e que toca muito bem."

Papa havia dito isso? Ela corou e tirou a gaita do bolso, mas em seguida hesitou.

Kenny a cutucou e a provocou, exatamente como Fernando teria feito. "Só uma música? Por favor? Não quero ser obrigado a puxar suas tranças de novo." Quando esticou o braço e ameaçou, ela riu. Kenny não parecia tão adulto agora. Ele só parecia o irmão mais velho de alguém.

Ivy tocou "Auld Lang Syne" e se deixou preencher pelo timbre maravilhoso da gaita. Ali, entre as árvores, parecia que o tempo havia parado. Ela fechou os olhos e foi levada pelas notas até estar dentro da música.

Ela viu Kenny, Donald e Tom na carroça, fazendo uma fortaleza com os caixotes, brincando de esconde-esconde e pega-pega. E Susan tendo aulas de piano com a sra. Yamamoto. Sua mente vagou até a época em que brincava de cinco-marias com Araceli e pulava cem vezes a corda dupla sem errar. Ela a viu na porta de casa, usando o chapéu roxo, jogando beijos.

Ela trinou a última nota, fazendo-a soar como um flautim. Quando abriu os olhos, Kenny estava fazendo um aceno de aprovação. Ivy percebeu pelo olhar distante dele que Kenny também relembrara coisas.

"Você tem talento, Ivy. Quando eu voltar para casa da próxima vez, você vai ter aprendido a flauta. Treine bastante, para que eu possa ir a um concerto um dia e me sentar na plateia, enquanto você se apresenta no palco."

Ela sorriu, entusiasmada por aquelas palavras. Ele a fez sentir que as coisas eram possíveis, da mesma maneira que a srta. Delgado e o sr. Daniels haviam feito. Ivy esperava que algum dia aquilo se tornasse verdade, que ela estaria no palco, de frente para ele. E que ele se orgulharia dela. Apesar de ser irmão de outras pessoas, a impressão é que ele pertencia a ela, pelo menos por esta tarde.

Eles passaram pela última fileira de árvores e chegaram ao quintal dos Yamamoto. Ivy mostrou a Kenny o galpão, as mudas e a horta de guerra, e contou a ele seu plano da banca de laranjas e legumes. "Laranjas para títulos de guerra."

"É uma boa ideia", disse ele.

Quando Kenny viu a bandeira com a estrela azul pendurada nas tábuas sobre a porta da frente, onde Papa estava, Ivy viu o lábio dele tremer. Ele caminhou até Papa, apertou a mão dele e disse: "Obrigado por tudo. E meu pai lhe agradece também".

Eles assinaram os papéis, que vinculariam para sempre as duas famílias, bem no capô da picape.

No caminho da rodoviária, passaram pela Lincoln Principal. Papa contou a ele sobre os esforços que estava fazendo para que Ivy pudesse frequentá-la.

"Senhor, espero que o advogado possa fazer algo de bom", disse Kenny.

"Ele está otimista. Houve um caso perto de San Diego em 1931, *Roberto Alvarez contra o Distrito Escolar de Lemon Grove*, com as mesmas circunstâncias. Os pais se organizaram e ganharam, mas apenas na primeira instância. O advogado diz que pode utilizar isso na defesa do caso. E quantos mais pais vierem contar as histórias dos seus filhos, melhor será para as crianças que seguirem. Eu vou contar a história de Ivy."

Kenny Yamamoto concordou.

"Isso é ótimo, senhor. Todo mundo precisa lutar por alguém, no campo de batalha ou em casa."

Papa parou no terminal de ônibus e desligou o motor.

Kenny virou-se para Papa. "Sr. Lopez, estava pensando no que poderia mandar para minha família que lhes trouxesse algum consolo no campo de concentração, algo que não fosse muito difícil de trazer de volta para casa um dia. O senhor se importaria de embalar e mandar as flautas das minhas irmãs? Estão naquela sala de música que descobriram, com os nomes delas."

"Claro", disse Papa.

Ele olhou para Ivy e deu uma piscadela. "Todos precisam de um pouco de beleza e leveza, principalmente nas piores épocas, certo?"

Ela sorriu. "E você?"

Ele balançou a cabeça. "Não seria uma boa ideia carregar um violino no campo de batalha."

Ivy tirou a gaita do bolso e a virou nas mãos. Ao passar os dedos sobre a cobertura brilhante, com seus lindos relevos e a misteriosa letra **M**, foi tomada por uma sensação de querer ajudar Kenny. Impulsivamente, antes que ele pudesse descer do carro, Ivy segurou a mão dele, apertou a gaita contra ela e fez ele fechar os dedos.

Ele olhou para a gaita e, em seguida, para ela.

"Tem certeza?"

Ivy fez que sim.

"Prometo trazê-la de volta para você um dia." Kenny a colocou no bolso da frente do uniforme, desceu da caminhonete e fechou a porta. Depois, deu um passo para conseguir enxergar Ivy e Papa pelo para-brisa e bateu uma continência.

Ivy devolveu a continência e sussurrou: "Eu sei".

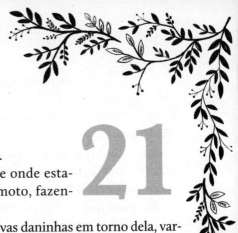

"Terminei. E você?", gritou Ivy.

A cabeça de Susan surgiu de onde estava na banquinha da sra. Yamamoto, fazendo uma placa.

A manhã toda elas tiraram ervas daninhas em torno dela, varreram teias de aranha, e cada uma pintou um pedaço de compensado para ficar apoiado dos dois lados da banca, para que os carros pudessem ver o que estava escrito em ambos os sentidos.

Desde que Papa assinou o acordo com Kenny Yamamoto seis semanas atrás, uma enorme onda de alívio pareceu tomar conta de todos. Mama e Papa ainda se atinham à crença de que a guerra terminaria logo. As cartas de Fernando chegavam aos lotes. Eles podiam ficar sem notícias dele por duas semanas, mas aí chegavam quatro cartas de uma vez só, todas cheias de perguntas e animação a respeito da casa nova. Ivy recebeu uma carta de Araceli. Ela e a família estavam se mudando para outro estado. Ivy escrevera de volta, mas não recebeu outra resposta. De alguma maneira, ela sabia que talvez nunca mais tivesse notícias de Araceli. Mesmo assim, se tivessem a sorte de se encontrar de novo, Ivy sabia que elas retomariam de onde haviam parado e seriam melhores amigas.

A orquestra começou para valer e a previsão do sr. Daniels se realizou. Ivy tinha se apaixonado pela flauta. Ele chamava Ivy de sua aluna mais brilhante e dizia que a única que chegou perto das habilidades dela foi Karen Yamamoto. Ivy não via a hora de conhecê-la um dia.

Ela correu para o outro lado para conferir a placa de Susan. "Está perfeita."

Em breve
Laranjas para Títulos de Guerra!
10 centavos o saco ou um selo de guerra

DEUS ABENÇOE A AMÉRICA!

"Quando acha que vamos poder começar a vender?", perguntou Susan.

"Papa disse que as laranjas estarão prontas na primeira semana de março. Ou seja, na semana que vem! Depois venderemos os legumes. Que bom que seu pai deixou você ajudar."

"Ele disse que qualquer coisa em prol dos esforços de guerra vai trazer os nossos rapazes para casa mais cedo. Ele até vai nos dar alguns legumes da nossa horta. Abobrinhas para Títulos de Guerra!", disse Susan.

"Vagens para Títulos de Guerra!", disse Ivy, rindo.

"Aspargos para..."

O menino da bicicleta passou por elas, com as mangas da camisa branca dobradas, a calça azul amarrada nos tornozelos com barbante, como de costume. Ele estava usando o mesmo boné azul com emblema e levando a mesma bolsa pendurada sobre o peito.

Ivy acenou, mas ele estava pedalando rápido e não respondeu. "Ele nunca acena de volta", reclamou com Susan.

Só que Susan não respondeu. E a cor havia desaparecido do seu rosto.

"Susan, o que foi?"

"Aquele garoto...", Susan parecia estar prestes a desmaiar.

Ivy a puxou para o banco e se sentou ao lado dela.

"Sabe quem ele é?"

"Ivy, *todo mundo* sabe quem ele é."

Os olhos de Susan estavam arregalados, como duas grandes bolas verdes. Ela olhou para a estrada. "Ele virou no cruzamento? Ou foi reto?"

"Reto, acho. Que importância tem?", perguntou Ivy.

"Lembra que contei como descobrimos que Donald estava morto?"

"Sim. Um telegrama, não foi?"

Susan fez que sim. "Que foi levado à nossa casa por um mensageiro da Western Union... aquele garoto de bicicleta."

As mãos de Susan começaram a tremer. "Em que direção estava indo? Ele virou para a minha casa?"

"Não", disse Ivy. "Virou na direção da minha."

Ela se estremeceu e pegou o casaco de Fernando onde o deixara. Sua cabeça se encheu de um zumbido alto. Será que havia abelhas por ali? E, em seguida, ela ouviu música. "O Hino de Batalha da República."

Meus olhos viram a glória
da chegada do Senhor;

Ivy se levantou. A princípio, ela andou pela entrada dos Yamamoto e depois correu. Cortou caminho pelo laranjal e se desviou das árvores, batendo nelas e derrubando laranjas pelo chão. Seus pés e seu coração dispararam. Ela ouviu Susan lá atrás. "Ivy! Ivy!"

Ele está pisoteando a safra
onde se guardam as vinhas da ira;

Ivy correu tão rápido que ficou tonta. A música continuou tocando. Quando chegou ao limite do laranjal, precisou parar, curvando-se para recuperar o fôlego. Ela apertou a lateral de seu corpo.

Ele disparou o relâmpago fatal
de Sua terrível espada veloz:

Susan chegou atrás dela e pôs o braço em volta da cintura de Ivy.

Elas deram alguns passos juntas e passaram pelas últimas árvores até a casa de Ivy aparecer.

A bicicleta estava encostada na varanda, e o menino parado na porta.

Sua verdade marcha adiante.

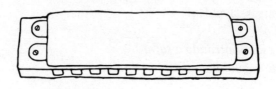

Quatro

abril de 1951

NOVA YORK, NOVA YORK
ESTADOS UNIDOS

Numa Noite Encantada

música de — RICHARD RODGERS
letra de — OSCAR HAMMERSTEIN II

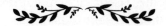

7 -7 -8 7 7 -5
Numa noite encantada

7 -7 -8 7   7 8
Podes ver um estranho.

7 -7 -8 7   7 -9
Podes ver um estranho

-9 -9 -9 -8 -6 6
Numa sala cheia,

6 -6   7 -6 6
E tens a certeza

6 -6   7 -6 -5
A simples certeza

-8 8 -9 9 -9 8
De que o verás novamente

-8 7 -6 6 -6
Em algum lugar.

01

Numa noite costurada com a linha do destino, em um teatro coroado por um anel de luz, Friedrich Schmidt levou Papai e o tio Gunter até os melhores assentos da casa.

Os olhos de Friedrich percorreram os camarotes, as frisas e os balcões superiores, com suas fachadas rebuscadas, entalhadas com louros e pintadas de dourado. Disseram-lhe que o concerto estava esgotado, mas, mesmo assim, ele não conseguia imaginar todos os assentos preenchidos por espectadores. "Vocês não se incomodam de esperar?"

Surpreso, Papai descreveu um arco com o braço. "Vamos ficar sentados aqui admirando toda essa suntuosidade."

"Nós *quisemos* chegar cedo", disse o tio Gunter. "Para ver os desdobramentos da noite do princípio ao fim. É uma grande honra ser acompanhado pessoalmente pelo maestro. É uma longa estrada a que você percorreu, Friedrich."

"*Nós* percorremos, tio. *Juntos*. Afinal, quem foi que me ensinou a andar de bicicleta e tocar gaita?"

O tio Gunter riu e piscou. "Fui eu. E você é muito gentil de se lembrar."

"E quem foi o meu primeiro professor, e o mais excelente?" Ele apertou o ombro do pai.

Papai sorriu para ele. "Obrigado, filho."

O tio Gunter puxou a gola da camisa, onde estava amarrada a gravata de seda que estava usando. Seu terno nem de longe lembrava os macacões da fábrica. "Você sabe que só uso gravata em poucas ocasiões, mas seus concertos sempre valem o esforço."

Nos últimos anos, Papai e o tio Gunter compareceram a muitos concertos regidos por ele, mas hoje era uma estreia especial. Friedrich se sentou no braço da poltrona de Papai, tão impressionado quanto eles com aquele momento e com a jornada milagrosa que os levou de Trossingen a Berna e, finalmente, àquele lugar, o Carnegie Hall de Nova York, para reger a Filarmônica Imperial.

Tchaikóvski regeu suas próprias composições na noite de abertura da casa. *O* Tchaikóvski. Friedrich mal acreditava que pisaria no mesmo palco.

Como se sentisse o que estava pensando, Papai falou: "Dizem que todos os músicos que se apresentaram aqui deixaram um pouco da sua alma".

Friedrich assentiu. As pessoas comentavam sobre a energia inegável do local. Como ele poderia acessá-la? "Acha que Tchaikóvski estava tão nervoso quanto eu?"

Papai balançou o dedo para ele. "Claro. E eu diria a mesma coisa para ele: 'Você tem tanto direito de estar nesse palco quanto qualquer outro maestro. Apenas ponha um pé na frente do outro. E levante a cabeça!'."

Friedrich tocou o ombro do pai e sorriu. "Vou lembrar."

No palco, as cadeiras dos músicos estavam em vários semicírculos grandes, vazias, aguardando. Um piano de cauda enorme ficava do lado esquerdo do palco.

Papai pôs a mão sobre a de Friedrich. "É difícil acreditar que estamos aqui. Parece que foi ontem que estávamos em Trossingen. Eu só queria..."

"Eu sei, pai", sussurrou Friedrich. "Eu também sinto falta dela."

Friedrich sabia que Papai ainda tinha esperanças de ver Elisabeth de novo algum dia. Ele nunca parou de lhe escrever, para que ela não se esquecesse do som da voz dele. Nem durante a guerra, quando ela permaneceu uma enfermeira dedicada, até mesmo cuidando de soldados em um campo de prisioneiros de guerra. Ou nos anos seguintes, quando trabalhou em um hospital pediátrico da Berlim Oriental.

Friedrich escreveu também, principalmente quando conseguiram a oportunidade de se mudar para os Estados Unidos.

Ele implorou a ela que se juntasse a ele, Papai e o tio Gunter, para aproveitar a chance de uma vida nova em um país novo. Ela recusou, dizendo que havia encontrado sua verdadeira vocação. Ainda assim, Friedrich continuou a esperar que ele — assim como seu corajoso amigo imaginário Hansel — pudesse levar sua irmã de volta para casa, para o seu pai. E que algum dia todos eles estariam juntos outra vez.

Friedrich muitas vezes se perguntava o que teria acontecido com eles se Elisabeth não tivesse mandado o dinheiro para o resgate de Papai. Papai tinha razão. Não parecia que dezoito anos haviam se passado desde aquele fatídico dia no trem com destino a Dachau.

O MOTOR JÁ havia começado a funcionar.

Friedrich ouviu a música de *A Bela Adormecida* de Tchaikóvski e fingiu que estava regendo, irritando os dois guardas, Eiffel e Faber. Quando estavam tentando fazê-lo sair do trem, chamando Friedrich de louco e prometendo prendê-lo, o apito tocou, longo e insistente.

O trem chacoalhou para a frente e começou se mover. Eiffel e Faber o empurraram de lado, correram até a porta e saltaram para a plataforma enquanto a máquina avançava pelos trilhos, deixando-os para trás.

O tio Gunter estava certo sobre o fim de ano. Mais pessoas estavam viajando. Os trens estavam lotados. Todos carregavam pacotes e pareciam mais preocupados com a estação do que com um menino constrangedor levando o futuro do seu pai a caminho de Dachau.

Após o comandante ouvir o apelo de Friedrich e examinar a caixa de cookies, ele aceitou o pacote e mandou buscar Papai.

Friedrich tentou não parecer assustado quando o viu. Em pouco mais de um mês, o pai passou de animado e forte a fraco e frágil. Ele mancava de uma perna e parecia desorientado.

Friedrich o ajudou a sair do campo, caminhando e parando para descansar de tempos em tempos, até chegarem à primeira fazenda, onde o rapaz pegou uma carroça emprestada e levou Papai até Munique, para a casa do amigo médico do tio Gunter.

Demorou semanas para ele se recuperar o suficiente e os dois começarem a jornada até a Suíça. Papai se recusava a falar sobre o que lhe acontecera no campo, insistindo que não era nada comparado ao que fizeram com outros. Com os olhos cheios de lágrimas, ele teimava que foi um dos que teve sorte. Após certo tempo, Friedrich parou de perguntar.

O tio Gunter estava esperando por eles em Berna. Ele e Friedrich conseguiram empregos em uma fábrica de chocolates suíços. Papai dava aulas de violoncelo. Por fim, Friedrich se inscreveu no conservatório de Berna.

Uma coisa levou à outra.

Era estranho como, em uma noite tão auspiciosa quanto aquela, em um dos espaços mais famosos do mundo, os pensamentos de Friedrich vagavam de volta aos seus começos. Ele olhou para o pai e o tio, que milagrosamente estavam ao seu lado, seguros e saudáveis. E, em vez de pensar no concerto à sua frente, Friedrich voltou-se às lembranças de infância mais felizes, das reuniões de sexta à noite na sala, com Elisabeth ao piano, tio Gunter no acordeão, Papai no violoncelo e Friedrich na gaita. Suas polcas eram ocasionalmente acompanhadas pelo relógio de cuco no saguão.

Os músicos começaram a aparecer no grandioso palco.

Vestidos de preto, eles tomaram seus assentos, ajustaram os suportes e abriram as partituras. Os instrumentos de sopro percorreram escalas para aquecer os tubos. Os violinos miaram e ronronaram.

Friedrich se levantou. "Preciso ir." Ele sorriu para Papai e o tio Gunter e foi em direção à porta lateral do palco. Antes de abri-la, olhou de volta para o teatro. Papai e o tio Gunter pareciam pequenos em meio ao campo de assentos de veludo vermelho. Papai estava sentado bem ereto, analisando o programa. Friedrich sentiu seu orgulho mesmo à distância.

Os funcionários abriram as portas do saguão e as pessoas começaram a entrar.

Friedrich correu para os bastidores, subindo até a coxia e encostando-se na parede. Ele fechou os olhos e se concentrou no concerto, "Retrato dos Palcos e das Telas". Sorriu. Musicais e filmes eram uma predileção tão americana e ele admitia gostar deles também.

Repassou o programa na cabeça: a primeira parte dedicada a George e Ira Gershwin, começando com *Porgy and Bess: A Symphonic Picture*, orquestrada por Robert Russel Bennett, com as principais canções da ópera. Friedrich amava a composição orquestral e clássica. Ela seria seguida por *Rhapsody in Blue* com um solista de piano em destaque. Após o intervalo, ele regeria a suíte de *South Pacific*, com música e letra de Rodgers e Hammerstein. Era o musical mais popular da cidade naqueles dias, e os ingressos eram muito cobiçados na Broadway. O barítono, Robert Merrill, apresentaria números selecionados do musical, encerrando com "Some Enchanted Evening". Havia rumores de que os compositores e libretistas, Richard Rodgers e Oscar Hammerstein, amigos de Robert Merrill, estariam na plateia.

Friedrich fechou os olhos e suas mãos fizeram os movimentos de regência da primeira abertura. Por um momento, ele parou e olhou em volta antes de prosseguir. Suas lembranças deixaram marcas tão profundas que ele não conseguia deixar de pensar no banco da escola onde fora maltratado por reger uma orquestra imaginária. Contudo, ali todos estavam focados em se tornar uma única voz. Todos eles falavam a mesma língua e haviam chegado àquela noite com suas próprias histórias de determinação, treino e amor pela música. Ali ele estava seguro.

O contrarregra acenou para Friedrich. Os músicos estavam posicionados.

O *spalla* se levantou e ergueu seu violino, tocando um lá. Os violinos no palco soaram em resposta. Os violoncelos e baixos gemeram baixinho. Acordes encheram o ambiente enquanto os músicos verificavam a afinação de seus instrumentos. O oboé tocou e os instrumentos de sopro corresponderam.

Friedrich procurou a nova flautista. Ela demonstrara nervosismo nos ensaios, então ele tirou um tempo para conversar com ela. Ela era uma das instrumentistas mais jovens que ele já encontrara em uma orquestra sinfônica, mas bastante talentosa. Havia algo intenso e determinado na maneira com que ela tocava, uma sensação que ele não conseguia identificar, mas que, mesmo assim, compreendia. Seu desejo de abraçar a música e se render a ela de alguma maneira o lembrava de si mesmo.

Pouco a pouco, os sons diminuíram. O salão se aquietou.

Quando as luzes da casa baixaram, surgiram alguns aplausos. O contrarregra apontou para Friedrich.

Embora fizesse muito tempo que já tinha se conformado com a marca no rosto, até mesmo recusando a maquiagem pesada que alguns contrarregras lhe ofereciam, Friedrich ainda hesitava por alguns segundos na coxia, parando e temendo a entrada no palco. Cada apresentação na frente de uma plateia era sempre uma jornada repleta do desconhecido. Ele sussurrou na frase de boa sorte que sempre dizia antes de seguir até o pódio do maestro, as mesmas palavras que havia sussurrado para sua gaita no dia que a poliu e a enviou mundo afora. "*Gute Reise.*" Boa viagem.

Entrou no palco e foi recebido por uma salva de palmas.

Friedrich pegou a batuta e ergueu os braços, preparado para fazer um ligeiro movimento dos pulsos para os percussionistas.

Quatro longos sinos tocaram, como degraus para outro mundo. Friedrich entrou na história da ópera, e a música o encheu com as emoções das dificuldades de Porgy, pois boa parte delas tocava fundo no seu próprio coração: um homem solitário com corpo deficiente; um valentão que achava que podia dominar o mundo; um mal onipresente; a perda de um amor para uma coisa fora do seu controle; e o que parecia ser um desafio insuperável.

Friedrich levou a orquestra até a terna canção "Summertime", e pressentiu a emoção crescente na música. Ele imaginou a letra... *acalme-se... bebê, não... chore...*

A música era maior que Friedrich, avassaladoramente linda, eufórica e verdadeira. Ele foi varrido para dentro dela. A orquestra estava *com* ele, e ele com ela.

Era isso que ele almejava desde menino, quando se imaginava no último degrau da escada em A da fábrica, de dois andares de altura, e dirigia uma sinfonia imaginária — um som magnífico a partir da união de muitos sons, uma história que ganhava vida por meio da execução.

Ele trouxe a orquestra a um crescendo e um final enfático.

Quando a música parou, Friedrich prendeu a respiração e esperou.

Havia sempre um momento entre os últimos sons e antes da ovação — uma pausa elegante — que Friedrich apreciava. Era um espaço puro que continha apenas uma pergunta: será que a plateia escutou com o coração?

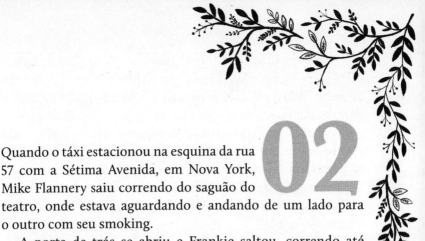

Quando o táxi estacionou na esquina da rua 57 com a Sétima Avenida, em Nova York, Mike Flannery saiu correndo do saguão do teatro, onde estava aguardando e andando de um lado para o outro com seu smoking.

A porta de trás se abriu e Frankie saltou, correndo até Mike e o abraçando. "Olhe só para você! Carnegie Hall! Exatamente como dissemos. Os balcões são todos dourados e os assentos todos vermelhos?"

Mike riu e deu tapinhas nas costas de Frankie. "É como se estivesse dentro de um ovo dourado todo trabalhado. E, sim, as cadeiras são do jeito que Vovó disse que seriam." Ele segurou Frankie com os braços esticados, admirando o terno dele. "Você também não está nada mal. Seu primeiro ano na faculdade de direito está lhe fazendo muito bem."

"Primeiro da classe, até agora", disse ele, empertigando-se. "Adivinha só. Vamos comer carne assada e sorvete depois. Pelos velhos tempos. Ou... pelos novos tempos. *Alguém* fez reserva no Russian Tea Room." Frankie apontou para o táxi, sorrindo.

O sr. Howard ajudou a tia Eunie a sair do banco de trás. Ela estava elegante de vestido longo preto e estola de raposa cinza.

"*Eu* fiz as reservas", disse ela, puxando Mike para um abraço.

"Obrigado, titia", disse Mike, beijando-a no rosto. Aquele havia se tornado um termo carinhoso, que ela teimava ser muito mais apropriado que tia Eunie, formal demais.

"O sr. e a sra. Potter mandam lembranças", disse ela.

"Como eles estão?", perguntou Mike.

"Felizes da vida em Atlantic City com a filha e os netos. Por mais que eu sinta falta deles, a aposentadoria está lhes fazendo bem."

Após o sr. Howard pagar o táxi, ele abraçou Mike também. "Estamos tão orgulhosos de você, Mike. Como foram os ensaios?"

"Foram bem, acho. Gosto muito do maestro, Friedrich Schmidt. Aliás, ele está procurando um advogado para ajudá-lo a finalizar uma papelada para o pai e o tio. Eu o escutei conversando no camarim e recomendei o seu escritório. Ele está interessado em conversar com o senhor. Posso apresentá-lo nos bastidores depois do concerto."

"Será um prazer. E lhe oferecerei ajuda *pro bono*."

Frankie aproximou-se. "Isso significa sem cobrar, para o bem público."

Mike revirou os olhos. "Eu sei." Ele olhou para o sr. Howard. "Ele está ficando insuportável?"

"Só em algumas ocasiões." Ele pôs os braços em volta de Mike e Frankie, puxando-os para perto. "Ah, é tão bom estarmos todos juntos outra vez!"

Mike os levou para dentro e os entregou a um funcionário. "Preciso ir agora." Ele piscou para Titia. "Estou ansioso pela carne assada e o sorvete."

"E bolo!", disse ela, sorrindo.

Ele beijou a bochecha dela mais uma vez. "Titia, eu jamais estaria aqui sem a senhora."

Ela endireitou a lapela do seu paletó. "Ajudamos um ao outro, não foi? Mas acho que fiquei com a melhor parte do nosso acordo. Dois ótimos meninos."

Mike conteve as lágrimas. Vovó sabia daquilo lá no fundo. A pessoa certa os encontrara.

Frankie inclinou-se para perto de Mike e estendeu o punho na vertical. "Você e eu estamos juntos."

Mike fez o mesmo, encostando no punho de Frankie. "É isso aí, garoto, você e eu..."

EM SEU CAMARIM, Mike esperava ser chamado.

Era engraçado como as palavras de Frankie tinham o poder de reacender as lembranças da infância: Vovó contando a eles sobre o Carnegie Hall, o porão do Lar do Bispo, a noite em que ele e Frankie tentaram fugir.

Acabou que, tantos anos atrás, ele estava errado a respeito de Titia. Ela *realmente* os queria.

Mike estava errado sobre os papéis que vira na mesa dela. A petição para a anulação da adoção deles havia sido aprovada e os documentos enviados a ela. Mas só teriam efeito legal se ela os assinasse, o que a Titia nunca teve a intenção de fazer. Quando Mike a confrontou na biblioteca naquele dia, seu amor por Frankie acendera uma luz no coração dela. Cerimoniosamente, ela queimou os papéis na lareira no dia seguinte à queda de Mike da árvore, quando, por algum milagre, apenas o ar lhe foi arrancado.

Mike, Frankie, o sr. e a sra. Potter, Titia e o sr. Howard — eles nunca o chamaram de nada além de sr. Howard, mesmo depois que ele e Titia se casaram — se mudaram para a casa dele na esquina. O melhor, e não o pior, tinha acontecido a ele e a Frankie.

Mike foi convidado para fazer parte da banda de Hoxie, o que ele fez por um ano. O sr. Potter ficou extasiado e continuou a ser seu instrutor. Depois, à medida que o piano foi consumindo o interesse e o tempo de Mike, ele começou a pensar em deixar a banda. Um dia, uma representante da Legião Feminina fez um apelo comovente para doarem instrumentos antigos que pudessem ser mandados para crianças pobres, que, de outra maneira, jamais teriam a chance de tocar música.

Mike se sentiu estranhamente tocado, como se *devesse* passar a gaita adiante, como se alguém estivesse esperando por aquilo. Então ele abriu mão dela, enviando-a em uma jornada para outra criança que precisava que o mundo parecesse mais cheio de possibilidades, que desejava atestar os sentimentos no seu coração, assim como Mike fizera.

Quando Frankie tinha idade suficiente para entrar, a famosa Banda de Gaita dos Magos da Filadélfia havia se desfeito devido à falta de recursos. Ele não ligou, porque, àquela altura, queria ser caubói e estava juntando caixas de cereal Ralston-Purina para uma série de gibis do Tom Mix.

Após o colegial, Mike passou para a Escola de Música Juilliard, em Nova York. Antes de começarem as aulas, o governo americano baixou a idade de convocação para dezoito anos. Os Estados Unidos estavam em guerra e Mike entrou para o Exército americano. Após o serviço obrigatório, ele finalmente começou na Juilliard e depois fez teste para a Filarmônica da Filadélfia. Alguns anos depois, ele se mudou para Nova York, o lugar ao qual sempre sonhou pertencer.

Bateram na porta do camarim exclusivo. Uma voz do outro lado disse: "Sr. Flannery. Cinco minutos, senhor".

"Obrigado!", gritou Mike, respirando fundo.

Ele saiu em direção ao palco e cruzou olhares com o contrarregra, que o chamou para a coxia.

"Uns três minutos para o seu solo."

Mike ouviu as últimas frases da suíte de *Porgy and Bess*. E os aplausos estrondosos que se seguiram.

Friedrich Schmidt saiu do palco até a coxia, onde Mike estava de pé aguardando. "Pronto?", perguntou ele, sorrindo.

Mike assentiu. "Pronto."

Friedrich esperou até a orquestra ter se reagrupado e virado as páginas das partituras antes de voltar para o palco.

Mike foi atrás e se sentou ao piano.

Friedrich ergueu a batuta.

Mike ouviu o glissando do clarinete que abre *Rhapsody in Blue*. Ele esperou os metais, as cordas e o restante da orquestra se espalhar à sua volta. Esticou os dedos e os segurou sobre as teclas, como havia feito no passado na sala de Vovó e na sala de música da via Amaryllis, sentindo a atração bastante familiar de tocar e se apresentar.

Ele esperou o crescendo e começou.

Enquanto tocava, pensou em como Gershwin havia composto boa parte da peça em um trem, com as batidas, chacoalhadas e estalos sobre os trilhos. Gershwin ouviu música em meio ao barulho, e viu a peça como um conjunto de tudo que era americano: uma composição de pessoas de todas as cores, ricas e pobres, quietas e barulhentas, uma mixórdia de humanidade.

Mike a tocou como se estivesse na casa de Vovó, com as meninas brincando de amarelinha, os meninos jogando bola, carros e caminhões buzinando e mães gritando nas janelas chamando as crianças. No delicado intervalo antes do final, ele ouviu sua mãe cantarolando e viu Vovó abrindo a janela para que a vizinhança inteira pudesse escutar a beleza em sua forma de tocar.

A música passeou pelo Central Park, perambulou pelas regiões da cidade, saracoteou sobre pontes, valsou em salões de baile... correu.

A Grande Maçã. Sua cidade. O lugar onde sempre sonhou estar. O lugar que Vovó amava e sempre quis levá-lo. Será que ele estava realmente ali naquele palco?

Ele martelou os ritmos das marretas e o *staccato* das rebitadeiras à medida que a cidade crescia, arranhando o céu. Acompanhou a música, mas seu coração estava seguindo sua própria jornada até aquele ponto no tempo: de Allentown à Filadélfia até o Bispo, e as promessas dele e de Frankie de ficarem juntos. Do Lar do Bispo até a via Amaryllis, aprendendo a esperar pelo melhor e que, não importa quanta tristeza haja na vida, há quantidades iguais de "talvez as coisas melhorem em breve". Da Banda de Gaita de Hoxie para o Exército, para a Juilliard, até aquele banco de piano no Carnegie Hall onde, por um momento, se tivesse sorte, o coração da plateia e o mundo parariam.

O maestro envolveu a orquestra em torno dele. E, juntos, eles fizeram a plateia ficar de pé.

Mike saiu do banco do piano, respirou e se curvou, enquanto os aplausos o embalavam.

Por cima de todos os aplausos, ele ouviu Frankie gritando: "Bravo! Bravo!".

03

Nos bastidores, durante o intervalo, Ivy se olhou no espelho e sorriu para si mesma, aliviada. Ela conseguira terminar a primeira metade do seu concerto de estreia com aquela orquestra. Se ao menos Fernando pudesse estar ali para acompanhá-la ao teatro, como as tantas vezes que a acompanhou no seu primeiro dia de aula, talvez ela não estivesse tão nervosa.

Antes do concerto, ela endireitou o vestido dez vezes, e estava tão preocupada com o cabelo que acabou puxando-o para trás, liso e elegante, e o amarrou com uma fita preta na nuca, para que não interferisse enquanto estivesse tocando. Embora fosse apenas a quarta flautista, ela ainda era a integrante mais jovem da orquestra sinfônica. Todos foram gentis e solidários, e o próprio regente a tornara sua protegida.

Ela desejou que Mama e Papa pudessem estar ali naquela noite. Com a duração da viagem de trem, no entanto, era tempo demais para Papa deixar a fazenda. E Fernando precisava de Mama nesse momento. Todos mandaram flores e beijos para Ivy.

Por mais que Papa tivesse passado a dar valor ao talento de Ivy na flauta, ainda foi preciso que Fernando o convencesse a deixá-la seguir carreira na música. Papa não conseguia entender como Ivy se sustentaria. Mas Fernando persistiu. Ele disse que era uma grande honra ter um músico na família. Falou que quando Ivy tocava, as pessoas ficavam felizes e se esqueciam dos seus problemas por algum tempo. Ele disse a Papa que, sem música, o mundo seria triste. E que ele daria qualquer coisa para ouvir algo tão lindo quanto uma orquestra tocando quando estava caído no campo de batalha, sem saber se viveria, se morreria ou jamais veria sua família outra vez.

Todos aqueles anos atrás, o garoto da bicicleta estava parado na porta deles e entregou um telegrama. Fernando havia sido ferido enquanto resgatava um soldado em um campo minado, e perdeu dois dedos nas explosões. Foi dispensado do Exército com honras pela bravura.

Ele voltou para o condado de Orange para se estabelecer e se casou com Irma Alapisco, a professora do terceiro ano da Lincoln Anexa, que, em 1945, devido ao trabalho duro e à perseverança dos pais, havia se fundido com a Lincoln Principal em uma só escola. Fernando e Irma estavam esperando seu primeiro bebê, que nasceria a qualquer momento. Ivy sorriu ao pensar em sua família e seus amigos em Orange e nos diversos rumos que suas vidas tomaram.

Ela chegou à Filarmônica Imperial de Nova York por meio de um intercâmbio da Filarmônica de Los Angeles. Sua melhor amiga, Susan Ward, havia se tornado secretária jurídica. Tom, irmão de Susan, foi o único filho das três famílias que voltou da guerra sem ferimentos, e agora gerenciava as fazendas do pai. Os Yamamoto voltaram para casa e retomaram suas vidas, cuidando da fazenda com o mesmo cuidado e carinho que tinham antes da guerra. Ao longo do tempo, Karen e Annie também se tornaram melhores amigas de Ivy. E, graças a Deus, Kenny também sobrevivera à guerra... por pouco.

Ele estava de licença agora, antes da sua próxima viagem oficial à Coreia do Sul, e estava na plateia naquela noite. Muitos anos atrás, ela lhe prometera um concerto um dia. Nenhum dos dois poderia imaginar que seria ali, em Nova York, no Carnegie Hall.

Antes do intervalo, Ivy estava nervosa demais para procurar por ele na plateia. Agora, no entanto, ao voltar para o palco e se sentar em sua cadeira, ela deixou os olhos percorrerem a casa antes das luzes se apagarem. Foi fácil avistar Kenny, com seu uniforme azul. Ele estava olhando para o programa, depois levantou a cabeça, percebeu-a olhando e sorriu.

Ela ficou vermelha e seu coração se encheu de alegria quando pensou em todas as coisas que ele havia feito por ela e por sua família: transferir o terreno e a casa para Papa após a guerra, encontrar um excelente professor de flauta para ela e ajudar Fernando a encontrar emprego de eletricista.

Ela pegou sua nova flauta, um presente recente de Kenny. Ivy disse que era um presente grandioso demais, mas ele insistiu e falou que já havia passado da hora. Primeiro, porque ele tinha prometido na estação de trem aquele dia que iria lhe devolver a gaita, o que nunca fez. Agora ele a guardava, junto com a sua medalha Purple Heart, na caixa com as medalhas da Primeira Guerra de seu pai. E segundo, porque ela salvou sua vida. Aquilo não era *exatamente* verdade. No entanto, ela pensava que, se não tivesse dado a gaita para ele, talvez ele não estivesse vivo hoje.

Todos diziam que era um milagre. Alguns chamavam de ato divino. Outros que as estrelas tinham se alinhado em seu favor e que sua hora simplesmente não tinha chegado. Mesmo os que achavam ser apenas uma coincidência ficaram impressionados e queriam apertar a mão de Kenny, para que um pouco da sua sorte pudesse passar para eles.

Àquela altura, Ivy já tinha ouvido a história tantas vezes que poderia declamá-la. O estranho é que ela nunca se cansava de ouvir a anedota misteriosa.

Desde o dia em que a pôs na mão dele, a gaita de Ivy se tornou o amuleto pessoal de Kenny. Ele a levava no bolso esquerdo da camisa, da mesma maneira que outros soldados tinham um pé de coelho ou uma medalhinha religiosa. Era parte tão integrante do seu uniforme quanto as plaquetas de identificação que precisava usar em volta do pescoço.

Kenny estava fazendo uma ronda de rotina em uma área bastante arborizada quando sua unidade foi emboscada. O zunido das balas passando ecoou nos ouvidos do rapaz. Ele sentiu a ardência na perna e o sangue escorrendo para dentro da bota. Mas foi o peito que ele apertou antes de cair ao chão.

Ele olhou para os pinheiros acima. O mundo ficou branco. E depois preto.

Kenny acordou em um velho galpão convertido em um campo alemão para prisioneiros de guerra, na ala do hospital, com a perna pior do que imaginava. Três moças se ocupavam dele, que entrava e saía de um estado delirante. Sua febre disparou e elas enxugavam a sua testa. Durante os momentos de lucidez, ele as observava arrumarem os lençóis e sentarem ao seu lado, inclinando-se na direção dele com expectativa. E ele as ouvia sussurrando: "Viva. Você precisa sobreviver".

Enquanto ele definhava, elas liam histórias de um livro antigo. Histórias de castelos e bebês proscritos, uma bruxa, um menino excepcional, órfãos e uma garota correndo por um laranjal. Em seu momento mais sombrio, quando parecia que iria morrer, elas cantavam para ele.

Suas vozes eram lindas e sobrenaturais, e o enchiam de alegria e determinação. As músicas pareciam implorar para que ele resistisse, como se implorassem por suas próprias vidas, além da dele.

Certa noite, ele teve uma melhora. Sua febre diminuiu e ele acordou com fome. A luz da lua entrava pela janela aberta, embora com grades, ao lado da sua cama, derramando feixes de luz no chão. Ele sorriu para as três mulheres, que nunca saíram do seu lado. Elas sorriram de volta, acenaram em uníssono e deram as mãos. Porém, antes que ele pudesse dizer uma palavra, elas saíram do quarto rodopiando noite afora, desparecendo em outro tempo e espaço.

De manhã ele perguntou à sua enfermeira alemã, Elisabeth, sobre as três mulheres. Ele gostaria de agradecer a elas. Para onde tinham ido? Eram voluntárias? Voltariam?

Ela insistiu que não houve visitas, e disse que os remédios que estava tomando podiam causar alucinações. Os soldados viam todo tipo de coisas estranhas no hospital. Ele não havia dito que tinha mãe e duas irmãs em casa? Talvez estivesse sonhando com elas. Ela tocou a mão dele e disse que foi tudo coisa da cabeça dele. Ela o encorajou a falar sobre sua família de verdade nos Estados Unidos.

Ele lhe contou que costumava tocar violino, sobre as irmãs que tocavam flauta, e a história da sala atrás do armário, onde seu pai havia escondido três pianos e dezenas de outros instrumentos musicais.

Elisabeth lhe contou que seu pai tocou violoncelo na Filarmônica de Berlim no passado, e que seu irmão menor era um músico talentoso — o melhor que conhecia —, que teria feito teste para o conservatório alemão, caso as circunstâncias tivessem sido diferentes. Kenny sorriu. Ele achou adorável ela ter tanto orgulho do irmão.

Durante a estadia na ala do hospital, Kenny se tornou uma celebridade. Os prisioneiros, a maioria franceses e americanos, e até os guardas alemães, vinham até a cama dele e pediam para ver o talismã que salvara a sua vida.

Kenny sempre atendia, tirando-o do bolso. Ele o segurava na palma da mão, exibindo-o para que todos vissem.

Não importa quantas vezes a mostrasse, ele ainda ficava impressionado com o milagre da gaita deformada pela bala fatal que teria lhe atingido o coração.

IVY ARRUMOU AS páginas da partitura. Embora tivesse gostado da suíte de *Porgy and Bess* e de *Rhapsody in Blue*, era pela música de *South Pacific*, de Rodgers e Hammerstein, que ela estava esperando a noite toda. Ela já havia assistido ao musical duas vezes. A primeira, logo que se mudou para Nova York um ano atrás, e na noite anterior, com Kenny.

O maestro, Friedrich Schmidt, entrou no palco, seguido do pianista, Michael Flannery, que se uniria à orquestra na segunda metade, com um solo no final. Em seguida, veio o barítono do Metropolitan Opera, Robert Merrill, também de fraque, que se curvou e se sentou perto do maestro. A plateia aplaudiu com expectativa.

A abertura arrebatadora de *South Pacific* começou. Ivy sentiu a história emocioná-la novamente, levando-a em uma viagem. Era uma produção corajosa, sobre discriminação e injustiça — uma mulher apaixonada por um homem que tinha filhos mestiços e sua dificuldade de aceitá-los; um soldado apaixonado por uma bela mulher de Tonquim, Vietnã, e o conflito do que sua família acharia se quisesse se casar com ela. Era uma história emoldurada por intolerância e guerra, assuntos bastante familiares para ela.

Após a abertura, Robert Merrill cantou "My Girl Back Home", "Younger Than Springtime", "You've Got to Be Carefully Taught" e "This Nearly Was Mine". Após cada música, a plateia ficava exultante. Uma energia inegável estava crescendo no salão.

Friedrich Schmidt ergueu sua batuta mais uma vez. Robert Merrill estava posicionado para cantar. No contratempo, Michael Flannery começou um prelúdio ao piano, seu próprio arranjo solo de "Some Enchanted Evening". A princípio, ele tocou devagar, como uma cantiga de ninar, depois alto como uma tempestade, até o fim da estrofe, quando a música voltou a ficar calma.

O maestro deu a deixa para a orquestra.

Robert Merrill começou a cantar "Some Enchanted Evening".

Ivy soprou sua flauta e se rendeu à música. Sua declaração de amor delicada e comovente trouxe lágrimas aos seus olhos.

Numa noite encantada
Quando encontrar seu verdadeiro amor,
Quando sentir que ela o chama
Em uma sala lotada,
Corra para o lado dela,
E faça-a sua
Ou pelo resto da vida
Sonhará sozinho.

Ivy teve a sensação de ser tocada pela magia. Seus olhos perceberam os olhares dos outros músicos. E ficou claro que eles também sentiram aquilo.

> *Quem pode explicar?*
> *Quem sabe o porquê?*
> *Tolos lhe darão motivos*
> *Sábios nem tentarão.*
> *Numa noite encantada...*

Hoje havia um brilho no salão, uma comunhão espiritual, como se Ivy, o maestro, o pianista, a orquestra e todos na plateia fossem um só, inspirando e expirando no mesmo ritmo, sentindo a força e a visão de cada um, enchendo-se de beleza e leveza, brilhando sob as mesmas estrelas...

... e ligados pelo mesmo fio de seda.

𝔇ᴇᴢ ᴀɴᴏs ᴀᴘós ᴛᴇʀ sᴇ ᴘᴇʀᴅɪᴅᴏ na floresta escura e ser encontrado no pomar de pereiras, Otto se casou com Mathilde. Afinal, ela sempre acreditou nele.

Levou muitos anos, mas eles enfim tiveram um bebê chamado Annaliese, que nasceu deficiente. Quando ficou claro que ela nunca andaria sem alguma dificuldade, o médico da região recomendou que Otto e Mathilde a confinassem em um asilo com outros desventurados. No entanto, eles não suportavam aquela ideia! Eles tentaram todas as poções e cataplasmas, e procuraram um médico atrás do outro. Em pouco tempo, Otto estava endividado.

Ele foi forçado a vender a casinha deles no campo e se mudar com a família para um apartamento no vilarejo. Ele arrumou um emprego de afinador em uma loja que fabricava instrumentos musicais. Ao longo dos anos, de alguma maneira, ele adquiriu a capacidade de detectar a afinação perfeita, e os clientes passaram a buscar sempre por Otto. Seu patrão logo ficou com inveja do seu talento e notoriedade, e o despediu da loja.

Sem trabalho, com uma filha doente e uma esposa que merecia coisa melhor, Otto ficou desanimado, muitas vezes vagando pelas ruas do vilarejo antes do amanhecer, preocupado.

Certa manhã, ele viu um aviso na vitrine de uma loja. A grande fábrica de gaitas de Trossingen estava procurando artesãos que pudessem produzir instrumentos de alta qualidade. Os fabricantes podiam enviar uma amostra para consideração em um determinado dia. Será que esta seria sua chance? Será que sequer era capaz? Ele precisava tentar.

Otto trabalhou noite e dia na mesa da cozinha produzindo um modelo: lixando o pente de madeira, gravando a placa de palhetas, e meticulosamente afinando o instrumento para se igualar ao som da gaita que tanto amava — aquela que Eins, Zwei e Drei batizaram com seus sopros tantos anos atrás.

Uma semana depois, enrolou o instrumento em um pano de prato, enfiou-o no bolso e saiu de carroça para a cidade da fábrica. Ao chegar, homens de toda a região já estavam formando filas com suas gaitas. Otto sentiu um peso no

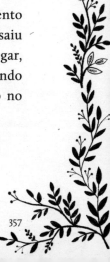

estômago. Como é que o julgariam entre tantos artesãos capazes?

O dono da fábrica de gaitas era minucioso. E Otto viu com espanto a maioria dos instrumentos ser rejeitada e os fabricantes dispensados. Mais de uma vez ele percebeu homens limpando lágrimas, quando seus trabalhos não satisfaziam aos critérios do proprietário. Otto preparou o coração para a decepção.

Porém, quando o dono examinou e tocou a gaita de Otto, ele não só ficou impressionado com a qualidade e o timbre, como fez uma encomenda especial. "Preciso de treze, uma para cada gerente de departamento, para que eles também possam ouvir e valorizar esta excelência. Se conseguir entregá-las até o fim do mês e suas gaitas forem tão superiores quanto a que vi e ouvi hoje, gostaria de montar um ateliê para você em sua vila."

Otto ficou radiante! Ele poderia quitar suas dívidas. Talvez conseguisse comprar a sua casinha de volta. Acima de tudo, ele e Mathilde conseguiriam cuidar da sua querida Annaliese. Otto voltou para casa, feliz e determinado.

Na noite anterior à entrega da encomenda, Otto estava sentado à mesa da cozinha, montando os últimos instrumentos. A casa estava em silêncio e era tarde. Sua esposa já havia se recolhido fazia tempo. Sua linda filha dormia em um catre ao lado dele. O cachorro roncava aos seus pés. Após polir a placa de cobertura, ele caiu em um sono exausto, desabando sobre sua área de trabalho e derrubando o instrumento no chão.

De manhã, ele estava se preparando para partir quando percebeu que não conseguia encontrar a décima terceira gaita. Ele chamou sua esposa para ajudar.

Juntos, eles revistaram a casa. Minutos depois, ela parou diante dele, segurando um instrumento mastigado e destruído. "O cachorro..."

Otto entrou em desespero. "Eu *tenho* que entregar treze. Não dá tempo de fazer outra." Ele andou de um lado para o outro, aflito, até que seus olhos pousaram sobre a gaita que Eins, Zwei e Drei tocaram, a que serviu de referência para o visual e o som de todas as outras. Será que ele conseguiria se separar dela?

Otto a pegou e a girou na mão. Ele imaginou as três irmãs dentro do círculo de árvores, abrindo o livro a cada nascer do sol para ver se mais partes da sua história tinham sido escritas. Naquele momento, como se ecoasse a lembrança de Otto, o sol nasceu lá fora e entrou pela janela. A gaita brilhou na sua mão. Os sinos matinais da igreja soaram. Será que era um sinal?

Otto olhou para a esposa, que agora segurava a filha.

Annaliese se desvencilhou dos braços da mãe e mancou na direção dele. "Papai, pode tocar uma música para mim?"

O coração de Otto se encheu de amor pela sua família e de gratidão pelo futuro promissor que se desdobrava à sua frente.

Ele tocou a gaita pela última vez, ouvindo o canto dos pássaros, um riacho correndo sobre pedras lisas, e o uivo do vento através de troncos ocos. Ele pensou nas pessoas que tinha pela

frente, nas que jamais conheceria, que precisavam da gaita e naquele cuja vida precisaria ser salva um dia.

Ele imaginou Eins, Zwei e Drei reunindo-se com a sua mãe e o seu irmão em algum lugar um dia. E teve certeza de que o que elas lhe disseram no passado era verdade. As três irmãs, Otto e todas as pessoas que um dia soprassem aquele instrumento incomum estavam ligadas pelos laços sedosos do destino.

Era hora de passar a gaita para outra pessoa.

Com um minúsculo pincel, ele inclinou a gaita e desenhou um pequeno **M** vermelho na lateral da madeira.

M de mensageiro.

Naquele momento instável em que Kenny Yamamoto sobreviveu em vez de morrer, o feitiço da bruxa se desfez e a dúvida foi ofuscada pelo encantamento novamente.

As três irmãs se viram com a parteira na casinha dilapidada no meio da floresta, e tudo, da mesa às xícaras, havia reaparecido. Exceto a bruxa, que nunca mais foi vista.

Com a parteira conduzindo o caminho, as três irmãs fugiram da floresta escura, como os passarinhos que voavam com tanta facilidade, levando o livro que enfim havia sido escrito, A Décima Terceira Gaita de Otto Mensageiro.

Para sempre, Arabella, Roswitha e Wilhelminia viveram em um castelo seguro e confortável com a sua família, que as amava e as chamava pelo nome.

Quando a felicidade delas transbordava, o que ocorria com frequência, elas cantavam, e suas vozes se fundiam de maneira tão mágica que as pessoas no reino muitas vezes paravam para ouvir e admirar o talento delas.

E todas as noites, quando estavam deitadas nas suas camas imaginando que alegria o amanhã poderia trazer, mesmo sabendo que a vida pode ser muito inconstante, elas repetiam as palavras:

"SEU DESTINO AINDA NÃO ESTÁ SELADO.
ATÉ NA MAIS SOMBRIA NOITE
UMA ESTRELA BRILHARÁ, UM SINO SOARÁ,
UM CAMINHO SERÁ REVELADO."

AGRADECIMENTOS

Com a mais profunda gratidão às seguintes pessoas:

Primeiro e sempre, minha editora, Tracy Mack, a estrela inquestionável que iluminou o caminho deste livro; Emellia Zamani e Kait Feldmann, que auxiliaram; a revisora Monique Vescia; e a diretora de arte Marijka Kostiw. E o restante da minha família editorial na Scholastic por sua experiência profissional e amizade pessoal: Ellie Berger, Lori Benton, Jazan Higgins, Lizette Serrano, Rachel Coun, Tracy van Straaten, Charisse Meloto, Antonio Gonzalez, Krista Kucheman, Emily Heddleson, Rachael Hicks, Karyn Browne, Janelle DeLuise, Caite Panzer, Alan Smagler e Annette Hughes (e sua equipe brilhante de vendas), Alan Boyko e Judy Newman (e sua equipe maravilhosa de mercado escolar, em especial Robin Hoffman e Jana Haussmann), e o presidente da Scholastic, Dick Robinson.

Helen Ofield, presidente da Sociedade Histórica de Lemon Grove, que me mostrou fotografias de uma banda de gaita do ensino fundamental.

Robert Alvarez Jr., professor de estudos étnicos da Universidade da Califórnia de San Diego, e John Valdez, professor de estudos multiculturais da Palomar College, por compartilharem as histórias das suas famílias sobre a segregação escolar dos mexicanos-americanos na Califórnia nos anos 1930, em especial o caso judicial *Roberto Alvarez contra o Conselho de Diretores do Distrito Escolar de Lemon Grove*.

A fabricante de gaitas Hohner e o historiador do Museu Alemão de Gaita e Acordeão de Trossingen, pela visita à fábrica e pela constante assistência com as minhas pesquisas sobre a história e a arte da fabricação de gaitas. Foi lá, em uma redoma de vidro, que descobri as cartas de familiares agradecidos de soldados, cujas vidas foram salvas pelas gaitas Hohner, e os instrumentos despedaçados que os protegeram, alguns ainda com as balas presas.

Russell Holland por sua hospitalidade generosa e apoio em minha viagem à Alemanha.

Michael Bowman por dividir sua pesquisa excelente sobre Albert N. Hoxie e a Banda de Gaita da Filadélfia.

A Calvin College em Grand Rapids, Michigan e o Arquivo de Propaganda Alemã.

Os músicos e leitores iniciais: Sally Husch Dean, diretora artística do San Diego North Coast Singers; Ann Chase, soprano; David Chase, maestro da La Jolla Symphony and Chorus.

David Serlin, professor de comunicação da Universidade da Califórnia de San Diego, por sua revisão cuidadosa e atenção aos detalhes históricos do manuscrito.

John R. Whiteman, colecionador, por seus conhecimentos sobre a gaita da Banda Naval e pelo presente de dois instrumentos anteriores à Segunda Guerra Mundial, ambos com a estrela de seis pontas.

Minha agente, Kendra Marcus, da Agência Literária BookStop.

E, como sempre, minha família, por sua paciência e seu amor.

*Aos meus genros,
Jason Retzlaff e Cameron Abel,
por amá-las.*

Pam Muñoz Ryan ganhou o Human and Civil Award da NEA, a associação de educação dos Estados Unidos, pela sua literatura que aborda temas multiculturais. Já escreveu mais de trinta livros, que acumularam inúmeros elogios e prêmios, incluindo dois Pura Belpré Awards, o Jane Addams Children's Award e o Schneider Family Book Award. Por *Ecos*, ela recebeu a Newbery Honor Book, um dos prêmios mais importantes da literatura infantojuvenil americana. A autora vive perto de San Diego, Califórnia. Saiba mais em **pammunozryan.com**.

ECHO
Copyright do texto
© 2015 by Pam Muñoz Ryan

Copyright das ilustrações
© 2015 by Dinara Mirtalipova.
Design de Capa e Interior by Marijka Kostiw
Todos os direitos reservados.

Publicado mediante acordo com Scholastic Inc.,
557 Broadway, New York, NY 10012, USA.
O livro foi negociado através da Ute Körner Literary
Agent, S.L.U., Barcelona — www.uklitag.com

"Some Enchanted Evening" by Richard Rodgers
and Oscar Hammerstein II Copyright © 1949 by
Williamson Music (ASCAP), an Imagem Company,
owner of publication and allied rights throughout the
World Copyright Renewed.International Copyright
Secured. All Rights Reserved. Used by Permission.

Tradução para a língua portuguesa
© Dalton Caldas, 2017

Diretor Editorial
Christiano Menezes

Diretor Comercial
Chico de Assis

Gerente de Novos Negócios
Frederico Nicolay

Editor
Bruno Dorigatti

Editor Assistente
Ulisses Teixeira

Adaptação de Capa
e do Projeto Gráfico
Retina 78

Designers Assistentes
Pauline Qui
Raquel Soares

Revisão
Ana Kronemberger
Isadora Torres

Impressão e acabamento
Gráfica Geográfica

DADOS INTERNACIONAIS DE CATALOGAÇÃO NA PUBLICAÇÃO (CIP)
Angélica Ilacqua CRB-8/7057

Ryan, Pam Muñoz
Ecos / Pam Muñoz Ryan ; tradução de Dalton Caldas.
— Rio de Janeiro : DarkSide Books, 2017.
368 p.

ISBN: 978-85-9454-040-9
Título original: Echo

1. Ficção norte-americana I. Título II. Caldas, Dalton

17-0887   CDD 813

Índices para catálogo sistemático:

1. Ficção norte-americana

[2017]
Todos os direitos desta edição reservados à
DarkSide® *Entretenimento LTDA.*
Rua do Russel, 450/501 - 22210-010
Glória - Rio de Janeiro - RJ - Brasil
www.darksidebooks.com